अपहरण

अपहरण

रामदेव शुक्ल

सत्साहित्य प्रकाशन, दिल्ली

प्रकाशक : सत्साहित्य प्रकाशन, 205–बी चावड़ी बाजार, दिल्ली–110006
 / संस्करण : प्रथम, 2014 / मूल्य : दो सौ रुपए
मुद्रक : भानु प्रिंटर्स, दिल्ली ISBN 978-81-7721-230-3

APHARAN *stories* by Ramdev Shukla Rs. 200.00
Published by Satsahitya Prakashan, 205-B Chawri Bazar, Delhi-110006

दो पीढ़ियों के सपनों के बीच
अपना बचपन बचाए रखकर
आगे बढ़ रही तीसरी पीढ़ी—
डॉ. वत्सला किशोर (नेहा) इंजीनियर,
नवनीत कुमार (गोलू), इंजीनियरिंग की छात्रा स्नेहा,
मलयज (विशु), सौभाग्यवर्धन (सगुन),
आराध्यरंज (शिशु),
मीतुल एवं आयुष्मान
को स्नेहाशीष के साथ
नाना और बाबाजी

अनुक्रम

1.	तेजस्विनी	9
2.	पिता–पुत्र	16
3.	एकेडेमिक भैंस	21
4.	बेटी का रोल नंबर	44
5.	हिंसा और अहिंसा	50
6.	मुनिया	70
7.	साहबी	83
8.	भय	90
9.	आदमी और बंदर	94
10.	मीठी की दुनिया	99
11.	आरती	112
12.	जैबूना	120
13.	अपहरण	130
14.	रिक्शेवाले की वापसी	141
15.	चुनाव क्षेत्र	144
16.	अवांछित	151

तेजस्विनी

शास्त्रीजी खुशी से उछल पड़े। उन्हें इस एक क्षण में नरक की आग से मुक्ति मिल गई थी। वे चीख पड़ने को हुए कि बेटी का नाम एक बार फिर बदल देंगे।

लेकिन ठहरिए। जब तक आपको यह जानकारी न हो जाए कि शास्त्रीजी अपनी बेटी का नाम पहले कितनी बार बदल चुके हैं, और नाम बदलने के पीछे कारण कौन से रहे हैं, तब तक इस चमत्कारी क्षण का मर्म आप कैसे समझ पाएँगे; और इस चमत्कारी क्षण का मर्म न समझने पर शास्त्रीजी के उल्लास को कैसे समझ! कैसे समझ पाएँगे कि सदा सबका भला चाहने और करनेवाले शास्त्रीजी कैसे नरक की आग में झोंक दिए गए थे, और कैसे उनकी बच्ची ने एक ही क्षण में उन्हें उस नरक से निकालकर गौरव के शिखर पर खड़ा कर दिया था।

इसलिए आपको सारी बात खोलकर बताना जरूरी है। शास्त्रीजी कोई कथा बाँचनेवाले या शास्त्र की कमाई खानेवाले शास्त्री नहीं हैं। आजादी की लड़ाई के लिए बेचैन तरुणाई में शास्त्रीजी ने महात्मा गांधी की ललकार पर काशी हिंदू विश्वविद्यालय की पढ़ाई छोड़ दी। कुछ दिन तक थाना पुलिस के साथ लुकाछिपी खेलने के बाद काशी विद्यापीठ में नाम लिखाकर उन्होंने शास्त्री की उपाधि प्राप्त की। उसके बाद स्वाधीनता को व्रत की तरह धारण करके अपने जीवन को ही एक यज्ञ बना लिया शास्त्रीजी ने। गांधीजी की एक-एक बात को मंत्र की तरह पकड़ते शास्त्रीजी। स्वाधीनता केवल अंग्रेजों की राजनीतिक गुलामी से छूट जाना नहीं है। असली स्वाधीनता वह है जिसके मिल जाने के बाद आदमी कभी किसी चीज के लिए किसी पर निर्भर नहीं होता। गांधीजी की इस बात का पूरा अर्थ शास्त्रीजी को कबीर दास की एक बानी से मिला।

चाह गई चिंता मिटी, मनुवां बेपरवाह।
जाको कछू न चाहिए, सो साहन को साह।।

जिसको किसी से कुछ भी नहीं चाहिए वही तो शाहों का शाह है, राजाओं का राजा, वरना राजा बेचारे तो सबसे सब कुछ चाहते हैं—प्रजा से धन चाहते हैं, विद्वानों से मान चाहते हैं, सुंदरियों से प्रेम चाहते हैं, दास-दासियों से सेवा चाहते हैं। उन्हें सब कुछ मिलता भी है। मगर बेचारे अपनी इच्छाओं के ऐसे गुलाम होते हैं कि एक इच्छा पूरी हुई नहीं कि उसकी राख से हजारों इच्छाएँ फुफकारती हुई उठ खड़ी होती हैं। कहने को राजा, असल में इच्छाओं के गुलाम।

शास्त्रीजी को गांधीजी शाहों के शाह लगते। हिंदुस्तान की जनता को प्रति व्यक्ति साल में औसत पाँच गज कपड़ा मिलता है। हिसाब लगाकर गांधीजी ने देखा और अपनी पाँच गज की धोती उन्होंने दो हिस्सों में फाड़ दी। हिसाब लगाया कि औसत हिंदुस्तानी को ढाई या तीन पैसे रोज में गुजारा करना पड़ता है। निश्चय कर लिया कि बाजरा, मूँगफली, खजूर उतने में ही जितना मिल जाएगा, भूनकर-कूटकर खा लेंगे। परम स्वाधीन सिर्फ गांधी लगे थे शास्त्रीजी को।

आजाद हिंदुस्तान के आजाद नागरिक शास्त्री गाँव लौटे। पिता जीवित थे। माँ दिवंगत हो गई थीं। बड़े भाई सरकारी कर्मचारी थे। शहर में बस गए थे। शास्त्रीजी ने पिता से कहा, 'मैं कहीं नहीं जाऊँगा। कोई नौकरी नहीं करूँगा। आपके पास रहूँगा। खेती करूँगा। आपकी सेवा करूँगा। जो समय बचेगा, उसमें गाँव-जवार के लोगों को सिखाऊँगा कि आई हुई आजादी चली न जाए, इसके लिए उन्हें क्या कुछ करना चाहिए।

शास्त्रीजी ने जीवन भर यही किया। लोगों को समझाते, आजाद देश के नागरिक के पास सबसे बड़ी दौलत क्या होती है, जानते हो? कोई कुछ बताता, कोई कुछ। शास्त्रीजी कहते—'वह दौलत है वोट देने का अधिकार। सोचकर देखो, राजा हो या भिखारी, वोट की ताकत ही उसे बराबर बनाती है। उसी दौलत को कुछ रुपए, कंबल या शराब के बदले बेचकर कितना बड़ा गुनाह करते हो, सोचो? वोट की कीमत नहीं लगाई जा सकती।

जब तक पिता जीवित थे, शास्त्रीजी ने विवाह के लिए हामी नहीं भरी। पिता कहते, मुझे पोते-पोतियों का सुख नहीं मिला। बड़ा शहरी हो गया। तुम मेरे पास रहकर भी मेरी साध पूरी नहीं कर रहे। शास्त्रीजी कहते—'आपकी जितनी सेवा मैं कर रहा हूँ, उतनी कोई बहू करेगी? उसकी अपनी हजार फरमाइशें होंगी, शौक-सिंगार की अगणित इच्छाएँ होंगी, उसके बाल-बच्चों की इच्छाएँ होंगी। मैं उनमें खो जाऊँगा। आप अन्य वृद्धों की तरह एक-एक बात के लिए तरसते रहें, यह मैं नहीं चाहता। इसीलिए शादी-ब्याह के चक्कर में मैं नहीं पड़ूँगा। अनेक बूढ़े लोगों

की बेटे-बहुओं द्वारा की जा रही दुर्दशा के उदाहरण सामने रखते हुए शास्त्रीजी ने अपने पिता को समझा दिया कि उनका और उनके बेटे का भला इसी में है कि वे अपनी जिद छोड़ दें।

पुत्र के हाथों बुढ़ापे के सुख भोगते हुए शास्त्रीजी के पिता दिवंगत हो गए। उनको मजूर-किसानों को पढ़ाने-लिखाने, बीमारों की सेवा करने और आने-जाने का समय भी मिलने लगा। खाना बनाकर खाने की मजबूरी भी शास्त्रीजी को नहीं रह गई। गाँव में लोग खाने के लिए बुलाते। जहाँ जाते, वहाँ खाना-दाना मिलता ही। धीरे-धीरे खाना बनाने की आदत छूटती गई। कई बार ऐसा होता कि कोई खाने के लिए नहीं बुलाता तो घर में जो कुछ होता, चबाकर पानी पीकर सो जाते। विवाह करने और गृहस्थी बसाने का खयाल भी अब शास्त्रीजी को नहीं आता।

खयाल से भले निकल गया हो ब्याह, शास्त्रीजी के सिर पर वह सीधे आ धमका। हुआ यह कि शास्त्रीजी के एक पुराने मित्र की बहन की जिंदगी का सवाल सामने आ पड़ा। मित्र ने आठ-दस लाख रुपए खर्च करके अपनी इकलौती बहन का विवाह एक संपन्न परिवार में किया। लड़का डॉक्टर था, पिता अध्यापक। नकल कराने का धंधा करके लाखों रुपए साल कमानेवाले मास्टर ने बेटे को रुपए लेकर एडमिशन देनेवाले मेडिकल कॉलेज में भरती करा दिया। डॉक्टर बनकर लौटने पर बेटे के दहेज का मोलभाव होने लगा। शास्त्रीजी के मित्र उस बैलबाजार में सबसे ऊँची बोली लगानेवाले निकले। उनकी बहन के लिए वह डॉक्टर खरीदा जा सका। शादी बहुत धूमधाम से हुई, मगर सुहागरात को ही वज्रपात हो गया। डॉक्टर पहले तो अपनी नामर्दी छिपाता रहा। आखिर में दहेज की सारी सामग्री के साथ लड़की अपने घर लौट आई।

शास्त्री को अपने मित्र की बीमारी का समाचार मिला। भागे मित्र के गाँव की ओर। वहाँ जाकर सारा हाल देखा सुना। सुंदर, सुशील युवती। वह बार-बार भाई को समझा रही थी कि आप चिंता छोड़ें। अपना इलाज कराएँ। मैं थोड़ी-पढ़ी लिखी हूँ ही। हाईस्कूल पास करके कोई काम सीख लूँगी। जिंदगी कट जाएगी। आप स्वस्थ होकर अपने बाल-बच्चों का पालन-पोषण कीजिए। शास्त्री भी अपने मित्र को समझाने लगे। उन्होंने अगले दिन मेडिकल कॉलेज चलने का प्रस्ताव दिया। शास्त्रीजी के मित्र ने अचानक शास्त्रीजी के दोनों हाथ पकड़ लिए। आँखों में आँसू भर उन्होंने कहा, 'मैंने तुमसे कभी कुछ नहीं कहा। तुम्हारी हर बात मानता हूँ। आगे भी मानूँगा। सिर्फ एक बात मेरी तुम मान लो।' शास्त्री ने आकुल कंठ से कहा, 'बोलो तो। तुम्हारी कोई बात मेरे लिए अमान्य नहीं। जल्दी बोलो।' उस

जर्जर देह में न जाने कहाँ से ताकत आ गई। मित्र बिस्तर पर उठकर बैठ गए। शास्त्री के हाथ उनके हाथों में ही थे। बोले, 'मेरी बहन से विवाह कर लो।' शास्त्री को करेंट जैसा झटका लगा। परंतु पल भर में उन्होंने अपना कर्तव्य निश्चित कर लिया। बोले, 'ठीक है। कर लूँगा। एक बार अपनी बहन से तो पूछ लो।' मित्र पर तो जैसे जुनून सवार था। बहन का नाम लेकर पुकारा। वह आई, मित्र ने उसका दाहिना हाथ खींचकर शास्त्रीजी के हाथ पर रख दिया। बहन से बोले, 'तुम्हें कोई एतराज तो नहीं बहन। शास्त्री को बचपन से जानती हो। इनके साथ तुम सुखी रहोगी। तुम्हें सुखी देखकर मैं जी जाऊँगा।'

विवाह के समय शास्त्रीजी ने पत्नी से कहा, 'एक बात मानोगी तो हम दोनों का भला होगा। हम दोनों एक संतान से अधिक के माता-पिता नहीं बनेंगे। वह संतान बेटा हो या बेटी। धूर्त पाखंडियों ने किसी पुं नाम के नरक की कल्पना कर डाली है, जिसमें पड़े हुए नारकीय जीव का उद्धार केवल पुत्र कर सकता है। पुत्रियों के साथ अमानवीय व्यवहार करनेवाले अंधविश्वासी पुत्र पाकर अपने को धन्य मान लेते हैं। जो पुत्रवान हैं, उनमें से अधिकांश का हाल यह होता है कि बेटा उनके मरने से पहले जीवन को ही रौरव नरक बना देता है। मरने के बाद वह क्या करेगा, यह तो बाद में सामने आएगा। इसीलिए मेरी राय है कि तुम्हें पहली संतान से ही संतोष करना होगा, वह बेटा हो या बेटी।'

जवाब मिला—'मुझे हर उस बात में खुशी होगी, जो आपको खुशी देगी।' प्रमुदित होते हुए शास्त्रीजी ने कहा—'हमारे गाँव का एक बामन प्राइमरी स्कूल में मास्टर है। एक दिन सूर्यास्त के समय गाँव के लोगों ने उसको बरम बाबा के थान पर दहाड़ मारकर रोते सुना। सारा गाँव जुट आया। लोगों ने उसे चुप कराया और पूछा बात क्या है? क्यों इस तरह जान दे रहे हो?' मास्टर ने जवाब दिया—'बरम बाबा के थान पर सिर पटककर जान दे दूँगा।' लोगों ने पूछा, 'क्या किया है बरम बाबा ने?' उसने कहा, 'एक बेटे का मुँह देखने के लिए ग्यारह बेटियों का बाप बन गया। इस बार बरम बाबा ने सपना दिया था कि बेटा होगा। वे भी झूठे निकल गए। अभी एक घंटा पहले ग्यारहवीं बेटी जनमी है।'

'मास्टर को तो उसकी जहालत के लिए जेल भेज देना चाहिए।' भावी पत्नी की बात सुनकर शास्त्रीजी ने अपना भाग्य सराहा।

कुछ समय बाद सुंदर बेटी जनमी। पति-पत्नी निहाल हो गए। उसकी चंचलता पर मुग्ध होते हुए शास्त्रीजी ने नाम रखा चंचला। पाँच वर्ष की हुई। पढ़ाई-लिखाई में उसकी गहरी रुचि देखकर उन्होंने पत्नी से कहा, 'अब यह उतनी चंचल नहीं

रही। विद्या में इसकी अद्‌भुत रुचि है। इसका नाम रखते हैं विद्या।'

विद्या पढ़ने लगी। प्रथम श्रेणी में हाईस्कूल पास हुई। इस बीच शास्त्रीजी उसके स्वभाव में आश्चर्यजनक सरलता और विरक्ति का भाव देखकर चकित होते रहे। हाई स्कूल का रिजल्ट देखकर पिता ने पूछा, 'बोल बेटी, इनाम में क्या लोगी? विद्या ने कहा, 'जो चाहे दे दीजिए।' बहुत आग्रह करने के बाद उसने कहा, 'पचास रुपए दे दीजिए।' विस्मित पिता ने पचास रुपए दे दिए। विद्या एक सहेली के साथ गई और एक तौलिया खरीद लाई। देखकर माँ-बाप चौंक गए। पूछा—'यह क्या उठा लाई? 'विद्या ने भोलेपन से कहा, 'पिताजी का गमछा तार-तार हो गया है।'

शास्त्रीजी मुग्ध हो गए। उनके मुँह से औचक निकल गया—'इसका नाम तो सरला होना चाहिए।'

उसकी माँ ने कहा, 'अब आप रोज नया नाम रखते रहिए, स्कूल में तो पक्का नाम हो गया है विद्या।'

विद्या अपना नाम सार्थक करती गई। प्रथम श्रेणी में प्रथम स्थान के साथ विद्या ने दर्शनशास्त्र में एम. ए. किया। शास्त्री परिवार मानो सब कुछ पाकर निहाल हो उठा। शास्त्रीजी की तो नहीं किंतु उनकी पत्नी की चिंता सक्रिय हो उठी। वे जब-तब उसके विवाह की चर्चा करने लगी। शास्त्रीजी कह देते—'बेकार दिमाग खराब करती हो। विद्या जैसे अनमोल रतन का पारखी स्वयं इसको खोजता हुआ आ पहुँचेगा!'

एक दिन अखबार पढ़ते हुए शास्त्रीजी खुशी से उछलकर खड़े हो गए। अखबार में छपे हुए वैवाहिक विज्ञापन के चारों ओर स्केचपेन से निशान लगाकर उन्होंने पत्नी के सामने रख दिया। उन्होंने पूछा, 'क्या है?' शास्त्रीजी ने कहा, 'पढ़-कर देखो। मैं कहता था न कि विद्या रतन का पारखी इसे खोज लेगा।' पत्नी ने विज्ञापन पढ़ा। कई बार पढ़ा। लिखा था—'स्वस्थ सुंदर युवा प्रथम श्रेणी सरकारी अधिकारी के लिए सुशीला, सुशिक्षिता संपूर्ण कुमारी कन्या चाहिए। जाति, धर्म, दहेज की बाध्यता नहीं। निम्नलिखित पते पर बायोडाटा और फोटो भेजें।' उसके बाद फोन नंबर और पोस्ट बॉक्स नंबर दिया हुआ था।

श्रीमती शास्त्री बहुत देर तक उस विज्ञापन को पढ़ती रहीं। जितनी बार पढ़ती, उतनी बार उनके मुख पर गंभीरता की एक परत चढ़ती जाती। शास्त्रीजी का ध्यान उस ओर गया। उन्होंने लपककर पूछा, 'क्या बात है? तुम बार-बार इसको क्यों पढ़ रही हो? और गंभीर क्यों हो गई?'

श्रीमती शास्त्री ने अखबार पति की गोद में डालकर विज्ञापन के एक शब्द पर

उँगली रख दी। शास्त्रीजी ने पत्नी की उँगली हटाकर पढ़ा 'संपूर्ण कुमारी'। पत्नी ने पूछा, 'इसका मतलब? शास्त्रीजी पल भर सोचते रहे। अर्थ समझ लेनेवाले संतोष के साथ उन्होंने कहा, 'कई बार बाल विवाह के बाद विधवा हो जानेवाली लड़कियों की असलियत लोग छिपा लेते हैं। वैसी किसी बात से बचने के लिए यह शब्द डाल दिया गया है।' श्रीमती शास्त्री बात समझ गई। गहरी मुसकान के साथ उन्होंने कहा, 'ठीक कह रहे हैं। जब हमारा विवाह हुआ था तो मैं कुमारी होकर भी संपूर्ण कुमारी कहाँ थी? तथाकथित विवाहिता ही तो थी।'

फोटो-बायोडाटा भेजा गया। उधर से फोन आ गया कि लड़की देखने का समय निश्चित कीजिए। समय निश्चित किया गया। लड़की देखी गई। पसंद कर ली गई। विवाह के सारे कार्यक्रमों की तिथियाँ पक्की कर ली गईं। वर पक्ष की ओर से बराबर यही कहा जाता रहा—'बारात का स्वागत हमारे स्तर के अनुरूप होना चाहिए। रुपए-पैसे की कोई बात नहीं।'

विद्या अपने चुन लिये जाने पर प्रसन्न थी। लड़का रोबदार था। बातचीत में हलकी ऐंठ झलकी। उसे सरकारी अधिकारी और पौरुष के दर्प के रूप में उसने स्वीकार किया। अपने शील एवं सौंदर्यबोध के बल पर विद्या आश्वस्त थी कि अच्छा जीवन साथी बनने की पूरी संभावना है।

शास्त्रीजी और श्रीमती शास्त्री ने औकात से बाहर जाकर तैयारी की। निश्चित समय पर बारात आ गई। सबके काम आनेवाले शास्त्रीजी के घर पहला उत्सव था। लोग श्रद्धा और उत्साह के साथ जुट गए थे। बारात शानदार थी। उतना ही शानदार स्वागत हुआ। जयमाल का समय हुआ। ठीक जिस वक्त विद्या को जयमाल-मंच की ओर चलना था, बारातियों में से एक सजी-धजी आधुनिक महिला विद्या के पास पहुँची। मोहक मुसकान के साथ उन्होंने विद्या की आँखों में देखा। अपनी बाँहों के घेरे में विद्या को लेकर उन्होंने अपना परिचय दिया—'मैं डॉ. वर्षा हूँ। तुम्हारे होनेवाले पति की बहन। दो मिनट के लिए तुम्हें मेरे साथ अपने कमरे में अकेले चलना होगा।' उनके साथ कमरे की ओर लौटती हुई विद्या ने पूछा 'क्या बात है?' 'कुछ खास नहीं। बस जरा सा तुम्हें ठीक से देखना है।' डॉ. वर्षा ने सहजभाव से कहा। विद्या और डॉ. वर्षा कमरे में घुसीं। डॉक्टर ने विद्या को आगे करके दरवाजे की ओर बढ़ रही लड़कियों को रोककर दरवाजा अंदर से बंद कर लिया। विद्या चौंक गई। उसके मुँह से निकला—'साफ-साफ बताइए बात क्या है?' डॉ. वर्षा ने हँसकर कहा—'कुछ नहीं। मेरे भाई का एक छोटा सा वहम है। उसकी संतुष्टि के लिए तुम्हारे कौमार्य की परीक्षा करनी है। तुम निश्चिंत रहो।'

विद्या की देह का सारा रक्त जैसे सूख गया। 'कौमार्य परीक्षा' के आगे कोई शब्द सुन नहीं सकी वह। उस क्षण कोई उसकी आँखों में देखता तो यही समझता कि वह निष्प्राण हो चुकी है, किंतु अगले ही क्षण विद्या की आँखों में बिजली लहक उठी। डॉ. वर्षा ने उसे बिस्तर पर लिटाया। उसकी देह का परीक्षण किया। उसे बधाई दी। विद्या को लेकर जयमाल-मंच तक आई। अपने भाई की उत्सुक आँखों को अपनी संतुष्ट निगाह से आश्वस्त किया। विद्या की सहमी हुई सहेलियों की ओर मधुर मुसकान फेंककर डॉ. वर्षा ने कहा, 'चलो भई, दुल्हन के हाथ में जयमाल दो।'

अब तक कठपुतली की तरह दिख रही विद्या की आँखों की बिजली उसकी देह में उतर आई। विद्या बिजली की ही गति से आगे बढ़कर शहनाई बजानेवालों के सामने रखा माइक्रोफोन उठा चुकी थी। हलके खिंचे घूँघट को उसने पीछे सरकाया और पूरे मंडप में उसकी आवाज गूँज उठी—'इस विवाह समारोह में उपस्थित सभी लोगों को विद्या का प्रणाम। आप सबको पता है कि जयमाल की रस्म कुछ देर पहले हो गई होती किंतु मेरे होनेवाले पतिदेव को संतुष्ट करने के लिए उनकी बहन डॉ. वर्षा को जयमाल से पहले मेरे कौमार्य की परीक्षा अनिवार्य लगी।' सन्नाटे की भन्नाहट को विद्या की आवाज ने ही भंग किया, 'परीक्षा उन्होंने की। मुझे उन्होंने संपूर्ण कुमारी घोषित कर दिया। अब उनके भाई मुझे पत्नी रूप में स्वीकार करने को तैयार हैं।'

विद्या पल भर रुकी। सन्नाटा खिंचा रहा। चारों ओर निगाह डालकर विद्या ने कहा, 'लेकिन उन्हें पति रूप में स्वीकार करने से पहले मैं भी उनके लिए वही प्रमाण पत्र चाहती हूँ कि उन्होंने अभी तक अपना कौमार्य अक्षत रखा है। प्रमाण-पत्र वे ले आए होंगे।' चुप होकर विद्या मुसकराई। सन्नाटे से भरी सभा में धिक्कार की आवाजें वाह-वाही की ध्वनियों के साथ गुत्थमगुत्था हो रही थीं।

माइक्रोफोन विद्या के हाथ में था। वरपक्ष के सभी चेहरों पर हवाइयाँ उड़ रही थीं। कुछ के सिर झुक गए थे। विद्या की आवाज फिर सुनाई पड़ी 'लगता है होनेवाले वर महोदय के पास अपने अक्षत कौमार्य का प्रमाण-पत्र नहीं है। अपना पति होने की योग्यता मैं उनमें नहीं देख रही। लेकिन...,

विद्या के 'लेकिन' पर सभा नए सिरे से स्तब्ध हो गई। उसने कहा 'लेकिन मेरा विवाह अभी इसी मंडप में होगा। है कोई योग्य युवक, जो मेरा जीवन साथी बनना चाहता है।' विद्या ने माइक्रोफोन रख दिया। अनेक युवक आगे बढ़े...

शास्त्रीजी के उल्लसित कंठ से एक नया नाम निकला 'तेजस्विनी'।

□

पिता-पुत्र

पार्क का फाटक तो बंद है। रोज इस समय तक खुल जाता था। आज देर क्यों हो रही है? तभी शर्माजी का खयाल दूसरी ओर चला गया। फाटक खुलते ही उसमें घुसने के लिए उनसे भी पहले आ जानेवाले लोग भी नहीं दिख रहे। उन्हें क्या हो गया? कहाँ रह गए सबके सब? अचरज में भरे शर्माजी का ध्यान इस बात की ओर गया कि अभी सूर्योदय के लक्षण भी नहीं दिखाई दे रहे हैं। तो क्या समय से पहले आ गए वे? घड़ी देखने की कोशिश की तो कलाई सूनी। अपनी बेसुधी पर हैरान रह गए। हैरानी में कल शाम की घटना ऐसे कौंध गई, जैसे भादों की घटा में बिजली कौंध जाती है। आसमान की पूरब दिशा से लगा, अभी सूर्योदय में देर है।

शर्माजी रेलवे की पैंतीस वर्ष की नौकरी के बाद रिटायर होकर अपने सहकर्मियों से मिली मर्मस्पर्शी विदाई के नशे में झूमते, फूलमाला से लदे, हाथ में ऑफिस से मिली गहरे नीले रंग की फाइल को छाती के पास रखे घर आए। साइकिल से न आने की बात गब्बूलाल ने एक दिन पहले ही बता दी थी। कहा था, 'रिक्शे पर बैठकर आ जाइएगा। शाम को मैं अपने स्कूटर से घर पहुँचा दूँगा।' शर्माजी के घर के बाहर स्कूटर रोककर गब्बूलाल ने उनका हाथ पकड़कर उतारने में मदद की। शर्माजी कहना चाह रहे थे कि ठहरो, एक कप चाय पीकर जाना। मुँह से बात निकलती, उससे पहले ही अपने दरवाजे पर दोनों बेटों को साथ-साथ खड़ा देखकर चकित रह गए। दोनों बेटों में हर बात पर अनबन रहती है। दो साल का फर्क है दोनों की उम्र में, लेकिन कद-काठी एक ही है। कई लोग पूछ बैठते हैं, 'दोनों जुड़वाँ हैं क्या?' दोनों में बाहर-भीतर सबकुछ एक जैसा है। एक दूसरे को देखकर गुर्राना दोनों की पहली पसंद। शर्मा और उनकी पत्नी की सबसे बड़ी तमन्ना यही रही है कि दोनों बेटे किसी बात पर तो एकमत होते। अचानक दोनों को एक साथ, एक ही मुद्रा में खड़ा देखकर शर्माजी इतने खुश

हो गए कि उन्हें यह भी याद नहीं रह गया कि गब्बूलाल कब उन्हें नमस्ते कर स्कूटर स्टार्ट करके लौट गया।

एक बार अपनी आँखों देख रहे दृश्य को बुद्धि से प्रमाणित करने के बाद वे आगे बढ़े। बेटों के चेहरे एक जैसे। उनकी आँखों के भाव एक जैसे। खड़े होने का ढब एक जैसा। इस अनूठी एकता पर रीझकर शर्माजी उनकी ओर बढ़े। दो कदम के फासले को दोनों ने एक ही कदम में पार कर लिया। दोनों के हाथ पिता के हाथ की फाइल के लिए साथ-साथ बढ़े। शर्माजी ने फाइल पर अपनी पकड़ ढीली कर दी। दोनों बेटे उसे एक साथ खोलने की कोशिश करने लगे। शर्माजी ने दोनों के कंधों पर हाथ रखा और भीतर की ओर चलने लगे। दोनों ने एक साथ कहा—'यहीं बैठते हैं' और देहरी पर बैठ गए। फाइल खुल गई। रेलवे में लंबी अवधि की सेवा के लिए प्रशंसा का पत्र था। शर्माजी को लगा, दोनों बेटे उसे पढ़ेंगे। उसे एक ओर रखकर दोनों ने एक दूसरा कागज उठाया। उस पर पी.एफ. का हिसाब था। सरसरी निगाह उसपर डालकर दोनों ने उसे भी नीचे सरका दिया। फाइल खुली थी। उसमें और कोई कागज था नहीं। झुँझलाहट दोनों की आँखों में उभरी और सवाल बनकर फूट पड़ी—'चेक कहाँ है?' शर्माजी ने फाइल अपने हाथ में ले ली। उसमें अंदर की ओर बने पॉकेट के भीतर हाथ डालकर चेक निकाल लिया। उनके हाथ से चेक झपटने के लिए बढ़े हाथों से ऊपर अपना हाथ उठाकर शर्माजी बोले—'दोनों खींचोगे तो फट जाएगा। मैं दिखा देता हूँ। यह देखो—बाइस लाख का चेक है। कल बैंक में जमा करूँगा। तब सब लोग मिलकर सोचेंगे कि आगे तुम दोनों के लिए कौन सा बिजनेस किया जा सकता है।' उनकी बात पूरी होते ही दोनों एक साथ बोल पड़े—'बिजनेस-फिजनेस की ऐसी की तैसी। आप कल दस बजे हम लोगों के साथ बैंक चलें, वहीं रुपए निकालेंगे और हम लागों के नाम ग्यारह-ग्यारह लाख जमा कर देंगे। शर्माजी की निगाह दोनों के पीछे हाथ में पानी का गिलास लेकर खड़ी उनकी माँ से मिल गई। करुण मुसकान दोनों ओर झलक उठी। बेटों का निर्णय सर आँखों पर। माँ के बोल थे—'ठीक कह रहे हो तुम लोग। ऐसा ही होगा। कल समय से तैयार होकर इन्हें बैंक ले जाना।'

जब तक जगी रहीं, पत्नी हर तरह से पति को राहत देने की कोशिश करती रहीं। आधी रात थककर सो गईं। शर्माजी की जबान ही नहीं, समग्र चेतना ही बंद हो गई थी। पलभर भी पलकें बंद न हुईं। अपनी समझ से उठने का समय जानकर शर्माजी नित्य-कर्म संपन्न करके टहलने निकल पड़े थे।

'ऐसे क्यों खड़े हैं शर्माजी? कुछ खो गया है क्या?' अपने कंधे पर आत्मीय स्पर्श के साथ शर्माजी के कान में श्रीधर के प्रश्न बज उठे। अर्धचेतन अवस्था में उनके मुँह से जवाब निकला—'खो गया है, जीने का अर्थ खो गया है।' श्रीधर कुछ समझ नहीं पाए। अचकचाकर पूछ लिया—'कोई खास बात? क्या हो गया? भाभी ठीक तो हैं न?'

आधा घंटा लग गया शर्माजी को पिछली शाम की कथा सुनाने में।

श्रीधर कुछ बोलें, उससे पहले ही अमरनाथ बोल पड़े—'अब आप क्या करेंगे श्रीमान शर्माजी?' शर्माजी और श्रीधर को पता ही नहीं चला, कब उन दोनों के अभिन्न मित्र अमरनाथ आए थे। उन्होंने पूरी कथा सुन ली थी। अमरनाथ ने बारी-बारी से दोनों वृद्धों की आँखों में झाँककर देखा। बेंच पर अपने बैठने की जगह बनाते हुए अमरनाथ ने कहा—'मेरे पास दो मॉडल हैं। इसी शहर के हैं। इसी साल के हैं। दोनों सामने हाजिर करता हूँ। कौन सा मॉडल पसंद आता है, ग्राहक की मरजी।' अमरनाथ नाटकीय अंदाज में मुसकराए।

पहला मॉडल मेरे पड़ोस का है। इकलौते पुत्र को अपनी औकात से बाहर जाकर पालते-पोसते पिता को उसे पढ़ाने-लिखाने में सफलता नहीं मिली। बाप के पैसों से शर्ट-पैंट की तरह डिग्रियाँ खरीदता वह एम.ए. हो गया। उसी की पसंद और फरमाइश पर शादी भी हो गई। पिता भी बन गया। जीविका के विषय में सोचने की जरूरत थी ही नहीं। बाप की कमाई के अपने ठाट होते हैं। पी. एफ. की रकम बैंक में जमा होकर मासिक आय अर्थात् पेंशन में जुड़कर लगभग पिछले वेतन के बराबर धन देने लगी। एक दिन पुत्र ने पिता के सामने बेलौस प्रस्ताव रख दिया, 'मैं आपका इकलौता पुत्र ठहरा। आपके बाद इस सारी जायदाद पर मेरा ही अधिकार होगा। मुझे धनवान देखकर आप कितने खुश होते, अगर ऐसा आपके जीवन-काल में हो जाता। मरने के बाद यह खुशी आपको नहीं मिल सकती। मैं चाहता हूँ कि जीते जी पूरी जायदाद की रजिस्ट्री मेरे नाम करके आप वह खुशी हासिल कर लें।' पिता ने अगले दिन अपनी सारी जायदाद पुत्र के नाम कर दी। स्वयं पत्नी के साथ गाँव में दलित बच्चों के लिए स्कूल खोल दिया। दोनों का बुढ़ापा चैन से कट रहा है।' कहकर अमरनाथ ने अपने दोनों हाथ फैला दिए। 'एक मॉडल यह रहा।' उन्होंने आगे कहा—'दूसरा कुछ ज्यादा मसालेदार है।'

अपने ही शहर के सबसे महँगे इलाके का मॉडल है। करोड़ों की संपत्ति ईमानदारी और मेहनत के बल पर अर्जित करनेवाले राजाबाबू के तीन बेटे उन्हीं के समान प्रतापी हुए। एक आई.ए.एस., एक चार्टर्ड एकाउटेंट, एक धनकुबेर डॉक्टर।

राजाबाबू की पत्नी उनसे पहले ही स्वर्ग सिधार गईं। राजाबाबू पत्नी के बाद उनपर खर्च होनेवाला धन गरीबों पर खर्च करने लगे। उनके ठाट बाट में कोई कमी न थी। दो बेटे इसी शहर में उन्हीं के साथ सपरिवार रहकर अपना वैभव बढ़ा रहे थे। आई.ए.एस. साहब भी एकाकी वृद्ध पिता के बुढ़ापे की बात पर इसी शहर में डेपुटेशन पर आ गए। उनको सरकारी बँगला मिल गया। तीनों बेटे बहुत व्यस्त। जब कभी मिलते, एक दूसरे से कहते—'पापा को किसी तरह की तकलीफ नहीं होनी चाहिए।' सहमति में सबके सिर हिलते।

राजाबाबू शौकीन आदमी ठहरे। बँगले के दो मुख्य द्वार थे। एक के पास भीतर खूब बड़ा गैरेज बनवाया था। उसकी छत पर ड्राइवर के रहने के लिए दो कमरों का सुंदर फ्लैट बनवा दिया था। उसमें सारी मध्यवर्गीय सुविधाएँ जुटा दी थीं। ड्राइवर उसमें अकेले रहता था। उसका परिवार गाँव में था। एक दिन तीनों बेटों की ओर से पापा को प्रस्ताव मिला, 'गैरेजवाले फ्लैट में ए.सी. लगवा लिया जाए। वह सब तरह से आरामदेह हो जाएगा।' राजाबाबू खुश होकर बोले—'तब क्या होगा?' प्रस्ताव आगे बढ़ा—'आपको अकेले रहना है। उसी में शिफ्ट हो जाइए।' खुलकर हँसे राजाबाबू। पूछा—'उसके बाद?' प्रस्ताव और आगे बढ़ा—'बँगले को एक विदेशी बैंक एक लाख रुपए महीने किराए पर लेना चाहता है।' राजाबाबू चहक उठे—'कौन सा बैंक है वह?' बैंक का नाम बता दिया गया।

अगले हफ्ते राजाबाबू ने रात के भोजन के बाद तीनों बेटों को एक-एक लिफाफा पकड़ाया। बोले—'तुम लोग मशीन बनकर रुपए कमा रहे हो। कभी आराम नहीं करते। इन लिफाफों में तुम सबके हवाई जहाज के टिकट हैं। खर्च के लिए बैंक ड्राफ्ट भी है। सपरिवार एक हफ्ते के लिए गोवा चले जाओ। मौजमस्ती करके आओ। इस बीच गैरेजवाले फ्लैट में ए.सी. लग जाएगा। मैं भी शिफ्ट हो जाऊँगा। बँगला खाली हो जाएगा।'

गोवा में मस्ती करने के बाद तीनों परिवार लौटे। बँगले के गैरेजवाले फ्लैट में ए.सी. लग गया था। बँगले के बाहर दोनों गेट में ताले लगे थे। नया गेटमैन अदब से खड़ा हो गया। सलाम ठोंककर उसने तीनों को एक-एक लिफाफा पकड़ा दिया। दो में किराए के फ्लैट की चाभियाँ थीं। आई.ए.एस. वाले लिफाफे में छोटा पत्र था। लिखा था—'अपने भाइयों से कह देना, उनके नए फ्लैट में गृहस्थी का पूरा सामान कायदे से लगा दिया गया है। खाने-पीने का सारा सामान भी रखवा दिया गया है। चाभियाँ लेकर अपने-अपने फ्लैट में चले जाएँ। तुम्हारे पास सरकारी बँगला है ही। गैरेज के ऊपरवाले फ्लैट में ए.सी. लग गया है। आखिर ड्राइवर भी आदमी है। मैं

लंबी यात्रा पर हूँ। बँगला तभी खुलेगा, जब मैं लौटूँगा।—पापा'

अमरनाथ ने मुगलिया सलाम बजाते हुए शर्माजी और श्रीधर से कहा—'दोनों में से जो मॉडल पसंद आए, ग्राहक की मरजी।'

तीन वृद्ध नई खिली धूप में खुलकर हँस रहे थे, उज्ज्वल धवल हँसी।

□

एकेडेमिक भैंस

एक हफ्ते से दिल्ली में डेरा डाले पड़े हुए थे। आज प्रधानमंत्री से भेंट करने का अवसर मिला। कहने को तो उनके क्षेत्र का एम.पी. उनका छात्र रह चुका है। लोगों से बताते हैं कि बहुत सम्मान करता है। जहाँ देखता है, 'गुरुजी प्रणाम' कहकर पैरों से हाथ लगाने का नाटक करता है। लालजी सोचते हैं, याद नहीं कि कभी पैरों से उसका हाथ छुआ हो; खैर, जो भी हो, आज उसी के नाते पी.एम. से मुलाकात का समय मिल सका है। इस बार बात हो जाए तो अगला कदम उठाने में आसानी होगी।

प्रो. लालजी लाल ने एक बार अपना विदेशी ब्रीफकेस छूकर देख लिया। सारी डिग्रियाँ, एकमात्र विदेशी पत्रिका में प्रकाशित शोधपत्र की कंप्यूटर से निकाली गई प्रतिलिपियाँ, लंबे समय तक एच.ओ.डी. रहने के अनुभव का प्रमाण-पत्र, सब कुछ ठीक-ठीक उसमें रखा हुआ है। पी.एम. का जरा सा इशारा पाते ही एक झटके से निकालकर उनके हाथ में देंगे। बायो-डाटा तो उनके पी.ए. के पास पहले से ही रखवा दिया है। उसी एम.पी. ने यह काम कर दिया था।

मन में खटका हुआ, देखकर पी.एम. न पहचानें तो? तब क्या होगा? खटके को जोर से झटक दिया उनके उत्साह ने—'क्या बेवकूफी की बात सोचते हो जी?'

वे यूनिवर्सिटी के स्टुडेंट यूनियन के प्रेसीडेंट थे। उनके जिले के जो लड़के उनके पास आते-जाते थे, उनके साथ कई बार लालजी उनसे मिल चुके थे। जब वे चुनाव लड़ रहे थे, तब भी बिना बताए उन्होंने लालजी को पहचान लिया था। कहा था—'अच्छी तरह याद है होनहार विद्यार्थी थे आप? क्यों नहीं पहचानूँगा?' कहकर पीठ पर हाथ रख दिया था, जब साथ चलते-चलते प्रोफेसर लालजी लाल ने बताया कि आजकल मैं यहाँ की यूनिवर्सिटी में एच.ओ.डी. हूँ, तो घूमकर खड़े हो गए थे सत्यार्थी जी। उनकी आँखों में एक शरारती झलक मिली थी, जो सवाल में उतर

आई थी। 'क्या हैं—ओडी?' प्रो. लाल ने सोचा था—यह बेवकूफ भी हिंदीवालों की तरह ही विभागाध्यक्ष ही समझता है शायद। उन्हें 'विभागाध्यक्ष' कुछ-कुछ 'अभागाध्यक्ष' की तरह लगता है, किंतु इस समय यही कहना पड़ेगा। उन्होंने कहा था 'विभागाध्यक्ष' तो हो-हो करके सत्यार्थी जी ने कहा था—'तब तो आपके विद्यार्थी चुनाव प्रचार में मदद कर सकते हैं, लगा दीजिए उन्हें।' 'वे लगे हुए हैं सर!' कहकर प्रो. लालजी लाल ने समझा था, मैदान मार लिया।

उसी दृश्य को याद करके आशान्वित थे। कितनी आत्मीयता के साथ कहा था उन्होंने—'लगा दीजिए उन्हें!' और भी बहुत कुछ है याद दिलानेवाला। जब वे जीत गए थे और प्रोफेसर साहब ने अपने पैड पर उन्हें बधाई का लंबा पत्र भेजा था, उसका उत्तर भी उन्होंने दिया था। जब प्रधानमंत्री बने थे, तब भी प्रोफेसर लाल ने बधाई भेजी थी। उसका भी जवाब पी.एम. के सहायक की ओर से आया था कि पी.एम. को आपकी बधाई मिली। उनकी ओर से धन्यवाद स्वीकार करें।

इतने प्रसंग हैं, तब भी वे न पहचानें, ऐसा संभव नहीं है। प्रोफेसर लाल ने एक बार फिर घड़ी देखी। 'अभी दस मिनट ही हुए हैं उनको यहाँ आए। लग रहा था कि बहुत समय बीत गया। एम.पी. साहब साथ आकर पी.एम. के पी.ए. से मिलवा गए थे। उसी ने बताया था कि पी.एम. बाहर जा रहे हैं। एयरपोर्ट जाने के लिए साढ़े दस बजे निकलेंगे। उसी समय पाँच मिनट यहाँ रुककर आपसे मिल लेंगे। सुनकर प्रोफेसर लाल झुँझलाए थे, इतने कम समय के लिए? वह भी एक हफ्ते की प्रतीक्षा के बाद? फिर सोचा, चलो कई लोग तो महीनों रगड़ते रहते हैं, भेंट नहीं हो पाती। मुझे तो एक हफ्ते बाद ही समय मिल गया। पाँच मिनट कम नहीं होते। बहुत कुछ कहा-सुना जा सकता है।

एक और झटका लगा प्रोफेसर लाल को। कमरे में चार लोग और आ गए। पी.एम. सचिवालय का एक अधिकारी दिखनेवाला व्यक्ति उन लोगों को बिठा गया। उनसे भी यही कहा गया—'साढ़े दस बजे पी.एम. को निकलना है। यहाँ पाँच मिनट ठहरेंगे। उसी समय आप लोग मिल लीजिएगा। साढ़े दस बजे से पहले कुछ लोग आ गए। उनको भी यही कहकर बिठाया गया। प्रोफेसर लालजी लाल का उत्साह कुछ कम हुआ। इतने लोगों के लिए पाँच मिनट का समय? क्या हो सकता है? खैर जो भी हो।

साढ़े दस से पहले उस कमरे में बैठे लोग न जाने कितनी बार वहाँ लगी बड़ी सी घड़ी और अपनी कलाई पर बँधी घड़ियों में टाइम देख चुके थे। अंदर से प्रधानमंत्री का काफिला निकला तो सभी जैसे चौंककर खड़े हो गए। उनके साथ

उनकी सुरक्षा के लिए चलनेवालों के अलावा भी अनेक लोग थे, जो उनके दाएँ-बाएँ-पीछे लगभग चिपकते हुए से चल रहे थे। बड़े हॉल के बीच आकर पी.एम. पलभर ठहरे। उनके सहायक ने आधा झुककर इन लोगों की ओर इशारा किया। पाँच मिनट वाले सभी हाथ जोड़े खड़े थे। सब को लग रहा था कि वही पीछे छूट जाएँगे, किंतु धक्का-मुक्की की कोई गुंजाइश न थी। पी.एम. किससे क्या बोले, किसने उनसे क्या कहा, इस सबकी कोई याद प्रो. लाल को नहीं है। उन्हें सिर्फ इतना याद है कि लोगों से कुछ कहते-सुनते पी.एम. उनके पास आए। जुड़े हुए हाथों को अपने दोनों हाथों में दबाकर कहा था—'कहिए प्रो. साहब! कैसे हैं? सब कुशल तो है न? किसी काम से तो नहीं चले?, प्रो. लाल ने झुकते हुए कहा था—'नहीं सर! बस दर्शन करने चला आया।' इसके बाद पी.एम. और लोगों की ओर घूमकर बोल पड़े थे—'वाह! वाह! प्रोफेसर साहब! वाह! यह हुई न विद्वानोंवाली बात! यूनिवर्सिटी के प्रोफेसरों का यह हाल है कि रिटायर होते ही वी.सी. बनने की लाइन में लग जाते हैं। जिसको देखो, यही कहने के लिए आता है, वी.सी. बनवा दें। अरे भाई, जिंदगीभर प्रोफेसरी करते रहे हो, रिटायर होकर कुछ पढ़ो-लिखो। सो नहीं, बस वी.सी. बना दो। देखिए आप लोग, एक यह हैं प्रोफेसर लाल! शान से रिटायर हुए हैं और कुशल समाचार पूछने चले आए। भाई वाह! लाल साहब! बहुत अच्छा।'

वाक्य पूरा होते-होते पी.एम. हॉल से बाहर निकलकर कार के खुले दरवाजे में घुसने लगे थे। पाँच मिनट की मुलाकात के अभ्यर्थी एक दूसरे का मुँह देखने लगे। प्रो. लाल किसी से आँखें नहीं मिला पा रहे थे। सोच रहे थे, पहचानेगा या नहीं? पहचाना और खूब पहचाना। लेकिन यह पहचान? इससे तो अच्छा होता पी.एम. ने पहचाना ही न होता। मान लेते कि देश-विदेश की फिक्र में हाँफता रहता है बेचारा। कैसे पहचाने! पर यहाँ तो वह नाटक कर गया कि क्या कहें!

अब एम.पी. के बच्चे से भी क्या होगा मिलकर! कोई और उपाय सोचना होगा। वैसे उनका काम पी.एम. से ज्यादा सी.एम. का मामला है। उधर ही कुछ देखा जाए चलकर। यह एक एडवांस स्टेप लिया था उन्होंने कि अगर दिल्ली से ही मामले की शुरुआत हो जाए तो लखनऊवालों पर भारी पड़ेंगे। कोई बात नहीं। ऐसे मैदान छोड़ देनेवाले होते तो अबतक गाँव में बैठकर बाऊजी की तरह सपनों की खेती कर रहे होते।

बाऊजी बिहार और उत्तर प्रदेश के सीमांत पर एक गाँव में चूड़ियों का फुटकर व्यवसाय करते थे। गाँव के आधे लोगों की जीविका का साधन यही है।

पुरुष शहर या कस्बे से चूड़ियाँ खरीदकर घर ले आते हैं। घर की औरतें टोकरियों में सजाकर सिर पर उठाकर गाँव-गाँव घूमकर औरतों को पहनाती हैं। चूड़ी पहनाने का काम औरतें ही कर सकती हैं, क्योंकि घरों की लड़कियाँ तो बाहर निकलकर पहन भी लें, नई-नवेली बहुओं का घर से बाहर निकलना नहीं होता। चुड़िहारिन चूड़ियों की टोकरी सिर पर लिये सीधी घर के अंदर चली जाती हैं, मीठी बातें करने और नई-नवेली बहुओं के साथ चुहल करने की कला में कुशल होना उनके व्यवसाय के लिए अनिवार्य है। एक और भूमिका इनकी थी। बहुओं के मायके से उनकी माँ-भाभी का संदेश उन तक पहुँचाना और उनका कुशल-क्षेम मायके पहुँचाना भी चुड़िहारिनों का काम है। जो इन कामों में कुशल होती हैं, उनकी चूड़ियाँ अधिक मात्रा में बिकती हैं। कई तरह के संदेशों के ले आने-ले जाने का माध्यम भी हैं ये चूड़ी बेचनेवाली स्त्रियाँ। इनकी जाति चुड़िहार कहलाती है। पुरुष चुड़िहार, स्त्रियाँ चुड़िहारिन। ये अपने को बाभन मानते हैं। बाभन लोग इनकी गिनती छोटी जातियों में करते हैं। चुड़िहारों के साथ बाभनों का रोटी-बेटी का नाता नहीं चलता। इनमें एक-दो परिवार ऐसे है, जो चूड़ी का धंधा छोड़कर दूसरे जिलों में जाकर खेती-बारी या अन्य कोई व्यवसाय करने लगे हैं। उन्होंने ब्राह्मणवाले नाम रख लिये हैं और उधर के ब्राह्मणों में घुल-मिलकर रोटी-बेटी के रिश्ते जोड़ने में सफल हो गए हैं। वे भूलकर भी पुराने गाँव का नाम न लेते।

लालजी के बाऊजी के जीवन का सबसे बड़ा सपना था, बाभनों के समाज में स्वीकृत हो जाना। इस सपने का आधार था उनका होनहार बेटा। पढ़ने में ठीक था। वह सोचते कि पढ़-लिखकर कहीं बाहर नौकरी पा जाएगा तो उधर के बाभन समाज में स्वीकृति मिल जाएगी। गाँव में रहकर तो ऐसा होना संभव नहीं। वे अपने सपने के साकार होने में कोई कमी नहीं रखना चाहते थे, इसलिए लालजी को संस्कृत पढ़ाना शुरू किया। पाठशाला में संस्कृत पढ़ते हुए लालजी लाल अपनी उम्र के अन्य बच्चों की किताबें भी पढ़ते रहते। बाऊजी उन लड़कों के घरों में जाते, जो पास होकर अगले दर्जे में चले जाते और उनके माता-पिता से बच्चों की पुरानी किताबें माँग लाते। लालजी लाल इस तरह संस्कृत की प्रथमा परीक्षा पास करने के साथ हिंदी मिडिल की तैयारी भी करते रहे। मिडिल पास हो गए तो प्रथमा से आगे संस्कृत की पढ़ाई छोड़कर हाईस्कूल में पढ़ने की योजना बनी। शहर में जाकर हाईस्कूल में पढ़ने के लिए खर्च कहाँ से जुटेगा? इसी चिंता में घुलते हुए उनके बाऊजी ने शहर जाकर जान-पहचान के एक आदमी से बात की। उस आदमी का कचहरी में आना-जाना था। एक मुख्तार साहब को रसोई बनानेवाले किसी बाभन

लड़के की जरूरत थी, जिसे पढ़ाने-लिखाने को भी मुख्तार साहब तैयार थे। बस क्या था, एक साथ दो काम हो गए। शहर में बाभन के रूप में स्वीकार होने के साथ-साथ हाईस्कूल में पढ़ने का अवसर।

लालजी लाल को रसोई बनाने का काम उनकी माँ ने मोटा-मोटी सिखा दिया। जून में ही वे चले गए। मुख्तार ने कुछ बातचीत की। वे अकेले रहते थे। उनका परिवार देहात में रहता था। बरतन-चौका करने के लिए महरी थी। लालजी लाल ब्राह्मण बालक के रूप में मुख्तार की रसोई बनाने लगे। जुलाई में हाईस्कूल में उनका नाम लिखा दिया गया। नाम लिखाते समय ही सावधनी बरती गई। नाम लिखा गया, लालजी लाल शर्मा वल्द फुलेना शर्मा। मुख्तार साहब का नाम लोकल गार्जियन के रूप में लिखा गया। हेडमास्टर मुंशी जी बाभन छात्रों का विशेष खयाल रखते थे। लालजी लाल को मेहनत करने की आदत पड़ती गई। खाने-पीने की सुविधा होती गई थी। पढ़ाई चलने लगी, बीच-बीच में गाँव से बाऊजी आते। बेटे की उन्नति से प्रसन्न होते। सपने की याद दिलाते रहते।

लालजी लाल शर्मा ने हाईस्कूल प्रथम श्रेणी में पास किया। बहुत मन हुआ कि गाँव जाकर उस गाँव के पहले हाईस्कूल पास विद्यार्थी होने के गौरव का आनंद लें, मगर अपने सपने को सब तरह से सहेजते रहनेवाले बाऊजी ने रोक दिया। उन्होंने लालजी को समझाया कि उस गाँव को याद रखोगे और उससे नाता बनाए रखोगे तो भविष्य में जो कुछ होनेवाला है, उन सब पर ग्रहण लग जाएगा। इसलिए यहाँ से आगे की ओर देखो। पीछे मुड़कर देखने से काम नहीं चलेगा। उसी दिन गाँव जाकर वे अपनी पत्नी को बुला ले आए। उन्होंने भी आकर अपने लाल को यही समझाया, 'बेटा! माथे पर चूड़ियों की डलिया लादकर गाँव-गाँव घूमने से तुम्हीं मुझे बचा सकते हो। जैसा तुम्हारे बाऊजी कहते हैं, गाँव की ओर भूलकर भी मत देखो। उस गाँव में एक टुटहा घर के अलावा अपना कहने को और है भी क्या? तुम पढ़ाई-लिखाई कर शहर में नौकरी पा जाओ। हम लोग तुम्हारे साथ वहीं रहेंगे। वही करो जो तुम्हारे बाऊजी कह रहे हैं,

लालजी लाल शर्मा बाऊजी के सपने की दिशा में तेजी से चलने लगे। उनके मन में अपने सपने भी उगने लगे। इंटर में नाम लिखा गया जुलाई में और गुलाम भारत के करोड़ों सपनों के लिए खुला आकाश मिल गया पंद्रह अगस्त को। देश आजाद हो गया। हेडमास्टर और इंसपेक्टर ऑफ स्कूल्स ने अपने भाषणों में सपनों का सुनहरा संसार इस तरह सजाया कि हर विद्यार्थी की इच्छाओं के हजारों हजार सितारे पास आकर जगमगाने लगे। लालजी लाल शर्मा के सपनों का कोई ओर-

छोर न था। कुछ सपने अध्यापकों की प्रशंसा में से निकले, कुछ साथवाले विद्यार्थियों की बातचीत से। बहुत से सपने खाना बनाने, मुख्तार साहब को खिलाने और उसके बाद अपने खाकर बिस्तर पर आकर लेटने पर झुंड-के-झुंड उतरने लगे।

मुख्तार साहब को जीवन में पहली बार एक नए तरह का सुख मिला। कस्बेनुमा शहर में उनकी कीर्ति इस रूप में फैलने लगी कि गरीब विद्यार्थियों की आर्थिक सहायता करते हैं। उनकी सहायता से गरीब ब्राह्मण युवक हाईस्कूल में प्रथम श्रेणी प्राप्त कर सकता है। इस रूप में अपनी पहचान का आनंद लेने के साथ वे लालजी की सुविधाओं का ध्यान रखने लगे। उनकी किताबों तथा कपड़ों पर खुलकर खर्च करने लगे। लालजी का स्वास्थ्य अपनी उम्र के युवकों में अच्छा दिखने लगा। सब तरफ से उत्साह बढ़ाया जाने लगा। खेलों में भी रुचि बढ़ी। लालजी फुटबॉल टीम में चुन लिये गए।

दो साल कब और कैसे बीत गए, पता ही नहीं चला। पता तब चला, जब इंटर का परीक्षाफल आया। लालजी लाल शर्मा प्रथम श्रेणी में उत्तीर्ण हुए। सब तरफ से शाबासी मिली। माँ-बाप निहाल हो गए। लेकिन तुरंत समस्या उठ खड़ी हुई कि आगे की पढ़ाई के लिए कौन सा उपाय किया जाए? इस शहर में तो यहीं तक पढ़ाई हो सकती है। आगे पढ़ना है तो बाहर जाना होगा। वहाँ रहने, खाने का खर्च, फीस, किताबों का खर्च कहाँ से आएगा?

मुख्तार साहब यहाँ भी आगे आए। बोले—'बनारस चले जाओ। कुछ रुपए देता हूँ। वहाँ यूनिवर्सिटी में मेरे मित्र प्रोफेसर हैं। उनके नाम चिट्ठी लिख देता हूँ। बड़े शहरों में अच्छे विद्यार्थियों को ट्यूशन करके कुछ आमदनी हो जाती है। तुम भी दो-चार लड़कों को पढ़ा लिया करना। खर्च निकल जाएगा।'

आटा, चावल, एक आदमी का खाना बनाने के लिए बरतन एक बोरे में रखकर एक दरी, चद्दर, तकिया लपेटा। रस्सी से बाँधा। माँ का इकलौता बक्सा खाली करवाया। उसमें पहनने के अपने कपड़े रखकर लालजी शर्मा ने अपनी यात्रा की तैयारी पूरी की। इंटर कॉलेज के प्रिंसिपल से चरित्र प्रमाण-पत्र, प्रथम श्रेणी में उत्तीर्ण हाईस्कूल, इंटर की मार्कशीट और मुख्तार साहब की चिट्ठी लेकर बाऊजी के साथ लालजी लाल शर्मा बनारस के लिए चले तो माई को पकड़कर इस तरह रोए जैसे लड़की पहली बार ससुराल जा रही हो। माई भी रोती रहीं। बाऊजी भी रोए। जी कड़ा करके उन्होंने माँ-बेटे को डाँटकर सपनों की याद दिलाई जिनके सहारे उन लोगों की जिंदगी की गाड़ी बिना साधन-सुविधा के आगे बढ़ रही थी।

बनारस पहुँचकर बहुत डर लगा। अब क्या होगा? शहर में हर आदमी ठग

लेने में माहिर होता है। यह बात पिता-पुत्र दोनों ने गाँठ बाँध ली थी। बनारसी ठगों के कितने किस्से इन लोगों को पहले से ही मालूम थे। उस पर पंडों की ठगी के अलग किस्से। यूनिवर्सिटी का आतंक अलग। पुलिस का अलग। न जाने किस-किसका डर दोनों को समान रूप से सता रहा था। जो भी हो, अब तो यूनिवर्सिटी में नाम लिखाना ही है।

स्टेशन पर रेलगाड़ी से उतरकर कहाँ जाएँ, समझ में नहीं आया। प्लेटफॉर्म छोड़कर तीसरे दर्जे के प्रतीक्षालय में जाकर बाऊजी सिर पर हाथ रखकर बैठ गए। बच्चे को अकेले कैसे जाने दें? साथ जाएँ तो बोरिया-बिस्तर-बक्से का क्या करें? बहुत देर तक कुछ समझ में नहीं आया तो लालजी से बोले—'यहीं बैठो। तुमड़ी वाले पंडाजी हमारे इलाके के पंडा हैं। मैं जाकर उन्हीं को खोजता हूँ। झोले से भूजा गुड़ निकालकर बेटे को देकर पूछते-पूछते गंगा तट पर जा पहुँचे। सामने बहुत से पंडों की चौकियाँ पड़ी हुई थीं। एक से जाकर पूछा—'तुमड़ी वाले पंडाजी का ठिकाना कहाँ है?' चौकी पर बैठे मोटे पंडा ने नीचे-ऊपर तक फुलेना को देखा। पान से भरा मुँह खोलकर कहा—'यही तो है।' वे कुछ नहीं समझ पाए। ताकते रहे। मोटे पंडे ने हाथ से इशारा किया कि चौकी पर बैठो। वे बैठ गए। पान की पीक एक ओर थूककर पंडे ने कहा—'हम ही हैं तुमड़ीवाले पंडा। कहाँ से आए हो?, फुलेना अपनी सारी कथा बता गए। सबकुछ सुनकर पंडा ने कहा—'ठीक है। गंगा मैया की शरण में आ गए हो। सब काम हो जाएगा। पहले गंगा स्नान कर लो। दर्शन कर लो। आगे हम सब ठीक करा देंगे।' फुलेना बोले—'बेटे को ले आते हैं। साथ ही नहा लेंगे।' पंडे ने डाँट दिया, 'गंगा मैया के दरबार में आकर बिना नहाए लौटेगा पागल? कैसे काम होगा?' फुलेना ने पंडे की बात मान ली। गंगा में डुबकी लगा आए। पंडाजी ने शीशा-कंघी दिया। फुलेना उसका क्या करते? हाथ में लेकर खड़े रहे, फिर पंडे के सामने रख दिया। पंडाजी ने तिलक लगाया। गोदान का मंत्र पढ़ा। पाँच रुपए दक्षिणा से शुरू करके मोल-भाव करते-करते चार आने पर आए। चार आने देकर फुलेना ने पूछा—'अब बताइए क्या करें?' पंडाजी ने कहा—'जाकर बेटे को यहीं ले आओ, फिर हम आगे का रास्ता बताएँगे।'

फुलेना पैदल स्टेशन आए। दोपहर ढल चुकी थी। लालजी से सबकुछ बताया। बाप-बेटे ने बोरिया-बिस्तर, बक्सा-झोला उठाया। पैदल चलकर पंडाजी के पास पहुँचे। पंडाजी के आदेश से लालजी ने स्नान किया। शीशा-कंघी मिलने पर लालजी ने सिर के बाल ठीक किए। पंडाजी ने तिलक लगाया। एक चवन्नी और खर्च हो गई। उसके बाद पंडाजी ने एक लड़के को बुलाकर कहा—'इन लोगों को डेरे पर

ले जाओ।' वह चलने लगा तो पंडाजी ने पिता-पुत्र से कहा—'इसके साथ हमारे डेरे पर सामान रखो। कुछ खाना-पीना करो। बनाना चाहो, तो जगह है बना-खा लो। आज तो देर हो जाएगी। कल यूनिवर्सिटी जाकर नाम लिखा लेना।' 'जी अच्छा!' कहकर पिता-पुत्र पंडाजी के घर गए। रास्ते में लालजी लाल ने पंडाजी के भेजे लड़के से पूछ-पूछकर पता कर लिया कि यूनिवर्सिटी यहाँ से बहुत दूर नहीं है। सड़क पर जाकर इक्के में बैठकर दो आने खर्च कर वहाँ पहुँचा जा सकता है। डेरे पर पहुँचकर लालजी ने पिता से कहा कि आप कुछ बनाएँ-खाएँ। मैं भूजा-चना पेट भरकर खा चुका हूँ। जाकर देखता हूँ, यूनिवर्सिटी किधर है। बेटे को अकेले जाने देने में पिता को हिचक हुई तो लालजी ने बताया कि इंटर पास है वह। पूछ-पूछकर पहुँच जाएगा और समय से लौट आएगा। वे तैयार हो गए।

पंडेवाले लड़के से लालजी ने कहा कि वह उसे गली से सड़क तक पहुँचा दे। उसने सड़क पर पहुँचाकर इक्के पर बिठा दिया। बी.एच.यू. गेट पर इक्के से उतरकर लालजी लाल शर्मा अंदर घुसे तो चलने लगे। अंदर पूरा शहर बसा था। बहुत से लड़के-लड़कियाँ साइकिल पर तेजी से आ-जा रहे थे। एक पैदल चलने-वाले आदमी से उन्होंने पूछा—'बी.ए. में नाम लिखाना चाहता हूँ, किधर जाऊँ?' उस आदमी ने कुछ दूर साथ चलकर आगे का रास्ता समझा दिया। लालजी आर्ट्स कॉलेज के सामने पहुँचे। चार बज रहे थे। किसी से पूछा तो पता चला, कल फॉर्म मिलेगा। लौटने लगे तो खयाल आया कि जिस प्रोफेसर साहब के नाम मुख्तार साहब की चिट्ठी उनके पास है, उनके घर पर ही मिल लें। चिट्ठी हाथ में लेकर जो भी सामने दिखता, उससे वे उनका नाम पूछते। कोई नहीं बता पाता, वे कहाँ रहते हैं। शाम हो गई। लालजी ने चिट्ठी जेब में रखी। जिस सड़क से वे इधर आए थे, उसी से लौटने लगे। चलते चले गए, गेट का कहीं अता-पता नहीं। फिर लौटे। अगली सड़क को देखा। लगा यह गेट की ओर जाएगी। उस पर चले फिर वही हाल। थककर एक जगह खड़े हो गए। एक वृद्ध आदमी उधर से जा रहा था। उसे रोककर लालजी ने रास्ता पूछा। उसने कहा, 'बेटा! तुम तो गेट से बहुत दूर निकल आए हो। अच्छा रुको।' फिर उस आदमी ने सामने आ रहे इक्केवाले को आवाज देकर रोका। उससे कहा—'इस बच्चे को गेट पर उतार देना।' इक्केवाले ने बिठा लिया। गेट पर उतरकर लालजी ने किराया पूछा। उसने दो आने बताए। दो आने देकर लालजी गेट पर खड़े थे। कुछ देर तक याद करने के बाद समझ सके कि सीधे चलते हुए सड़क पर उस जगह पहुँचेंगे, जहाँ से पंडाजी के घर की गली मिलेगी। सोचा पैदल ही चलेंगे। चलने लगे। रास्ता लंबा होता गया। सोचने लगे कि इस बार

भी रास्ता भटक तो नहीं गए। जैसे-तैसे उस जगह पर पहुँचे। बाऊजी पंडाजी के घरवाले उसी लड़के को साथ लेकर बेहाल हो रहे थे। लड़का उन्हें समझा रहा था, आते ही होंगे। आप घबराइए नहीं।

लालजी को देखकर उनके बाऊजी रो पड़े। लालजी भी घबराहट और थकान से निढाल हो गए थे। बाऊजी को रोते देखा। उनसे लिपटकर फूट पड़े। पंडाजी के लड़के ने दोनों को समझाया-बुझाया। उसके साथ पंडाजी के घर आकर भोजन की व्यवस्था हुई। लालजी ने कहा—'वे भोजन बनाएँगे। चार साल में यह काम वे अच्छी तरह सीख गए हैं।' खा-पीकर पंडाजी की छत पर सोते हुए लालजी ने बाऊजी को बताया कि यूनिवर्सिटी कितनी बड़ी है। वे कैसे-कैसे भटकते रहे, कैसे लौटे। यह भी बताया कि जिसके नाम मुख्तार साहब की चिट्ठी है, उनका घर कोई नहीं बताता, कल खोजा जाएगा।

सवेरे चार बजे उठकर पिता-पुत्र गंगातट पर चले गए। वहीं सवेरे वाले काम से मुक्त होकर स्नान कर लिया। जान-बूझकर पंडा की चौकी की ओर नहीं देखा। पंडा के डेरे पर लौटकर कल वाली जगह पर खाना बनाया। आठ बजे तक खा-पीकर पिता-पुत्र पैदल ही यूनिवर्सिटी के लिए निकले। नौ बजे पहुँचे। सभी ऑफिस बंद। घूमकर समय बिताते रहे। ऑफिस खुलते ही लालजी ने बी.ए. में प्रवेश के लिए फॉर्म लिया। और लड़कों के साथ फॉर्म भरकर उसी दिन जमा कर दिया। पता चला, पाँच दिन बाद उन छात्रों के नाम की सूची निकलेगी, जो प्रवेश पाने योग्य समझे जाएँगे।

लालजी को यहीं रुककर उस दिन तक प्रतीक्षा करनी चाहिए और बाऊजी को गाँव लौट जाना चाहिए, यही तय हुआ। जिनके नाम मुख्तार साहब की चिट्ठी थी, उनको खोजने के लिए बहुत मेहनत की गई, पर वे मिले नहीं। पंडा के डेरे पर लौटते-लौटते शाम हो गई। पंडा ने उपाय बताया। यहीं पास में एक अध्यापक रहते हैं। उनसे पूछा जा सकता है कि वे कहाँ रहते हैं, जिनके पास चिट्ठी लेकर जाना है। उपाय ठीक निकला। पंडाजी ने अपने परिचित गुरुजी से पूछकर लालजी को उन तक पहुँचवा दिया। अस्सी घाट से जरा सी दूरी पर एक पुराना मकान था। हाते में गायों के झुंड के बीच रास्ता बनाते हुए वे लोग कोठरी के सामने जाकर खड़े हुए। पुराने दरवाजे से लटकती साँकल खटखटाते ही लाल गमछा लपेटे नंग-धड़ंग एक आदमी बाहर निकला। लालजी के हाथ में मुख्तार साहब की लिखी चिट्ठी थी। उसी को आगे बढ़ाकर लालजी ने कहा—'गुरुजी को चिट्ठी देना चाहता हूँ।' हाथ से चिट्ठी लेकर उस आदमी ने खड़े-खड़े पढ़ लिया। पढ़ते ही खुश होकर

बोले—'तुम हाईस्कूल और इंटर दोनों फर्स्ट क्लास पास हो?' 'जी!' लालजी ने कहा। गुरुजी ने आगे बढ़कर लालजी की पीठ पर हाथ रखकर खूब शाबाशी दी। बुलाकर तख्त पर बिठा लिया। बाहर ठिठके रह गए उनके बाबूजी को भी बुला लिया। ऐसा होनहार बेटा पाने के लिए बधाई दी। मुख्तार साहब का हालचाल पूछते रहे। लालजी की मार्कशीट मँगाकर देखने के बाद खुश होकर बोले—'तुम्हारा नाम तो पहली लिस्ट में निकल जाएगा। हॉस्टल भी तुरंत मिल जाएगा। मन लगाकर पढ़ो। छात्रवृत्ति भी मिल जाएगी। कोई परेशानी नहीं होगी। मैं हूँ ही। जब कभी किसी बात की परेशानी हो, सीधे मेरे पास चले आना।'

गुरुजी की प्रशंसा और आश्वासन पाकर लालजी को आगे का सफर बहुत आसान लगने लगा। उन्होंने बाऊजी को समझा-बुझाकर वापस गाँव जाने को तैयार कर लिया। पंडाजी के घर पहुँचे। सारी बात बताकर जाने लगे तो पिता-पुत्र की आँखें भर आईं। पंडाजी ने कहा—'कोई बात नहीं, बच्चा कुछ दिन यहीं रह लेगा। छात्रावास में जगह मिल जाएगी तो वहाँ चला जाएगा। आप आराम से घर जाइए। होनहार विद्यार्थी है, बाबा विश्वनाथ की कृपा होगी तो जरूर कुछ करेगा।'

बाऊजी के चले जाने के बाद नाम लिखे जाने तक लालजी लाल शर्मा को रोज-रोज नए-पुराने विद्यार्थी मिलने लगे। इनकी मार्कशीट देखकर सभी बहुत प्रभावित होते। गंगा के घाटों, मंदिरों, बाजारों और गलियों में घूमते हुए हर चीज को अचरज के साथ देखते। बहुत सी नई बातें सीखने लगे।

प्रवेश सूची में पहले दिन अपना नाम देखकर लालजी बहुत खुश हुए। फीस जमा करने के बाद अपने को बाकायदा बी.एच.यू. के छात्र के रूप में पहचानना, उनके लिए नई दुनिया में पहुँच जाने जैसा अनुभव था। साथवाले छात्रों से पूछकर छात्रावास के लिए फॉर्म भर दिया। पहली ही सूची में नाम आ गया। बिड़ला हॉस्टल में जगह मिली। जब छात्रावास में फीस जमा करने की बात आई तो पता चला, कमरे का किराया और मेस का खर्च मिलाकर अस्सी रुपए हर महीने में लगेंगे।

अस्सी रुपए हर महीने? लालजी का मुँह खुला रह गया। इतने रुपए कहाँ से मिलेंगे? इतना ही बोलकर वे चुप हो गए। शाम को गुरुजी के पास गए। उनसे सारी बात बताकर पूछा, 'गुरुजी, क्या करूँ? इतने रुपए का प्रबंध बाबूजी कहाँ से कर पाएँगे?'

'कोई बात नहीं बेटे! माँ अन्नपूर्णा की नगरी में कोई भूखा नहीं मरता। एक बात गाँठ बाँध लो। पढ़नेवाले विद्यार्थी की पढ़ाई पैसे के अभाव में कभी नहीं

रुकती। तुम प्रथम श्रेणी के छात्र हो। छात्रवृत्ति तुम्हें अवश्य मिल जाएगी। तब तक के लिए तुम्हें रामानुज कोट में रहने की जगह दिलवा देता हूँ। आज बात कर लूँगा। कल से वहीं रहना।' कहकर गुरुजी ने अभाव की मार से घबराए लालजी का सारा दुःख हर लिया। लालजी लाल शर्मा के विचारों में कल्पना के पंख लग गए। हाईस्कूल, इंटर में प्रथम श्रेणी करने के बाद सपनों का जो सुनहरा संसार बसने लगा था, वह उजड़ता हुआ प्रतीत हो रहा था; पर गुरुजी से मिला आश्वासन उनके लिए वरदान बन गया।

रामानुज कोट अस्सी के आगे सड़क से लगे हुए एक ऊँचे स्थान पर है। उसके किनारे बनी कोठरियों में गरीब विद्यार्थी रहते थे। चार रुपए महीने किराए में आठ विद्यार्थियों के सोने भर की जगह मिल जाती थी। दीवालों से सटी हुई पत्थर की पटिया लगी हुई थी। उन्हीं के नीचे बक्से, बिस्तर रहते। उन्हीं पटियों पर सोने की जगह बनती। दिन में उन्हीं से कुरसियों का काम लिया जाता। कोठरियों की कतार के एक किनारे खाना बनाने की जगह। उसी में विद्यार्थी अपनी अँगीठी जलाकर चावल-दाल, रोटी-सब्जी बना लेते। जंगल जैसे झाड़-झंखाड़ के किनारे शौचालय। नहाने के लिए कुँए से पानी निकालना पड़ता। लालजी को गुरुजी के कहने से वहीं जगह मिल गई।

यूनिवर्सिटी में पढ़ाई शुरू हो गई। एक नई दुनिया अपनी रंगीनियों के साथ रोज-रोज लालजी के सामने उजागर होने लगी। बी.ए. में विषय चुनना कठिन हो गया। ऑनर्स के लिए जिस विषय का चुनाव करना था, आगे का सारा भविष्य उसी पर निर्भर करता। कई दिन तक सोच-विचार करने के बाद लालजी लाल शर्मा ने राजनीति शास्त्र का चुनाव ऑनर्स के लिए कर लिया। उस विभाग के अध्यक्ष ने ऑनर्स वाले छात्रों को एक दिन अपने ऑफिस में बुलाया। सबसे परिचय पूछा गया। पिता का नाम और व्यवसाय पूछा गया। लालजी लाल शर्मा ने पिता का नाम बताया। व्यवसाय क्या बताएँ। बोले—'गाँव में रहते हैं।' अध्यक्ष हँस पड़े। बोले—'यह तो कोई व्यवसाय नहीं हुआ कि गाँव में रहते हैं। खेतीबारी करते होंगे।'

लालजी कैसे कहते कि खेतीबारी नहीं है। चूड़ी बेचने का धंधा करते हैं। इसी कलंक से छुटकारा पाने का सपना तो देखते हैं वे और उनके माता-पिता। चुप रह गए। उनकी मार्कशीट और प्रिंसिपल द्वारा मिले प्रमाण पत्र को पढ़कर हेड साहब प्रभावित हुए। बोले—'बहुत अच्छी बात है। फर्स्ट क्लास स्टुडेंट होने के साथ-साथ खेलने में भी तुम्हारी रुचि है। बधाई।'

हेड ऑफ डिपार्टमेंट को कुछ शहरी छात्र कहते 'एच.ओ.डी.'। लालजी

लाल शर्मा मन-ही-मन जीभ को कई तरह से घुमा-फिराकर 'एच.ओ.डी.' का उच्चारण करते और एक नए सपने में खो जाते।

\+ \+ \+ \+

पी.एम. हाउस के बाहर खड़े प्रोफेसर लाल अचानक वर्तमान क्षणों में लौट आए। उनके सामने एक चुस्त युवक खड़ा होकर हाथ जोड़े मुसकरा रहा था। 'प्रणाम सर!' से ध्यान टूटा। सामने उसे देखकर चकित हो गए। तुरंत पहचान लिया। लेकिन जीवनभर बड़े बनने के हथकंडों का इस्तेमाल करनेवाले प्रोफेसर लाल पहली नजर में किसी पुराने छात्र को पहचान लें, तो उनकी ऊँचाई का क्या हो? जीभ को अपनी खास अदा में मोड़ते हुए प्रोफेसर लाल ने उस युवक की ओर प्रश्नभरी निगाह डाली—'आई थिंक यू आर…' 'विनीत सर! योर ओल्ड स्टुडेंट, सर!' प्रोफेसर लाल के अधूरे वाक्य को पूरा करते हुए युवा अधिकारी का जवाब आया। 'ओह! विनीत! बहुत स्मार्ट हो गए हो। यहाँ कैसे?' प्रोफेसर लाल चहकने का अभिनय करते हुए बोले—'सर, मैं यूनिवर्सिटी छोड़ने के बाद सर्विसेज में आ गया। आजकल भारतीय विदेश सेवा में हूँ।' विनीत ने कहा। 'बहुत अच्छा भई! बहुत-बहुत बधाई।' प्रोफेसर की बधाई में जो खोखलापन था, उसका लंबा इतिहास विनीत को पलभर में याद आ गया।

उसके छात्र जीवन के पाँच वर्षों का इतिहास इसी आततायी के बूटों तले रौंदा गया इतिहास रहा है। घाव अब भी कसकते रहते हैं।

हाईस्कूल और इंटर में प्रथम श्रेणी प्राप्त करने के बाद विनीत कुमार ने बी.ए. प्रथम भाग में प्रवेश लिया। पिता की इच्छा थी कि उनका होनहार बेटा यूनिवर्सिटी में लेक्चरर बन जाए। जब कोई कहता कि आपका बेटा आई.ए.एस. में आ जाएगा तो वे भड़क जाते। 'मेरा बेटा नौकरशाह नहीं बनेगा। इसे तो यूनिवर्सिटी में प्रोफेसर बनना है।'

साल भर तक अन्य सर लोगों की तरह हेड सर भी विनीत की सराहना करते रहे, किंतु प्रथम वर्ष के परीक्षा परिणाम में सबसे ज्यादा अंक प्राप्त करना विनीत कुमार के लिए दुर्भाग्य बन गया। हेड सर का बेटा हाईस्कूल और इंटर तक परिणाम को देखते साधारण विद्यार्थी था। बी.ए. में भी उसके नंबर दो विषयों में बहुत साधारण। पितावाले विषय में सबसे ज्यादा। एक प्रश्न पत्र में तो पचहत्तर में से तिहत्तर नंबर उसे मिले थे। जो ही सुनता, हँस पड़ता। राजनीति शास्त्र जैसे विषय में बी.ए. के किसी छात्र को पचहत्तर में तिहत्तर नंबर मिल सकते हैं, इस पर किसी को विश्वास नहीं होता। बाद में उसने नंबर बताना छोड़ दिया। लड़के पूछते तो वह

टाल जाता। कोई ज्यादा जोर देता तो गाली-गलौज पर उतर आता।

दूसरे वर्ष में बबलू लाल को सभी विषयों में प्रथम श्रेणी के नंबर मिले। विनीत कुमार को राजनीति शास्त्र में थर्ड क्लास के नंबर मिले। अन्य दो विषयों के कारण उसकी प्रथम श्रेणी बच गई।

तीसरे वर्ष में क्या जादू हुआ कि विनीत कुमार को मुश्किल से साठ प्रतिशत अंक मिले, जबकि बबलू लाल ने सतहत्तर प्रतिशत अंक प्राप्त करके यूनिवर्सिटी में प्रथम स्थान प्राप्त किया। प्रो. लाल की बातचीत में अपने होनहार बेटे की बुद्धिमानी एक अनिवार्य विषय के रूप में आने लगी।

विभाग के अध्यापकों ने विनीत कुमार के सामने एच.ओ.डी. की बेईमानी को लेकर बहुत कुछ कहा। एच.ओ.डी. के सामने बबलू लाल की प्रतिभा का बखान करते रहने के अतिरिक्त कोई चारा न था।

एम.ए. प्रथम वर्ष में राजनीति शास्त्र के सबसे मेधावी छात्र के रूप में प्रतिष्ठित हुए बबलू लाल। यह जानते हुए भी कि टॉप तो बबलू लाल ही करेंगे, विनीत कुमार ने भी उसी विभाग में नाम लिखाया। वही हुआ जो पहले से सबको पता था। बबलू लाल ने सारे रिकॉर्ड तोड़कर राजनीति शास्त्र में टॉप किया। यूनिवर्सिटी गोल्ड मेडल से वे अलंकृत हुए। विनीत कुमार को मौखिक परीक्षा में इतने कम नंबर मिले कि प्रथम श्रेणी बच गई, यही बड़ी बात थी।

जुलाई में स्थायी प्रवक्ता के रूप में नियुक्त होनेवाले मेधावी छात्र के रूप में बी. लाल (बबलू लाल तब तक बी. लाल हो चुके थे।) के अतिरिक्त किसी के दिमाग में कोई दूसरा नाम आ ही नहीं सकता था, मगर प्रोफेसर लालजी लाल सब लोगों के अनुमान की सीमा से बाहर निकल गए। उन्होंने विभाग में घोषणा की—'बी. लाल को हैदराबाद यूनिवर्सिटी से लेक्चरर बनने का ऑफर आया है। सोचता हूँ उनको वहाँ भेज दूँ। यहाँ के लिए आप लोग सोच लीजिए कि किसे रखना ठीक होगा। कोई ऐसा न आवे जो आप सबको ही कुछ न समझे।

सबने मन-ही-मन में हैदराबाद से आनेवाले ऑफर का आनंद लिया। वहाँ प्रोफेसर लाल का बनाया हुआ अध्यक्ष था। वह इनको विषय का सर्वश्रेष्ठ विद्वान् मानता है। इनके कहने पर कुछ भी कर सकता है। उसने बी. लाल को अपने यहाँ स्थायी लेक्चरर बनाने का प्रस्ताव करके अपने ऊपर लदे बोझ का एक अंश चुकता किया।

डॉ. राव अध्यक्ष के बाद सबसे सीनियर प्रोफेसर थे। उन्होंने स्पष्ट शब्दों में पूछ लिया—'ऐसा कौन आ सकता है जो हम लोगों को कुछ न समझे? ऐसे किसी

आदमी को आप क्यों लाना चाहेंगे?'

'यही तो कह रहा हूँ मैं। अपनी मरजी से तो कुछ भी नहीं करना चाहता। आप लोगों की राय से ही नया आदमी रखा जाएगा। इसलिए कह रहा हूँ सोच-समझ कर बताइए।

प्रोफेसर लालजी लाल एच.ओ.डी. की कार्यप्रणाली से विभाग के सभी लोग अच्छी तरह परिचित हो चुके थे। सबको लगा कि कोई बड़ी बदमाशी करने की भूमिका बन रही है। सबने एक दूसरे की आँखों में देखा। सभी लगभग एक साथ बोल पड़े—'आपको कोई अच्छा कैंडिडेट दिखाई पड़ता है?'

'मुझे तो बहुत कुछ दिखाई पड़ता है। मुझे तो वह भी दिखाई दे रहा है, जो आप लोगों को नहीं दिखाई पड़ रहा है। अभी कहूँ तो आप सब कहेंगे कि मैं अन्याय कर रहा हूँ।' कहकर प्रोफेसर लालजी लाल गहरी मुसकान के साथ अपने विभागीय मित्रों को (जैसा वे कहा करते थे) देखने लगे।

सभी समझ रहे थे कि ये सारी बातें विनीत कुमार को विभाग में न घुसने देने की योजना के हिसाब से कही जा रही हैं। लेकिन कोई यह नहीं समझ पा रहा था कि उससे अच्छा बताकर ये लाना किसको चाहते हैं। सभी ने फिर लगभग एक स्वर से कहा—'विभाग आपको चलाना है। आपके विचार से जो सबसे अच्छा हो, उसी को ले आइए।'

'तो आप सब इस प्रस्ताव से सहमत हैं? कहीं ऐसा न हो कि बाद में आपमें से कोई कुछ कहे।' प्रोफेसर लालजी लाल हर तरह से अपने को सुरक्षित कर लेना चाहते थे, यह बात सभी समझ रहे थे। सभी ने प्रो. राव की ओर अर्थभरी निगाह से देखा। वे भी मुसकराए।

उसी शाम प्रो. राव कुलपति से मिले। कुलपति उन्हीं के विभाग के थे। जिस यूनिवर्सिटी से आए थे, उसमें राव उनके साथ पहले काम कर चुके थे। कुलपति तो यों किसी पर विश्वास नहीं करते। कहते—'यही मेरी सफलता का रहस्य है।' वे यूनिवर्सिटी के हर विभाग में एक सीनियर प्रोफेसर या रीडर को अपना निकटतम बनाए रखते थे। प्रोफेसर राव वर्षों पहले उनके निकटतम सहयोगी रह चुके थे। इस यूनिवर्सिटी में कुलपति होकर आने के बाद उन्होंने प्रो. राव से ही सभी लोगों के विषय में विस्तृत सूचनाएँ प्राप्त कीं। राव ने वी.सी. से मिलकर अपने विभाग की ताजा घटना की जानकारी दी। यह भी बताया कि प्रो. लाल के बेटे ने टॉप किया। कैसे किया, उसकी जानकारी सबको है। उसे हैदराबाद में ऑफर दिलवा दिया। हमारे विभाग में जो वाकई योग्य है, उसे उन्होंने बहुत परेशान किया है। वाइवा में

सबसे कम नंबर देकर उसका डिवीजन तक बिगाड़ देना चाहते थे। मुश्किल से वह अपना डिवीजन बचा पाया। एक टैंपरेरी लेक्चरर की जगह है, जिसके लिए सबसे अच्छा वही है, मगर किसी और के लिए भूमिका बनाई जा रही है।

कुलपति मुसकराते हुए चुपचाप प्रो. राव की बातें सुनते रहे। जब प्रो. राव चुप हुए, कुलपति ने घंटी बजाई। चपरासी आया तो पी.ए. को बुलवाया। पी.ए. से राजनीति शास्त्र विभाग से आई फाइल मँगवाई। फाइल आ गई तो कुलपति ने प्रो. राव के सामने रखते हुए कहा—'भूमिका बनाई नहीं जा रही है।' आज ही की तारीख में उनके विभागाध्यक्ष प्रो. लालजी लाल ने टेंपरेरी लेक्चरर के रूप में मिस नंदा के नाम की जोरदार संस्तुति की थी। कुलपति की मुसकान चौड़ी हो गई। बोले—'आपके सब्जेक्ट की टैलेंट है। आपको जानना चाहिए।' 'अपनी यूनिवर्सिटी में तो इधर कुछ वर्षों में इस नाम की किसी छात्रा ने हमारे सब्जेक्ट में एडमिशन भी नहीं लिया!' प्रो. राव आश्चर्यचकित थे।

'अरे भाई, हेड ऑफ डिपार्टमेंट को विभाग के विकास के लिए बहुत चिंता करनी पड़ती है। देश-विदेश में टैलेंट की तलाश करनी पड़ती है। आपको क्या पता, आपके एच.ओ.डी. को एकेडेमिक हाइट्स की कितनी फिक्र रहती है। पता लगाइए कहीं मिस नंदा जैसे टैलेंट को हैदराबाद से तो नहीं लाया जा रहा है?'

वाक्य पूरा करते ही वी.सी. खुलकर हँसे। प्रो. राव उनके ठहाकों में शरीक हुए। प्रो. राव अपने एच.ओ.डी. का यह शौक वी.सी. को बता चुके थे कि वे यही कहलवाना पसंद करते हैं। हँसी के बीच ही प्रो. राव को हैदराबाद वाली संभावना समझ में आई। उन्होंने फाइल खोलकर मिस नंदा का पता पढ़ना चाहा। उस जगह पर कुछ लिखा नहीं था। कुलपति समझ गए। बोले—'अभी से मिस नंदा का पता जानने के चक्कर में क्यों पड़ गए?'

'आइए प्रो. राव, आपका मनोरंजन किया जाए।' वी.सी. उठे। उनके साथ प्रो. राव भी उठे। वी.सी. ड्राइंगरूम से निकलकर ऑफिस में आ गए। पी.ए. से कह दिया—'कोई फोन आए तो बता देना, अभी व्यस्त हूँ। किसी को अंदर मत भेजना।' 'जी सर!' कहकर पी.ए. चला गया। कुलपति ने ड्रॉअर खोलकर एक लिफाफा निकाला। उसमें से एक कैसेट और एक छोटा टेपरिकॉर्डर निकाला। प्रो. राव चकित हुए देख रहे थे कि क्या हो रहा है। कैसेट चालू हो गया। प्रो. राव के एच.ओ.डी. की स्पष्ट आवाज आ रही थी—'भाई! मेरा मामला तो बहुत साफ है नियुक्तियों के मामले में। टेंपरेरी लेक्चरर ही तक तो मामला अपने हाथ में रहता है। परमानेंट लेक्चरर के सिलेक्शन में वी.सी. से लेकर बाहरी एक्सपर्ट तक अपना-अपना

सिक्का चलाना चाहते हैं। प्रेसवाले अलग सूँघते हैं। हाईकोर्ट अलग निशाना साधे बैठा रहता है, कब कोई कैंडिडेट आए, कब स्टे ग्रांट करें। एडहॉक का मामला पूरी तरह एच.ओ.डी. के हाथ में होता है। मेरी एक पर्सनल पॉलिसी है, शहर में कई पीढ़ियों से रहनेवाले किसी लड़के को कभी मत एपॉइंट करो। यूनिवर्सिटी के किसी टीचर के बेटे को तो बिलकुल नहीं। वह तो आते ही आपका बाप बनने की कोशिश करने लगता है। गाँव-देहात से पहली बार शहर आकर एम.ए. करनेवाले किसी ऐसे विद्यार्थी को रखो, जो जिंदगीभर तुम्हारी गुलामी करे। शहरी प्रतिभा का सम्मान करना ही हो, तो दूसरे शहर की किसी सुंदर लड़की को अवसर दो, ताकि बुढ़ापा तुम्हारे पास फटकने न आवे।'

कैसेट खट् की आवाज के साथ बंद हो गया। वी.सी. ने प्रो. राव से पूछा—'आवाज तो पहचान ली होगी आपने?' 'यस सर! मगर यह कैसे?' प्रो. राव आँखों में विस्मयभरे प्रश्नवाचक बने हुए थे।

'ऑल राइट! प्रो. राव! अब कल अपने विभाग में मेरा एक ऑर्डर देखिएगा। बताइएगा, कैसा लगा आपके एच.ओ.डी. साहब को।' उठते हुए कुलपति ने कहा। प्रो. राव घर लौटे।

अगले दिन विभाग में पहुँचते ही प्रो. राव ने क्लर्क से पूछा—'वी.सी. का कोई ऑर्डर आया है?' 'सर नहीं।' कहते हुए क्लर्क ने रजिस्ट्रार की ओर से आई एक सूचना उन्हें दी।

कुलसचिव की ओर से सभी विभागाध्यक्षों को सूचित किया गया था कि आज की तारीख से भविष्य में विश्वविद्यालय के सभी विभागों में तदर्थ अध्यापकों की नियुक्ति के लिए स्थानीय समाचार-पत्रों में विज्ञापन प्रकाशित कराया जाएगा। एक चयन समिति बैठेगी। कुलपति, संकायाध्यक्ष, विभागाध्यक्ष और आवश्यक समझा गया तो एक स्थानीय विशेषज्ञ तदर्थ प्रवक्ता का चयन करेंगे। प्रो. राव खुशी के मारे उछलते हुए एच.ओ.डी. के कमरे की ओर चले। वहाँ पहुँचने से पहले उन्होंने अपना इरादा बदल दिया। वे अन्य सहयोगियों के कमरों में जाकर यह कागज दिखा आए। सभी टीचर्स बहुत प्रसन्न हुए। सबने कहा कि आज एच.ओ.डी. के कमरे में कॉफी ब्रेक के समय मजा आएगा। निश्चय हुआ कि उससे पहले कोई भी आदमी एच.ओ.डी. से नहीं मिलेगा। वे बुलाएँ तो मिलने पर अपनी ओर से इस आदेश की चर्चा नहीं करेगा। देखा जाए, एच.ओ.डी. साहब क्या करते हैं।

कॉफी ब्रेक में सभी अध्यापक दंग रह गए यह देखकर कि एच.ओ.डी. साहब खुशी से चहक रहे थे। सब लोगों के आ जाने पर उन्होंने आज आए आदेश

की खुशी मे एक छोटा सा भाषण दे डाला—'भाई! आज तो वी.सी. ने कमाल कर दिया। एडहॉक लेक्चरर्स की नियुक्ति के लिए भी विज्ञापन और सिलेक्शन कमेटी की व्यवस्था हो गई। अब आएगा रियल टैलेंट' कहकर उन्होंने रजिस्ट्रार के यहाँ से आए उस कागज को अपने ब्रीफकेस से निकालकर सबके सामने मेज पर रख दिया। सबने उस कागज को लेकर इस भाव के साथ देखा जैसे पहले से उन्हें कुछ भी पता न हो। मन-ही-मन सब एच.ओ.डी. के पाखंड का आनंद लेते रहे। लोग कॉफी पी चुके तो एच.ओ.डी. ने फोन मिलाया। उधर से जवाब मिलने पर बोले—'जरा साहब से बात कराइए।' पलभर बाद फोन पर चहकते हुए बोले—'गुड आफ्टर नून सर! थैंक्यू! आपने बहुत अच्छा किया सर! अब हम लोग टैलेंट्स के साथ जस्टिस कर पाएँगे। मैंने तो कई बार यह प्रस्ताव रखा था, लेकिन वी.सी. लोग नहीं मानते थे। आपने बड़ी सूझ-बूझ का काम किया है, सर! आपको बहुत-बहुत बधाई और धन्यवाद।'

कॉफी ब्रेक के लिए एच.ओ.डी. के कमरे में बैठे विभाग के सभी अध्यापक इस अभिनय कौशल की दाद देते हुए एक दूसरे की ओर देखकर मुसकरा रहे थे। अगले दिन प्रो. राव ने कुलपति को अपने विभाग में हुई प्रतिक्रिया की चर्चा करते हुए एच.ओ.डी. के अभिनय की बात बताई। दोनों हँसने लगे। जब प्रो. राव चलने लगे तो कुलपति ने पूछा—'और कल शाम की मीटिंग के विषय में कुछ बताइए?' प्रो. राव चकराए, बोले—'कल कौन सी मीटिंग हुई थी?' 'कल आपके एच.ओ.डी. के घर पर कुछ अन्य एच.ओ.डी. लोगों की गुप्त बैठक हुई। विचार किया गया कि मेरे उस निर्णय के खिलाफ हाईकोर्ट में जाया जा सकता है या नहीं? आपके एच.ओ.डी. जितने उत्साह से मुझे फोन पर बधाई और धन्यवाद दे रहे थे, उतने ही जोर से बैठक में उस निर्णय का विरोध कर रहे थे। अंत में विद्वानों की समझ में आया कि हाईकोर्ट में जाने का कोई आधार नहीं है।'

कहकर कुलपति मुसकराए। लौटते हुए प्रो. राव चकित थे। घरों में होने-वाली ऐसी गुप्त बैठकों के सारे ब्योरे कुलपति तक कैसे पहुँच जाते हैं।

यह सबकुछ तो महीनों बाद विनीत कुमार को प्रो. राव ने तब बताया, जब सिलेक्शन कमेटी में एच.ओ.डी. के विरोध के बावजूद वी.सी. और डीन विशेषज्ञ के साथ सहमत होकर विनीत कुमार की नियुक्ति करने में सफल हो गए।

विनीत कुमार को इसी क्षण प्रो. लालजी लाल की वह भयानक मुद्रा याद हो आई, जब उसके ज्वॉइन करते समय उन्होंने कहा था—'ठीक है, ज्वॉइन करो और मेहनत से काम करो। अब पता चलेगा कि एच.ओ.डी. क्या होता है?' विनीत ने

सोचा, इस समय वी.सी. बनने के लिए नेताओं के जूतों की धूल चाटता हुआ यह पी.एम. तक पहुँचा है। पी.एम. ने बहुत अच्छा जवाब दिया, सोचते हुए विनीत कुमार ने अतिशय विनीत होकर प्रो. लालजी लाल से कहा—''पी.एम. ने आपको नहीं पहचाना सर! भला आप जैसा ऊँचा एकेडेमिशियन वी.सी. बनना क्यों चाहेगा?

प्रो. लाल ने अपनी ओर से कोई प्रतिक्रिया व्यक्त नहीं की। वे विनीत कुमार का चेहरे पढ़ने की कोशिश करते रहे कि कहीं मेरी दुर्दशा का मजा तो नहीं ले रहा। उनकी आँखों की भाषा को अच्छी तरह से समझते हुए और उनकी मनोदशा का भरपूर आनंद लेते हुए विनीत कुमार ने कहा—'अच्छा सर! मुझे तो एक मीटिंग में जाना है। चलता हूँ। यह आपने अच्छा किया। पी.एम. की निगाह में आपका रीयल बड़प्पन आ गया, यह बहुत अच्छा हुआ।' प्रणाम करके दो कदम आगे बढ़ जाने के बाद पीछे पलटकर विनीत कुमार ने कहा, 'वैसे सर! अगर आप वी.सी. होना चाहें तो बताइएगा। वहाँ आपके स्टेट में इस समय शिक्षा सचिव मेरे बैच का आई.ए.एस. है। मेरा बहुत अच्छा दोस्त है।' कहते हुए विनीत कुमार के आगे बढ़ जाने के बाद प्रो. लालजी लाल को लगा कि यह मुझे लॉलीपॉप दिखा रहा है। मेरा भला यह कैसे चाहेगा? फिर लोभ की लहर ने यथार्थ की उभरती हुई जमीन को डुबा लिया। प्रो. लाल सोचने लगे, हो सकता है इतना बड़ा आदमी बनने के बाद, देश-विदेश में घूमते रहने के बाद यह पुरानी बातें भूल गया हो और सचमुच मेरी मदद करना चाहे। अच्छी बात है। प्रदेश स्तर से ही शुरू करना है, तो जब जरूरत पड़ेगी देखा जाएगा। किससे क्या काम लिया जाए और किस तरह लिया जाए, इस समय यही देखना है।

प्रो. लाल आगे की रणनीति पर विचार करते हुए देश की राजधानी से लौटने की तैयारी करने लगे।

विनीत कुमार मीटिंग में गए। वहाँ से अपने ऑफिस की कुछ फाइलें देखने के बाद शाम को घर लौटे। इस बीच पलभर के लिए भी उनके दिमाग से प्रो. लालजी लाल की मक्कारियों की याद धुँधली नहीं हुई। एक-एक दिन की कारगुजारियाँ अनेक-अनेक कोनों से उभरकर मन के गहरे घावों को ताजा करती रहीं। सबसे बड़ा घाव तो पिताजी के अतृप्त चले जाने से बना था। वे यही कहते हुए दुनिया से विदा हुए थे—'बेटा! मैं तुम्हें विश्वविद्यालय में ही देखना चाहता था।' विनीत उनकी आत्मा से क्षमा माँगते प्रो. लाल की एक-एक बात याद करते रहे। सुनयना ऑफिस से आते उनके सामने खड़ी हो गई, तब भी वे शून्य में ताकते वैसे ही बैठे रहे, जैसे बैठे थे।

सुनयना के स्पर्श से वर्तमान में आए विनीत का कड़वाहट भरा मन उसे देखकर कुछ बदला। चुहल की सुनयना ने—'कहाँ खो गए थे सर! कोई मिल गई थी क्या?' 'मिल गया था, वह एच.ओ.डी., जिसके चलते यूनिवर्सिटी छोड़कर मुझे इधर आना पड़ा। तुम तो वह किस्सा जानती हो। कई बार उनकी बात आई है। वही आज पी.एम. हाउस में मिल गया। प्रोफेसर होकर रिटायर होने पर ऐसे लोग कुलपति होने का सपना देखते हैं न। उसी चक्कर में आया होगा। हमारे नेता भी कैसे ऊँचे खिलाड़ी होते हैं? पी.एम. ने उसे अपनी बात कहने का मौका ही नहीं दिया। उसकी तारीफ का नाटक करते हुए उसका मुँह बंद कर दिया।'

पी.एम. और प्रो. लालजी लाल की एक-एक मुद्रा का विस्तार सहित वर्णन करते हुए विनीत ने सारा किस्सा सुनाया। उसके बाद अपनी मुलाकात और उसका किस्सा सुनाकर बताया कि आज चलते-चलते मैंने उसे एक जड़ी सुँघा दी है। वह आएगा जरूर। बिना वी.सी. हुए मर जाना उसे कबूल न होगा। वैसे एच.ओ.डी. के रूप में वह अपने को किसी डिक्टेटर से कम नहीं समझता था।

उस शाम उस घर में विनीत के जीवन में गुजरा वह एक साल उमड़-घुमड़-कर बार-बार आता रहा। सुनयना एक-एक बात पूछती रही। विनीत अपनी स्मृति में चुभी हुई एक-एक कील उखाड़कर उससे बने घाव दिखाता रहा।

पहले दिन ज्वॉइन करते समय अपनी ताकत का एहसास करा देने के बाद कॉफी ब्रेक में उसने सबके सामने मेरा स्वागत किया। यहाँ तक कह दिया कि विनीत कुमार जैसे नौजवान किसी भी विभाग को ऊँचाई के शिखरों तक पहुँचा सकते हैं।

बाद में प्रो. राव ने कहा—'सावधान हो जाओ, जिसके खिलाफ इसे कुछ करना होता है, उसकी इसी तरह तारीफ करना उसकी आदत है। कल से ही इसके दाँव-पेंच शुरू हो जाएँगे, बल्कि हो गए होंगे।'

अगले दिन कॉफी ब्रेक में विनीत क्या पढ़ाएँगे, यह प्रश्न उठा। उनसे पूछा गया। उन्होंने अपनी रुचि बता दी। दूसरे दिन उनको जो टाइम-टेबल दिया गया, उसमें वह पेपर किसी और को दे दिया गया था। विनीत कुमार को वह पेपर पढ़ाना था, जिसमें उनकी रुचि नहीं थी। सोचा, शायद भूल से ऐसा हो गया। कॉफी ब्रेक के समय चर्चा की। पता चला कि अभी नए हैं, एकदम नए आदमी को वह पेपर नहीं दिया जा सकता। चलो ठीक है। इसी की तैयारी करेंगे, जो पढ़ाने को मिला है।

मित्रों ने कहा—'शिष्टाचारवश वी.सी. और डीन से मिलकर बता देना चाहिए कि तुमने ज्वॉइन कर लिया है। दोनों को धन्यवाद दे देना ठीक रहेगा।' वी.सी. ने तो

अत्यंत औपचारिक रूप से धन्यवाद का जवाब धन्यवाद से दिया। पता नहीं चल सका कि उनको विनीत का मिलना ठीक लगा या नहीं।

कला संकाय के अध्यक्ष से मिलने पर कुछ बातों की जानकारी हुई। उन्होंने प्रेम से बिठाया। मिठाई मँगाकर खिलाई। विनीत की पढ़ाई-लिखाई की बात पूछते रहे। प्रो. लालजी लाल की बात चली। उन्होंने पूछा—'वह तुमसे इतने नाराज क्यों हैं?' फिर खुद ही जवाब दे दिया—'तुम उनकी मरजी के विरुद्ध चुने गए हो।' कोई बात नहीं।

यूनिवर्सिटी के अध्यापक का जीवन बड़ा सुखद होता है, अगर तुम्हें पढ़ने-लिखने का स्वाद मिल जाए। बहुत धन कमाने की लिप्सा हो या सत्ता-सुख भोगना चाहो तो प्रशासनिक सेवा में जाना चाहिए या व्यापार-उद्योग में जाना चहिए। तुम्हारे एकेडेमिक रिकॉर्ड को देखकर वी.सी. ने क्या कहा था, याद है? वी.सी. ने चकित होते हुए इंटरव्यू में पूछा था—मिस्टर विनीत कुमार! आपके मार्क्स हाई स्कूल से बी.ए. तक बहुत अच्छे हैं। एम.ए. में सिर्फ साठ परसेंट क्यों हैं? तुम चुप रह गए थे। तुम्हारी पी.जी. की मार्कशीट पढ़ते हुए उन्होंने मेरी ओर झुककर तुम्हारे वाइवा वाले अंकों की ओर संकेत किया था। तभी वे समझ गए थे कि तुम्हारी पोजीशन बिगाड़ने की कोशिश की गई होगी। चलो, कोई बात नहीं। अब यही समय है कि तुम अपने को ब्रिलियंट टीचर के रूप में स्टैब्लिश करो।'

उनसे मिलकर विनीत को बहुत अच्छा लगा था। अगले दिन विभाग का चपरासी विनीत के पास आकर बोला—'आपको हेड साहब ने याद किया है।' तुरंत विनीत एच.ओ.डी. के ऑफिस में गए। नमस्कार करके पूछा—'आपने बुलाया सर?' सर मेज पर रखे कागजों में सिर झुकाए व्यस्त बने रहे। उन्होंने न तो विनीत के नमस्कार का जवाब दिया, न उसके प्रश्न पर ध्यान दिया। लगभग दस मिनट तक वैसे ही खड़े रहने के बाद विनीत को गुर्राहट सी सुनाई पड़ी—'यस।' सामने देखा तो प्रो. लाल कागजों से आँखें उठाकर उसकी ओर देख रहे थे। उसने कहा—'सर आपने बुलाया है?' भारी सिर को ऊपर-नीचे हिलाते हुए प्रो. लाल ने कहा—'यस! आप कल वी.सी. से मिलने गए थे?' 'जी हाँ, सर!' विनीत ने कहा। 'आप जानते हैं, यह डिसिप्लिन के खिलाफ है? बिना एच.ओ.डी. की परमिशन के आप वी.सी. से क्यों मिले?' सुनकर विनीत चकरा गया। उसने कहा—'सर! मैं किसी काम से मिलने थोड़े ही गया था? लोगों ने कहा कि शिष्टाचारवश वी.सी. से मिलकर बता देना चाहिए कि मैंने ज्वॉइन कर लिया है और उन्हें धन्यवाद दे देना चाहिए। इसलिए मैं चला गया था। दो मिनट में लौट आया।'

'ठीक है। आगे से खयाल रखिएगा कि बिना एच.ओ.डी. की परमिशन के हायर एथॉरिटीज से नहीं मिलना है।' लगभग गुर्राते हुए एच.ओ.डी. ने कहा। विनीत ने पूछा—'अब जाऊँ सर?' 'ओ! यस गो।' विनीत को लगा इस बार गुर्राहट कम थी।

लौटकर विनीत अपने कमरे में न जाकर प्रो. राव के कमरे में चले गए। सारी बात उन्हें बताकर कुछ राहत सी महसूस हुई। उन्होंने कहा—'घबराने की कोई बात नहीं। बस देखते चलो और अपना काम करते चलो।' चलने लगे तो प्रो. राव मुसकराए। बोले—'चपरासी की बात सुनकर तुम सीधे हेड के कमरे में घुस गए बिना पूछे?' 'नहीं सर! मैंने परदा उठाकर पूछ लिया था, मे आई कम इन सर! उसके बाद मैं अंदर चला गया था।' विनीत ने बताया।

'गलत किया था। तुम्हारा एच.ओ.डी. क्या चाहता है, यह देखना हो तो कभी उसके कमरे के सामने अपने विभाग के टीचर्स को आगे-पीछे टहलते देखकर समझो। जितने उसके पालतू हैं, कभी परदा उठाकर नहीं पूछते—मे आई कम इन सर! वे उनके कमरे के सामने टहलते रहते हैं। जब कभी बुलाना होता है वह भीतर से गुर्राता है—'एस!' इस गुर्राहट को सुनकर टहलनेवाला टीचर परदा उठाकर जरा सी गरदन अंदर करके पूछता है—'मे आई कम इन सर!' वह सिर उठाकर दरवाजे की ओर देखता है। बुलाना चाहता है तो कहता है—'यस कम इन!' तब लोग जाते हैं। नहीं बुलाना चाहता है तो मेज से नजरें उठाता ही नहीं। लोग उलटे पाँव लौट आते हैं। सीधे परदा उठाकर पूछनेवालों को वह पता नहीं क्या समझता है। इतने से ही उसके खिलाफ सोचने लगता है।'

विनीत कुमार चलने को हुए तो प्रो. राव को जैसे कुछ याद आ गया। उन्होंने पूछा—'तुम उनके घर गए कि नहीं अभी?' 'किनके सर?' सुनकर प्रो. राव मुसकराए। बोले—'तुमको अभी तक यही पता नहीं चला कि किसके घर तुम्हें सबसे पहले जाना चाहिए? एच.ओ.डी. तुमसे आखिर क्यों न नाराज रहें? तुम करते क्या हो उनकी खुशी के लिए? सबसे पहले तुम्हें उन्हीं के घर जाना चाहिए था। खैर, अब भी समय है। कल छुट्टी का दिन है। मिठाई-विठाई लेकर चले जाओ। और देखो किसी एकेडेमिक बहस में मत उलझ जाना। वहाँ उसकी हर चीज की तारीफ ही बातचीत के केंद्र में होनी चाहिए।'

विनीत ने सुनयना को बताया कि अगले दिन दोपहर में एक किलो सबसे अच्छी मिठाई लेकर गया, लेकिन ऐसी परिस्थिति थी कि वह और अधिक नाराज हो गया।

'क्यों, क्या बीवी पीट रही थी उसे उस समय?' सुनयना ने हँसते हुए पूछा।

विनीत ने ठहाका लगाया। बोला—'ऐसा भी हुआ था एक बार, मगर अभी तो उस दिनवाला किस्सा सुनो।' मैं जब पहुँचा तो गेट के अंदर एक ट्रक खड़ा था। उसमें से भूसा गिर रहा था। दो आदमी बड़े-बड़े टोकरों में भूसा भर-भरकर गैराज में रख रहे थे। उन दोनों के सिर-मुँह कपड़े से बँधे थे। आँखों पर भी झीनी कपड़ों की पट्टियाँ बँधी हुई थीं। पूरा शरीर भूसे से उड़नेवाली धूल और तिनकों से भरा हुआ था। ट्रक की बगल से मैंने अंदर झाँककर देखा। बरामदे के कोने में सर बैठे हुए थे। उनके सामने एक छोटी मेज थी। दूसरी तरफ एक मोटा सा आदमी बैठा था। ट्रक की ओर देख रहे एच.ओ.डी. ने मुझे झाँकता हुआ देख लिया। हाथ के इशारे से बुलाया। भूसे की गर्द से बचने के लिए मैंने लॉन से होकर सीधे उन तक पहुँचने की कोशिश की। पहुँचा तो वही तेवर—'एस' फिर पता नहीं क्या सोचकर बोले—'पूछकर आना चाहिए था न? खैर, आओ बैठो।' आवाज देकर अंदर से एक और कुरसी उन्होंने मँगवाई। मैं बैठ गया। सामने की मेज पर मिठाई का डिब्बा रख दिया। उसकी ओर देखकर बोले—'तुम अभी तक मुझे ठीक से समझ नहीं पाए यंग मैन। मैं सिर्फ एकेडेमिक परफॉरमेंस से खुश रहता हूँ। ये सब चीजें दूसरे एच.ओ.डी. लोगों को अच्छी लगती होंगी। मुझे तो डिपार्टमेंट को सबसे बेहतर बनाने का शौक है। खैर, ले ही आए हो, तो पहली बार माफ करता हूँ।' कहकर सामने बैठे मोटे आदमी की ओर देखकर बोले—'आप प्रिंसिपल त्रिवेदी। और प्रिसिपल साब! ये हैं मेरे विभाग में नए लेक्चरर विनीत कुमार। बहुत टैलेंटेड हैं। चार फर्स्ट। और बहुत अच्छे अध्यापक। इनसे हमारे डिपार्टमेंट को बड़ी उम्मीदें है।'

'आपको बहुत-बहुत बधाई।' कहकर प्रिंसिपल ने हाथ बढ़ाया। मैंने भी आधा उठकर अदब के साथ हाथ मिलाया। उसका हाथ इतना मोटा और भद्दा था कि मुझे उबकाई सी आने लगी। ठीक उसी समय प्रो. राव की चेतावनी याद आई कि वहाँ बातचीत का विषय एक ही होना चाहिए, उनकी चीजों, उनकी बातों अथवा उनके बच्चों की तारीफ। मेरा मन हुआ, कहूँ, सर प्रिसिंपल साहब बहुत सुंदर हैं। भूसा तो और भी सुंदर। पर मन-ही-मन मुसकराकर रह गया।

अंदर से तीन गिलास पानी लेकर नौकर आया। सर ने कहा—'मिठाई का यह डब्बा अंदर ले जाओ और घर की अच्छी मिठाई हम लोगों को खिलाओ।' वह डिब्बा लेकर चला गया। अंदर से जो अच्छी मिठाई आई, उसका वर्णन न करूँ तो अच्छा। उसकी यह बात मुझे चुभ रही थी कि 'अंदर से अच्छी' मिठाई लाओ। शहर में मिलनेवाली सबसे महँगी मिठाई लेकर मैं गया था। हम लोग अंदर से आई

अच्छी मिठाई का स्वाद ले ही रहे थे कि ट्रक स्टार्ट होने की आवाज आई। उधर घूमकर देखा तो खाली ट्रक गेट से निकाला जा रहा था। ज्योंही ट्रक बाहर निकला दो आदमी एक मोटी भैंस की गरदन में बँधी रस्सी को दोनों ओर से पकड़ कर अंदर घुसते हुए दिखाई पड़े। पीछे एक आदमी भैंस के पड़वे को गोद में उठाए हुए घुसा। भैंस और उसके पड़वे को देखते ही प्रिंसिपल साहब उठ गए। उनके साथ ही सर भी उठे। मुझे भी उठना पड़ा। प्रिंसिपल ने सर की ओर देखकर कहा—'पूरे इलाके में इससे अच्छी भैंस नहीं थी सर! इसकी पड़िया भी इसी की तरह होगी। ठीक से खिलाया-पिलाया जाए और सेवा की जाए तो इतना दूध देगी कि आप लोग दूध-दही, घी से अघा जाएँगे। भूसा भी बहुत बढ़िया है। कल मैं गाँव के बाजार से देसी खली भी भिजवा दूँगा। बस इसकी देखभाल ठीक से कराइएगा।'

प्रिंसिपल की मुद्रा देख मुझे हँसी आई। लगा कि मुझे भी भैंस और उसकी पड़िया की तारीफ में कुछ कहना चाहिए। यह सोचकर कि बात बनने की जगह बिगड़ जाएगी, मैं चुप रह गया।

गैरेज के बाहर खूँटा गाड़कर भैंस को बाँधा गया। उसके सामने बालटी में पानी में कुछ घोलकर रखा गया। उसको लानेवाले आदमी उसके खाने के लिए पहले से ही वहीं रखे हुए सिमेंट की नाद को बैठाने के लिए ईंट-गारे का चबूतरा जैसा बनाने लगे। प्रिंसिपल साहब भैंस की पीठ सहलाने लगे। सर भी ड्रेसिंग गाउन की डोरी से खेलते हुए उनके पास आ गए। मुझे भी वहाँ तक जाना पड़ा। ट्रक से भूसा निकालकर गैरेज में रखनेवाले दोनों आदमी भूसे और गर्द से लिपटे भैंस की ओर प्रशंसाभरी दृष्टि से देख रहे थे। सर ने उन दोनों की ओर देखने के बाद न जाने क्यूँ मेरी ओर देखा और बोल पड़े—'अच्छा मिस्टर विनीत कुमार, अब जाओ। यहाँ तो देख ही रहे हो क्या हाल है? कभी फुरसत से आना तो कुछ एकेडेमिक डिस्कशन करेंगे।'

चलते-चलते मुझे लगा कि भूसा ढोनेवाले दोनों चेहरे परिचित से हैं। उनकी आँखों पर बँधी जालीदार पट्टियाँ उतर गई थीं। आँखों-नाक से अनुमान हुआ कि¨।

□

बेटी का रोल नंबर

आचार्य नहाने जा रहे थे कि घंटी बजी। सोचा, नहा लेने के बाद भूख रोकना कठिन होगा। अभी मिल लेना ठीक रहेगा। पता नहीं इतनी तेज धूप में कौन है। बाहर आए। पूरी तरह उजले बालों वाला सिर। गंभीर चेहरे पर अवस्थित आँखों पर सुनहरा चश्मा। खूब लकदक पैंट-शर्ट। छा जानेवाला व्यक्तित्व। महँगा ब्रीफकेस।

देखते ही चुस्ती-फुरती से उठकर चरणस्पर्श किया। हाथ जोड़कर खड़े हो गए। आचार्य अचकचा गए; कभी देखा हो, याद नहीं। संभ्रमसहित उन्हें बिठाया। परिचय पूछना अशिष्टता का परिचायक होता। सोचा, बातचीत के क्रम में कोई सूत्र निकल आएगा। उसी के सहारे पहचानने की कोशिश करूँगा।

तब तक अंदर से जलपान की सामग्री आ गई। आचार्य ने जलपान कर लेने का आग्रह किया। आगंतुक अतिशय विनम्रता में हाथ जोड़ कहते रहे, 'इसकी क्या जरूरत? मैं तो केवल दर्शन करने आया हूँ।' आचार्य का धैर्य जवाब दे रहा था। उन्होंने कहा, 'ठीक है दर्शन करने आए हैं तो प्रसाद भी ग्रहण कर लीजिए।' आगंतुक खुलकर हँसे। आखिर जलपान किया। आचार्य सोच रहे थे, दर्शन हो गए। अब दर्शनार्थी विदा हो तो नहाने जाऊँ। दर्शनार्थी इतमीनान से बैठ गए। आचार्य की आँखों में प्रश्न उभरा 'अब'? दर्शनार्थी प्रश्न से अप्रभावित रहे। आचार्य को लग रहा था कि जान-पहचान के होंगे ही। मेरे विस्मरणशील स्वभाव के कारण इनको पहचानने में असमर्थ होने का दोषी मैं हूँ। पूछूँ कैसे कि आपका परिचय क्या है?

भीतर से ऊँचे सुर में नारीकंठ का आदेश बाहर तक सुनाई पड़ा—'जाकर कह दो नहा लें। भोजन तैयार है।' एक युवक बाहर आया। आचार्य की ओर देखकर विनम्रतापूर्वक बोला, 'माताजी कह रही हैं, आप नहा लें। भोजन तैयार है।' आचार्य ने कहा, 'नहाने ही तो जा रहा था…' अपना वाक्य अधूरा छोड़कर आचार्य

आगंतुक की ओर देखने लगे। अपने अधूरे वाक्य का अर्थ न समझे जाने से आहत हुए।

आगंतुक ने अधिकारपूर्वक युवक से कहा, 'ऐसा है कि मैं बाहर से इतने बड़े विद्वान् के दर्शन करने के लिए आया हूँ। माताजी से कह दो आज आचार्यजी के स्नान-भोजन में थोड़ा सा विलंब होगा।'

युवक आचार्य की ओर देखता हुआ अंदर लौट गया। आचार्य मन में जल-भुन गए। देर की घोषणा से शांत पड़ी भूख कुछ कुलबुलाई। बड़े जतन से क्रोध पर काबू पाकर आचार्य ने आगंतुक से कहा—'आप अपनी बात बताइए। कोई काम हो, तो निःसंकोच बताइए।'

काम तो एक ही है। बहुत दिनों से आपकी विद्वता के विषय में सुनता आया हूँ। आपके लेख पढ़ता हूँ। किताबें पढ़ता हूँ। एक बार दर्शन करना चाहता था। आज सौभाग्य प्राप्त हुआ। आपके दर्शन हो गए।' आगंतुक अपनी कुरसी पर कुछ और आराम से फैलते हुए कहकर मौन हुए। आचार्य अपनी कुरसी पर कसमसाए। दोनों हाथों की हथेलियाँ कुरसी की दोनों बाँहों पर कस गईं—जैसे तुरंत उठना चाहते हों। ठीक उसी समय बाहरवाला गेट खुलने की आवाज हुई। आचार्य ने उधर देखा। विश्वविद्यालय का एक बाबू गेट अंदर से बंद करके इधर आने को मुड़ा। वहीं से उसने हाथ जोड़ लिये।

पास आकर उसने आचार्य के चरण छू लिये। साथ बैठे व्यक्ति की ओर हाथ जोड़ दिए। आचार्य ने कोमलता के साथ सामने पड़ी कुरसी की ओर इशारा किया। झिझकता हुआ बाबू कुरसी पर बैठा। आचार्य ने पूछा, 'कहो कैसे चले?' सवाल सुनकर वह खड़ा हो गया। उसके हाथ फिर जुड़ गए। उसने कहा, 'सर एक काम तो है, पर डर लग रहा है।' आचार्य वत्सल हो आए। बोले, 'मुझसे डर? मैं कोई डरावना जंतु लग रहा हूँ?' अपने सवाल की तल्खी कम करने के लिए आचार्य हँस पड़े। बोले, 'मुझसे डरने की कोई बात नहीं। तुम अपना काम बताओ।' बाबू खड़ा ही था। उसने आगंतुक की ओर इस भाव से देखा कि इनकी उपस्थिति में अपना काम कैसे कहूँ? आचार्य ने आश्वस्त किया 'ये सज्जन पुरुष हैं। इनके सामने अपना काम बताने में तुम्हें संकोच नहीं होना चाहिए। बोलो। बताओ क्या काम है?'

बाबू ने और अधिक संकुचित होते हुए कहा, 'सर, मेरी बेटी है' आचार्य उत्सुक हुए। बोले, 'तुम्हारी बेटी क्या करती है? उसका कोई काम है? बताओ। तुम्हारी बेटी का काम जरूर होगा।' फिर अपनी ही आवाज से चौंकते हुए आचार्य बोल पड़े—'लेकिन तुम्हारी बेटी का कौन सा काम मुझसे हो सकता है? क्या पढ़ती है? कुछ पढ़ना है मुझसे? अगर ऐसा है तो ले आओ। पढ़ा दूँगा। हाँ, समय पहले

से पूछ लेना फोन से। उसी समय पर ले आना।'

बाबू चुप। आचार्य बोले, 'चुप क्यों हो भई! बोलो कोई और काम है क्या?' बाबू कसमसाया—'नहीं सर, उसने एम.ए. फाइनल की परीक्षा दी है।' आचार्य चहक उठे—'तुम्हारी बेटी इतनी बड़ी हो गई? किस विषय में एम.ए. कर रही है?' बाबू की झिझक कम होती लगी। बोला, 'आप ही के विषय में, सर।' 'तो बताओ, काम क्या है?' आचार्य ने उसकी आँखों में सीधे देखते हुए पूछा। 'सर, प्रिवियस में उसको फर्स्ट डिवीजन के नंबर मिले हैं। इस बार आपकी कृपा हो जाए' तो…, बाबू का वाक्य पूरा हो, इससे पहले ही आचार्य बोल पड़े 'मैंने मना कर दिया है कंट्रोलर को। मेरे पास कॉपी नहीं आएगी।' बाबू के हाथ फिर जुड़ गए। बोला—'आएगी सर! आप ही के पास आएगी। बस आपकी कृपा हो जाए।'

आचार्य चकित और क्षुब्ध हुए, पर शांत बने रहकर बोले, 'जब मैंने मना कर दिया है तब कैसे आएगी मेरे पास?' बाबू ने कहा, 'उसकी चिंता छोड़िए कि कैसे आएगी? वह हम लोगों का काम है। आप कृपा बनाए रखिए। मैं बाद में आऊँगा।' कुछ सोच नहीं पाए आचार्य कि क्या कहें! बाबू पाँव छूकर वापस लौट गया।

आचार्य को नहाने-खाने में देर की बात याद आई। कुछ कहें, उससे पहले ही आगंतुक ने खड़े होकर हाथ जोड़ते हुए कहा, 'इस समय आपके स्नान-भोजन का समय हो रहा है। मैं चलता हूँ। शाम को एक बार फिर आपकी सेवा में हाजिर होना चाहता हूँ। कितने बजे आऊँ तो आपको असुविधा न होगी?'

आचार्य इस रहस्यपूर्ण व्यक्ति से क्या कहें। विलंब असह्य हो रहा था, इसलिए जल्दी से बोले 'आठ बजे से पहले आइए।' आगंतुक पहले की तरह चरणस्पर्श करके हाथ जोड़ वापसी के लिए मुड़े। आचार्य को लगा, गेट तक चलना चाहिए। आगंतुक गेट की ओर बढ़ते हुए मोबाइल पर किसी से कुछ कह रहे थे। उनके गेट तक पहुँचते ही बाहर एक गाड़ी आकर लग गई। गेट खोलकर वापस उसे बंद करने के लिए मुड़ने पर आगंतुक को आचार्य आते दिखे। उन्होंने कहा, 'अरे आप क्यों कष्ट कर रहे हैं? आप चलें। मैं साढ़े सात बजे आऊँगा।' एक बार फिर प्रणाम करके आगंतुक गाड़ी में बैठ गए। उससे पहले उन्होंने गेट का फाटक बंद कर दिया था।

अंदर आकर नहाने, खाने और विश्राम करने के समय भी आचार्य के मन में आगंतुक की बातें बनी रहीं। यह सोचकर अपने को उस खयाल से मुक्त करना चाहने लगे कि ठीक है, शाम को आएँगे ही। पता चल जाएगा कि कौन हैं और क्या चाहते हैं?

शाम साढ़े सात बजे शहर की सबसे बड़ी दुकान के बड़े डिब्बे में मिठाइयाँ लेकर सज्जन पधारे। मिठाई का डब्बा और सुनहरे रंग में छपा अपना विजिटिंग कार्ड उन्होंने अंदर भिजवा दिया। उसी कार्ड से आचार्य को पता चला कि वे एक स्नातकोत्तर महाविद्यालय के प्राचार्य हैं। उनसे मिलने के लिए बाहर निकलते समय प्राचार्य सोचते रहे कि इस महाविद्यालय का नाम पहले कभी नहीं सुना। देखते ही प्राचार्य जी ने फिर चरणस्पर्श किए।

जलपान आया। चाय आई। सब संपन्न हो जाने के बाद भी जब आनेवाले ने कुछ नहीं कहा तो आचार्य नए सिरे से चिंतित होने लगे। सामने बैठे व्यक्ति ने उनका मन पढ़ लिया। बोले, 'मेरी बेटी भी उसी परीक्षा में बैठी है, जिसमें दोपहर में आनेवाले क्लर्क की बेटी बैठी है।'

रुककर प्राचार्य ने आचार्य का चेहरा पढ़ने की कोशिश की। वहाँ दबाई जा रही विरक्ति दब नहीं पा रही थी। प्राचार्य कुरसी पर जरा जमकर बैठे। उसके बाद सीधे आचार्य की आँखों में आँखें डालकर बोले—'दोपहर में आपसे सुन चुका हूँ कि आप कॉपियों का परीक्षण करना स्वीकार नहीं कर रहे हैं।'

आचार्य को तिनके का सहारा मिला। तुरंत बोले, 'आपने बिलकुल ठीक सुना है। मैं कंट्रोलर को लिखित रूप में मना कर चुका हूँ।'

तनिक भी विचलित न होते हुए आगंतुक प्राचार्य ने कहा—'आप मना कर चुके हैं, सही है। मगर यह भी कम सही नहीं है कि उसी गोपनीय विभाग का बाबू आपसे कह गया है कि कॉपियाँ आप ही के पास आएँगी। इस पर आप अभी कुछ मत कहिए। पहले मेरी दो बातें सुन लीजिए। उसके बाद जो कहना हो, कहिएगा।'

आचार्य लाचार थे। सुनने के लिए तैयार होकर सामनेवाले की ओर ताकने लगे। अति विश्वास के साथ सामनेवाले व्यक्ति ने कहना शुरू किया—'मेरी बेटी हाई स्कूल से बी.ए. तक फर्स्ट क्लास पास हुई है। एम.ए. प्रीवियस में भी उसके सत्तर प्रतिशत अंक हैं। मुझे आप नहीं जानते। मैं एक महाविद्यालय में विभागाध्यक्ष था। रिटायर होने से पहले ही मैंने एक नया महाविद्यालय खोल लिया। उसका प्राचार्य बना। अब वह स्ववित्तपोषित महाविद्यालय स्नातकोत्तर हो गया है। मैं प्राचार्य हूँ। जुलाई से मेरी बेटी अपने विषय में नियुक्त होगी। कुछ वर्ष बाद वही प्राचार्य होगी। यह मेरी योजना है। आपको इसमें सहायक मात्र होना है।'

आचार्य चुप थे। सोच रहे थे कि क्या कहें, तब तक याद आया उस व्यक्ति का कथन था कि 'मेरी दो बातें सुन लीजिए।' आचार्य के मुँह से हठात् निकल गया—'और आपकी दूसरी बात कौन सी है?'

सामनेवाले प्रभावशाली सज्जन कुटिल मुसकान में बदल गए। बोले, 'वह आपके लिए अविश्वसनीय कटु यथार्थ होगा। इसलिए अगर आप मेरी पहली बात सुनकर ही मेरी बेटी का काम करने को तैयार हो जाते हैं तो दूसरी बात कहने से मैं बच जाऊँगा और सुनने से आप बच जाएँगे।'

आचार्य को धक्का लगा—'क्या यह मेरे किसी भ्रष्टाचार की बात करेगा? मैंने तो कोई भ्रष्टाचार नहीं किया। जरा, सुनूँ, कौन सी अप्रिय बात यह कहता है। प्रकट रूप में बोले, 'आपने मेरे विषय में सुना ही होगा। अपनी जानकारी में मैंने कोई ऐसा आचरण नहीं किया है, जिसके विषय में सुनना मुझे कटु या अप्रिय लगे। इसलिए आपसे आग्रह करूँगा कि आप वह कटु और अप्रिय बात अवश्य कहें।'

प्राचार्य अचकचाकर अपनी जगह पर खड़े हो गए। दोनों हाथ जोड़कर झुके और विनय भरे स्वर में बोले, 'आप जैसे बेदाग व्यक्ति पर मैं किसी भ्रष्टाचार का आरोप लगाने की कल्पना भी नहीं कर सकता। मैं क्या? कोई भी आदमी नहीं सोच सकता, किंतु…'

आचार्य अपने निष्कलंक होने के प्रमाण से पुलकित हो रहे थे। बीच में 'किंतु' आ गया तो चौंके। बोल पड़े—'किंतु क्या? कहिए, कहिए।'

प्राचार्य ने कहा, 'आपके विषय में किसी के पास कहने को कुछ भी नहीं है, किंतु जमाना इतना प्रदूषित हो चुका है कि हवा के साथ अगणित अपराधकण प्रवाहित हो रहे हैं। कोई लाख चाहे, साँस लेगा तो उन्हें भीतर जाने से रोक नहीं सकता। उदाहरण प्रत्यक्ष है। दोपहर में जो व्यक्ति आपसे अपनी बेटी के कॅरियर के लिए कातर प्रार्थना कर रहा था, क्या आप विश्वास करेंगे कि उसकी कोई बेटी है ही नहीं। उसकी पत्नी गाँव में बदहाल पड़ी है। यह यहाँ अय्याशी में डूबा रहता है। पचासों लाख की संपत्ति उसने शहर में खड़ी कर ली है। जिस जगह पर है, वहाँ से कभी हटाया नहीं जा सकता। 'उसकी बेटी' हर परीक्षा में निकल आती है। आप जैसे निर्लिप्त आचार्य भी द्रवित होकर 'उसकी बेटी' के प्रति सकरुण हो जाते हैं। यह हथकंडा उसकी कमाई का खास अंदाज है। और भी न जाने कितने होंगे!'

विजयनी मुद्रा में प्राचार्य मौन हुए। आचार्य का चेहरा राख की तरह मलिन हो आया। उनसे कुछ कहते न बना। क्या कहें, निश्चय न कर पाने के कारण शून्य में ताकते रह गए।

ठीक उसी क्षण फोन की घंटी बजी। राहत सी मिली आचार्य को। उठकर भीतर गए। फोन उठाकर हैलो किया। उधर से आवाज आई, 'सर, प्रणाम। परीक्षा नियंत्रक का पी.ए. बोल रहा हूँ। साहब आपसे बात करना चाहते हैं।' उधर फोन

पर दूसरी आवाज सुनाई पड़ी, 'नमस्कार। आपका पत्र मिला। इनकार क्यों करना चाहते हैं? रिटायर्ड हैं। समय है आपके पास। बीस-पच्चीस हजार का काम कर लीजिए। ठीक है न! तो भिजवा रहा हूँ बंडल। और साथ में एक रोल नंबर मेरी बेटी का है। प्रीवियस में उसके नंबर सत्तर प्रतिशत हैं। जरा देख लीजिएगा। नमस्कार।'

उधर फोन रख दिया गया। आचार्य हाथ में रिसीवर पकड़े पलभर खड़े रह गए। उन्होंने उसी नंबर पर फिर फोन मिलाया। परीक्षा-नियंत्रक के पी.ए. ने उठाया। आचार्य ने कहा—'अपने साहब को दो।' आवाज में बजता आदेश पी.ए. को चकित कर गया। उसने बिना कुछ बोले फोन साहब के हाथ में पकड़ा दिया। उनकी 'हैलो' सुनकर आचार्य ने कहा—'आप अपनी बेटी की उत्तर पुस्तिका किसी ऐसे गुरुजी के पास भेज दीजिए जो पच्चीस हजार का काम स्वीकार कर लें और आपकी शर्त भी।

आचार्य ने जवाब सुने बिना फोन काट दिया। उसी क्षण बाहर आकर उन्होंने प्राचार्य से कहा—'मैंने फोन पर परीक्षा-नियंत्रक से बात कर ली है। अब वह बंडल मेरे पास नहीं आएगा।'

□

हिंसा और अहिंसा

'आपका फोन।' कहते हुए मेरे सहायक ने मुझे कॉर्डलेस पकड़ा दिया। हाथ में फोन लेकर मैंने कहा, 'मैं बोल रहा हूँ। आप कौन?' उधर से स्पष्ट उच्चारण कान में घुला, 'सर प्रणाम। मैं मोना सइकिया बोल रही हूँ। जे.एन.यू., नई दिल्ली से। 'प्रसन्न रहो' मैंने कहा। पूछा, 'फोन किसलिए किया?' उधर से आती आवाज मधुरतर हुई—'सर, 'आपके कथा साहित्य में संघर्ष-चेतना' पर पी.एच-डी. के लिए शोध कर रही हूँ। आपसे कुछ समय चाहती हूँ।' मैंने उसके गाइड का नाम पूछा। जो नाम उसने बताया, उसे सुनकर अच्छा लगा। जानता हूँ, उन्होंने मेरा अधिकांश साहित्य पढ़ा है। ऐसा वे मिलने पर बताते रहते हैं। कभी-कभी संदेह होता है कि वे शीलवश ऐसा कहते हैं क्योंकि अपने लेखन में उन्होंने उपन्यासों या कहानियों की चर्चा करते हुए कहीं मेरा या मेरी किसी रचना का नाम नहीं लिया है। मैंने हँसकर मोना से पूछा—'तुम्हारे गाइड ने मेरे उपन्यास पढ़े हैं? मेरी कहानियों को पढ़ा है उन्होंने?' चहकती हुई आवाज आई—'पढ़ा ही होगा, तभी तो यही विषय उन्होंने मेरे लिए निश्चित किया है।' मैंने पूछा—'तुम्हें कितना समय मुझसे चाहिए।' जवाब आया—'कम-से-कम एक सप्ताह का।' मैंने कहा—'यह तो कठिन लगता है। आज के पंद्रहवें दिन मैं दो सप्ताह के लिए उड़ीसा जा रहा हूँ। वहाँ से लौटकर तुम्हारी यूनिवर्सिटी में एक दिन के लिए आने का समय निकालूँगा। एक मौखिक परीक्षा में परीक्षक हूँ। तुम उस यात्रा में कुछ घंटे का समय ले सकती हो।' मोना सइकिया ने जवाब में फिर सवाल कर दिया—'सर, आप उड़ीसा किस शहर तक जा रहे हैं? किस तारीख को? किस गाड़ी से रिजर्वेशन है आपका? किस क्लास में है? कहाँ चढ़ेंगे गाड़ी पर?' फोन पर उसके सवालों की गोलाबारी से चिढ़ हुई। हँसी भी आई। चिढ़ को हँसी में घोलकर मैंने कहा—'तुम सी.आई.डी. अफसर हो क्या?' वह खुलकर हँसी। उसने कहा—'नहीं, मैं मीडियापर्सन हूँ।

खबरों के लिए सी.आई.डी. वालों से मुकाबला करने की हिम्मत रखती हूँ। आपसे यह सब इसलिए पूछ रही हूँ कि मैं भी आपके साथ उड़ीसा की यात्रा कर लूँगी। मुझे कई दिन तक आपके साथ रहने, आपके साहित्य को समझने का सुनहरा मौका मिल जाएगा। आपका समय भी बरबाद नहीं होगा।' मुझे अजीब लगा। कैसी दुस्साहसी लड़की है। मेरे साथ हफ्तों ट्रेन में और उड़ीसा में बिताना चाहती है। मैंने उसके दुस्साहस पर कुठाराघात करते हुए कहा, 'मैं बाईस तारीख को नीलाचल एक्सप्रैस के ए.सी. फर्स्ट क्लास में वाराणसी स्टेशन पर चढ़ूँगा और पुरी तक जाऊँगा। वहाँ स्टेट बैंक के गेस्ट हाउस में रुकूँगा। बरहामपुर यूनिवर्सिटी में कुछ गोपनीय कार्य करूँगा और अगले महीने की पाँच तारीख को पुरी से उसी ट्रेन के उसी क्लास में चढ़कर वाराणसी तक वापस आऊँगा।' एक साँस में इतनी बात कहकर अपनी समझ से उसे मैंने हड़का दिया। उधर से जो जवाब आया, उसने मुझे हतप्रभ कर दिया—'ठीक है सर!' मैं लगभग आपे से बाहर हो गया। अपने पर काबू पाता हुआ बोला, 'तुम क्या कहीं की राजकुमारी हो कि मेरा समय लेने के लिए इतने रुपए खर्च करोगी? मैं तो सरकारी काम से जा रहा हूँ। सारा खर्च वे भरेंगे। और दूसरी बात यह कि तुम क्या समझती हो, ऐसी किसी अकेली लड़की को मैं अपने साथ इतनी लंबी यात्रा में साथ रहने की अनुमति दूँगा?' बहुत कंट्रोल करने पर भी मेरी आवाज में तल्खी आ ही गई। उधर की आवाज सहमी हुई सी थी, 'नहीं सर ऐसी कोई बात नहीं। अच्छा सर, प्रणाम।' कहकर उसने फोन काट दिया। सच कहूँ तो मेरे वार्द्धक्य को हलकी ठेस सी लगी। उसने न क्षमा माँगी, न सॉरी कहा, न सफाई देने जैसा कुछ कहा—'नहीं सर ऐसी कोई बात नहीं। अच्छा सर प्रणाम।' चलो पिंड छूटा। कैसे-कैसे लोग कैसे-कैसे प्रस्ताव लेकर आ जाते हैं? भीतर का कुतूहली लेखक कुछ कुलबुलाया—'बुढ़ऊ! तुम रसिक ही नहीं हो तो लेखक क्या खाक बने फिरते हो?' भीतर के कुलीन बुजुर्ग ने हड़का लिया—'चुप, लेखक की औलाद। लंपट बनाना चाहता है मुझे लेखक बनने की आड़ में? सातवाँ दशक पूरी करनेवाली अपनी उम्र नहीं दिख रही? अपने पोते-पोतियाँ और दोहते-दोहतियों की बढ़ती उम्र की लाज भी नहीं तुमको। बेशर्म कहीं का, बड़ा आया लेखक की औलाद।' इस तरह डाँट खाकर कुलबुलाता लेखक ठंडा पड़ गया।

दो

वाराणसी कैंट स्टेशन पर कुछ मित्र, कुछ शिष्य, कुछ श्रद्धालु, कुछ ईर्ष्यालु छोड़ने आए थे। नीलाचल एक्सप्रेस समय से आधा घंटा विलंब कर धड़धड़ाती हुई

आ पहुँची। ए.सी. फर्स्ट में चढ़ा। दो नहीं, चार बर्थ वाला कूपे था। कुछ लोग बैठे थे। अपना ब्रीफकेस नीचेवाली बर्थ पर रखकर मैं बाहर गैलरी में आकर उन लोगों को विदा करने लगा जो मना करने के बावजूद चढ़ आए थे। वे लोग ज्योंही नीचे उतरे, गाड़ी चल पड़ी। अपनी बर्थ पर आया। एक बंगाली चेहरेवाले प्रौढ़ बैठे थे। मैं भी बैठ गया। बंगाली दिखनेवाले सज्जन ने ऊपर की ओर इशारा करते हुए बहुत शिष्ट लहजे में कहा, 'मेरी बर्थ ऊपर की है।' मैंने मुसकराकर उनके बैठे रहने के सहज अधिकार का स्वागत किया। सामने वाली बर्थ की ओर निगाह गई। एक सुंदर युवा खूब स्वस्थ चेहरे और वैसी ही शालीन वेशभूषा—सादे किंतु आकर्षक पैंट शर्ट में दिखा। बगल में उतनी ही सुंदर स्वस्थ युवती गहरे धानी रंग की रेशमी साड़ी पहने बैठी थी। अपनी ओर मुझे देखते पाकर दोनों ने एक आत्मीय मुसकान के साथ नमस्कार के लिए हाथ जोड़े। वैसी ही मुसकान के साथ मैंने भी हाथ जोड़ दिए। अपरिचय मेरी आँखों में झलका होगा, तभी युवक ने कहा, 'सर, मैं आनंद और यह मोना, मेरी वाइफ।' नाम सुना हुआ लगा। अगले ही क्षण अपने समूचे व्यक्तित्व से मुसकराती हुई मोना बोल पड़ी—'मोना सइकिया। आपसे फोन पर बात हुई थी। लेकिन सर आप फिक्र मत करें। फालतू पैसे मैंने नहीं खर्च किए हैं। मेरे हसबैंड रेलवे में बड़े अफसर हैं। हम दोनों को ए.सी. फर्स्ट का पास मिलता है।'

मोना का वाक्य पूरा होते ही हम तीनों खिलखिलाकर हँस पड़े। अपरिचय का विन्ध्यांचल लाँघा जा चुका था। वे दोनों दिल्ली से आ रहे थे। शायद तीसरे सहयात्री भी दिल्ली से ही आ रहे थे। वाराणसी से चढ़नेवाला अकेला मैं। 'नहीं सर ऐसी कोई बात नहीं। अच्छा सर, प्रणाम' कहकर उस दिन उसके फोन काट देने का अर्थ अब मेरी समझ में आया। मेरी दोनों आशंकाएँ निर्मूल सिद्ध हो गईं—न मेरे साथ ए.सी. फर्स्ट में यात्रा करना उसके लिए महँगी फिजूलखर्ची थी न वह अकेली मेरे साथ यात्रा करने का दुस्साहस कर रही थी।

इतना खुलकर हँस लेने के बाद सबकुछ बहुत सुखद लगने लगा। मैंने चुपचाप बैठे बंगाली सज्जन से कहा—'अब आप भी परिचितों की जमात में शामिल हो लें। इन दोनों का परिचय आपको मिल ही गया। मैं...मेरा वाक्य अधूरा छूट गया। क्योंकि मोना मेरा नाम बताकर मेरी विद्वता और शराफत का कसीदा काढ़ने लगी थी। उसके रुकते ही बंगाली सज्जन ने हाथ जोड़कर अपना परिचय दिया, 'अभिजीत भट्टाचार्य ओड़िसा में स्टेट बैंक में अधिकारी हूँ।' अब उस कक्ष में सब सबके परिचित थे।

अटेंडेंट आया। बिस्तर बिछा देने की अनुमति चाहता था। मैंने कहा—'अभी रहने दो। खाना-पीना हो जाने के बाद बिछा देना।' मोना ने कहा—'टेबल्स निकालकर

लगा दो। उसने निचली बर्थ के नीचे रखी गई तिपाइयाँ खींचकर दोनों बर्थों के बीच की जगह में लगा दी। मोना ने थर्मस निकालकर एक पर रखा। स्टील के चार छोटे गिलासों में कॉफी डालकर लेने का आग्रह किया। कॉफी की खुशबू से ही तबीयत खुश हो गई थी। मैंने अटेंडेंट के लिए घंटी बजाई। उसके आने पर कहा, 'पैंट्री कार के इंचार्ज को बुला लाओ।' इंचार्ज आया तो मैंने उससे कहा—'यह असली और अच्छी कॉफी है। सूँघकर और चखकर देखो।' वह लजाया हुआ खड़ा रहा। उसको बुलाने का रहस्य मैंने सहयात्रियों को बताया। पिछले महीने उसी में यात्रा कर रहा था। कॉफी मँगाई। जो कॉफी आई उसमें दूध, चीनी और कॉफी को छोड़कर पता नहीं, किस-किस चीज के मिश्रण का गंदा स्वाद था। उसे बुलाकर पूछा तो उसने कहा था—'असली कॉफी है साब। नेस्कैफे।' मैंने सोचा इसे बता और दिखा दूँ कि असली और अच्छी कॉफी क्या होती है।

तीन

दूसरे दिन सवेरे मोना आनंद के साथ आया नाश्ता करके चारों सहयात्री तृप्त हुए। उसके बाद दिनभर वह मेरी कहानियों और मेरे उपन्यासों के विषय में एक-एक बात खोद-खोदकर पूछती रही। नोट्स लेती रही। उसी बीच बातचीत में पता चला कि उसके अफसर पति आनंद की भी साहित्य में गहरी रुचि है। कभी-कभी वे भी बहुत अच्छी टिप्पणी करते। कभी बहुत अच्छे सार्थक प्रश्न पूछते। यहाँ तक कि अभिजीत भट्टाचार्य भी साहित्य-रसिक निकले। शाम तक लगने लगा कि वह ट्रेन का केबिन न होकर उच्चकोटि की साहित्यिक संगोष्ठी का कक्ष है।

मोना ने कहा—'सर, आपकी एक कहानी है 'फैसला', वह आपके किसी संग्रह में नहीं है। शायद किसी पत्रिका में भी वह कहानी नहीं छपी। मेरे गाइड सर का कहना है कि उन्नीस सौ पंचानबे-छियानबे में उन्होंने किसी कहानी संगोष्ठी में उस कहानी का आपके मुख से पाठ सुना है। वे उस कहानी से बहुत प्रभावित हैं। उन्होंने आपसे 'फैसला' कहानी लेकर पढ़ लेने का मुझे आदेश दिया है। वह कहानी मुझे कहाँ और कब मिलेगी?'

यह सवाल मेरी दुःखती रग को छेड़ गया। मैंने मोना से कहा, 'मुझे स्वयं नहीं मालूम वह कहानी तुम्हें कब और कहाँ मिलेगी। मिल पाएगी ही, ऐसा कहना भी मेरे लिए मुमकिन नहीं है। मेरे पास उसकी प्रति भी नहीं है।' उदास होते हुए मैंने यह बात मोना को बताई। वह भी उदास हो गई। आतुर होकर पूछने लगी, 'ऐसा कैसे हो गया सर?' मैंने उसे उस और उस जैसी अनेक अच्छी कहानियों के एक

तथाकथित प्रकाशक के पेट में समा जाने की कथा संक्षेप में सुना दी।

अपने अध्यक्ष काल में मैंने पत्रकारिता का डिग्री कोर्स आरंभ कराया। मुख्य समन्वयक मुझे ही बनना पड़ा। जिस बेरोजगार पी.एच-डी. डिग्रीधारी युवक को सहायक समन्वयक नियुक्त किया, वह एक दिन आया। उन दिनों मेरे उपन्यास 'ग्राम देवता' के एक भाग पर दूरदर्शन ने एक घंटे की एक फिल्म बनाकर प्रदर्शित की थी। फिल्म इतनी खराब बनी थी कि अन्य भागों पर आगे फिल्म निर्माण की अनुमति मैंने नहीं दी। मगर उसी कारण 'ग्राम देवता' की माँग बढ़ गई थी। मेरे सहायक समन्वयक ने उस समय अपने किसी मित्र का प्रस्ताव सामने रखा कि वह मेरे उपन्यास का दूसरा संस्करण प्रकाशित करना चाहता है। साथ ही मेरी कहानियों का एक संग्रह प्रकाशित करने की इच्छा भी है उसकी। मेरे सहायक समन्वयक ने अपने प्रकाशक मित्र की सहृदयता का प्रमाण प्रस्तुत करते हुए पूछा, 'वह जानना चाहता है कि आप कितनी एडवांस रॉयल्टी लेंगे। दिल्ली के प्रकाशकों की रॉयल्टी नीति का शिकार हिंदी का कौन लेखक नहीं है?' मैं भी चकित हुआ लेकिन अपने सहायक से कहा, 'एडवांस रॉयल्टी की जरूरत नहीं है। किताबें ले जाओ। वह प्रकाशित करे; बेचे, मुझे पंद्रह प्रतिशत रॉयल्टी वार्षिक रूप से दिया करे।' अति प्रसन्न होकर मेरे सहायक समन्वयक दोनों पुस्तकों की पांडुलिपि लेकर गए। दो महीने के बाद मुझे दोनों पुस्तकों के फाइनल प्रूफ दे गए। जब प्रूफ देखकर मैंने लौटा दिया तो मेरे सहायक समन्वयक ने कहा पंद्रह दिन बाद दोनों किताबें छपकर आ जाएँगी। पंद्रह दिन के बदले शायद पंद्रह सप्ताह निकल गए तो एक दिन मैंने सहायक समन्वयक से पूछा कि मेरी दोनों पुस्तकों का क्या हुआ? चकित होने का अभिनय करते हुए उसने मुझसे पूछा—'किताबें आपको नहीं मिलीं।' मैंने कहा—'कौन देता? देनेवाले तो तुम्हीं ठहरे। प्रकाशक के तो दर्शन भी मुझे नहीं मिले हैं।' आश्चर्यपीड़ित होते हुए सहायक समन्वयक ने दुःख का अभिनय किया। बोले—'मैं कल आपको किताबें लाकर दूँगा।' अगले दिन वे आए। अपने प्रकाशक मित्र के ऊपर एक के बाद दूसरी आफत-विपत की गाथा सुनाते रहे। मैं धैर्यपूर्वक उस झूठ गाथा को सुनता रहा। अंत में उन्होंने बताया—'उसने कहा है कि दोनों किताबें दिल्ली में छपकर रखी हुई हैं। पंद्रह दिन का समय उसने माँगा है। रुपए जुटाकर ले जाएगा और किताबें बाइंड करवाकर ले आएगा।' वर्षों बीत गए। मेरे सहायक समन्वयक को मेरे पास आने की विवशता से भी मुक्ति मिल गई। मैं सेवानिवृत्त हो गया। वैसे वे जब कभी मिल जाते हैं तभी सलज्ज वादा करते हैं कि अगली बार किताबें लेकर के ही आएँगे।

सुनकर आनंद मुसकराते रहे। बोले—'आपकी इतनी किताबें छपी हैं। एक-दो के साथ ऐसा हो गया तो आपको फर्क नहीं पड़ेगा, मगर नए लेखक के साथ ऐसा हो जाए तो बेचारे का हौसला ही पस्त हो जाएगा।'

मैंने कहा फर्क तो खास कुछ नहीं पड़ा। कुछ कहानियों की प्रतियाँ नहीं हैं। उन्हीं के लिए दुःख है। जहाँ तक किताबें छपने का प्रश्न है, एक-एक प्रति के हिसाब के साथ रॉयल्टी ठीक समय पर प्रतिवर्ष भेजने वाले मैकमिलन प्रकाशन से लेकर एक भी पैसे रॉयल्टी और कोई हिसाब, यहाँ तक कि रजिस्टर्ड पत्र तक का उत्तर न देनेवाले प्रकाशन तक ने मेरी किताबें प्रकाशित की हैं। ऐसा विलक्षण अनुभव कभी नहीं हुआ कि किताब छापकर उनके फाइनल प्रूफ एप्रूव करवाकर कोई प्रकाशक चुप लगा गया हो। हो सकता है, प्रकाशक का ज्यादा दोष न हो, जिनको मेरे हाथों आजीविका प्राप्त हुई उन्होंने ही उस उपकार का बदला विलक्षण तरीके से चुका दिया हो।

सर हम लोग तो दिल्ली में ही रहते हैं। यह भी हो सकता है कि उस प्रकाशक ने दिल्ली के करोड़पति प्रकाशकों की तरह पुस्तकों के पूरे संस्करण किसी सरकारी थोक खरीद में बेच दिए हों। इस तरह सरकारी थोक खरीदवाली पुस्तकें उपहार स्वरूप विदेशों में या देश के ही अहिंदी भाषी प्रदेशों में भेज दी जाती हैं। वहाँ गोदामों में पड़ी दीमकाहार बन जाती हैं। प्रकाशक और सरकारी अधिकारी की गाँठें कुछ और पुष्ट हो गईं। लेखक और पाठक दोनों उनके लिए बेमानी हैं।

मोना की इस बात पर चकित होने का कोई कारण नहीं था। दिल्ली के प्रकाशकों और उनको करोड़पति बनाने में सहायक अनेक महान् विद्वानों और सरकारी अधिकारियों के किस्से मैंने भी सुने हैं। एक किस्सा तो मेरे ही एक प्रकाशक ने बताया था। नए बने राज्य झारखंड में पुस्तक सप्लाई करने के लिए वह सरकारी अधिकारी से मिला। उसके प्रकाशन की किताबों की मूल्यसूची को ध्यान से पढ़ने के बाद अधिकारी ने एक किताब पर उँगली रखी। वह पचास वर्ष पहले उसके यहाँ से छपी थी। कीमत थी छह रुपए मात्र। उन दिनों मोटी किताबें तीन-चार रुपए में बिकती थीं। अधिकारी ने प्रकाशक से पूछा, 'इसमें कितने पृष्ठ होंगे? प्रकाशक ने याद करते हुए बताया पाँच सौ के आस-पास होने चाहिए। अधिकारी ने कहा इस पुस्तक की कीमत तीन सौ रुपए रखकर डेढ़ सौ रुपए प्रति कॉपी के हिसाब से मुझे नकद दे दो। उसकी तीन सौ रुपए की दर पर जितनी प्रतियाँ चाहो हमारे यहाँ सप्लाई कर दो। अगले दिन चेक ले जाओ। प्रकाशक एकाएक कई लाखपति हो गया।

चार

प्रकाशक के मालामाल और सरकारी अधिकारी के लालोलाल होने की कहानी दु:खद चाहे जितनी हो आश्चर्यजनक किसी के लिए नहीं थी। मोना उदास हो गई। उसने पूछा, 'तो 'फैसला' कहानी मुझे नहीं मिल पाएगी। मेरे गाइड उस कहानी से बहुत प्रभावित हैं। उसमें माओवादियों द्वारा एक क्रूर जमींदार का अपहरण करके जनता की अदालत में उसके अपराध पढ़कर सुनाए जाते हैं। मेरे गाइड का कहना है कि फैसला कहानी में एक तोते की बड़ी जबरदस्त भूमिका है। जमींदार के सभी कुकर्मों की लिस्ट पढ़कर सुनाई जाती है। सर्वसम्मति से फैसला सुनाया जाता है कि उसे सरेआम गोलियों से भून दिया जाए। ऐसा ही किया जाता है। लेकिन उनको यह याद नहीं है कि फैसला कहानी में तोते की क्या भूमिका थी?

मोना सशरीर आश्चर्यसिक्त प्रश्नचिह्न बनी हुई थी।

मुझे यह जानकर सुखद आश्चर्य हुआ कि उसके गाइड मुझसे सफेद झूठ नहीं बोलते रहे हैं। उन्होंने मेरे साहित्य का कुछ हिस्सा पढ़ा भी है। तोतेवाली बात पर मुझे पूरी कहानी स्मरण हो आई। मैंने 'फैसला' में रामरट नामक तोते की भूमिका उसे बता दी। कहानी बिहार के गया जिले में घटित सच्ची घटना पर आधारित थी। घटना मुझे स्वयं एक माओवादी कार्यकर्ता के मुँह से सुनने को मिली थी। तोता रामरट मेरी कल्पना की उपज है लेकिन कहानी में उसकी भूमिका बहुत महत्त्वपूर्ण हैं। वह मैं तुम्हें सुना देता हूँ।

हजारों एकड़ भूमि को नाजायज और गैरकानूनी ढंग से अपने कब्जे में बनाए रखनेवाला महंत सारे आपराधिक काम करता-करवाता था। सरकारी कागजात में मठ के नाम उतनी ही जमीन थी जितनी कानूनन हो सकती थी। बाकी सारी जमीन जिन लोगों के नाम थी वे रामजी, लछमनजी, हनुमानजी, गणेशजी, कुबेरजी थे। मठ के हाथी झूलन प्रसाद, घोड़ा तुरंग बहादुर, गाय लछमिनिया और तोता रामरट के नाम से जमीन थी। सरकारी कागज इन सबको भूमि का स्वामी मानते थे। इलाके की जनता अकाल—भुखमरी और महंत की गुंडागर्दी से तबाह हो गई थी। नक्सलवादी संगठनों को इन हालात की खबरें मिलती रहती थीं। प्रोग्राम बनाकर महंत के कब्जे की गैरकानूनी जमीन के एक बड़े हिस्से को अपने कब्जे में लेकर कार्यकर्ताओं ने कई गाँवों के भूमिहीनों के बीच बाँट दिया। वे लोग खेती करने लगे। जब धन की बहुत अच्छी फसल तैयार हो गई तो महंत ने सरकारी तंत्र, खरीदी गई पुलिस और अपने पालतू गुंडों की मदद लेकर सारी फसल कटवा ली। नकली संघर्ष दिखाकर पुलिस और गुंडों ने कई कार्यकर्ताओं और किसानों की हत्या कर दी। इलाके में

उसका आतंक बढ़ गया।

माओवादी कार्यकर्ताओं के संगठन सक्रिय हुए। योजना बनाकर महंत का अपहरण किया गया। उसके गुंडों और पुलिस को पता चलता उससे पहले ही रात में उन्हीं खेतों के बीच सभी किसानों, मजूरों और कार्यकर्ताओं को बुलाकर फैसले की अदालत बैठी।

कहानी के नायक का नाम मुझे इस समय स्मरण नहीं हो रहा। वह एक पिंजरा लिये हुए सामने आया। महंत के दोनों हाथ पीठ के पीछे बाँध दिए गए थे। कॉमरेड ने जेब से कागज निकालकर महंत के कब्जे वाली हजारों एकड़ जमीन के मालिकों के नाम पढ़कर सुना दिए। देवताओं के साथ-साथ जानवर भी भूस्वामियों में शामिल थे। यहाँ तक कि एक बड़े भूस्वामी के रूप में रामरट का नाम दर्ज था। कॉमरेड ने जनता से पूछा, आप सब जानते हैं ये रामरट नाम के भूस्वामी कौन हैं और कहाँ रहते हैं? 'नहीं ऽऽऽ' की सामूहिक गूँज के बीच कॉमरेड ने तोते का पिंजरा ऊँचा उठाकर दिखाते हुए कहा—'सब लोग देख लीजिए। इन्हीं का नाम है रामरट। इनके नाम से इतनी जमीन है कि हजारों परिवार भूखों मरने से बच सकते हैं।' जनता और कार्यकर्ता गुस्से और अचरज से तिलमिलाकर रह गए। कॉमरेड ने आगे बताया—'रामरट की तरह दर्जनों भूस्वामी हैं जिनमें हाथी, घोड़ा, कुत्ता, गाय और पत्थर की मूरतें हैं। थाना-कचहरी में सबको मालूम है कि इन सभी भूस्वामियों के मालिक श्रीमान महंतजी हैं।' जनता हुंकार में बदलती जा रही थी।

कॉमरेड ने जनता की छिपी हुई ताकत को एक बार और ललकारा। उन्होंने रामरट के पिंजरे को एक झुके हुए पेड़ के ऊपर रखकर पिंजरे का दरवाजा खोल दिया। तोता द्वार खुलने के बाद भी पिंजरे में ही चक्कर काटता रहा। कॉमरेड ने हाथ से पकड़कर तोते को बाहर निकालकर रख दिया। कुछ देर तोता वहीं बैठा रहा। फिर पिंजरे के ऊपर चढ़कर बैठ गया।

कॉमरेड ने जनता और कार्यकर्ताओं को संबोधित करके कहा, 'आपका हाल भी यही है जो इस पालतू तोते का है। देख लीजिए अब यह पिंजरे से बाहर है। आजाद हो गया है मगर अपने पंखों की ताकत, अपनी उड़ान भूल गया है। आजाद होने के बाद भी पिंजरे की तीलियों का मोह नहीं छोड़ पा रहा है। इसी तरह आप सब पत्थर की मूरतों और उनके नाम पर जनता का खून चूसनेवाले इन महंतों की भक्ति पूजा के अदृश्य पिंजरों में कैद हैं। अब वक्त आ गया है कि आपको जकड़ने वाली झूठी बेड़ियों को तोड़कर अपने दुश्मनों को पहचानें और उनके साथ इंसाफ करें।'

जनता और कार्यकर्ता गुस्से से फुफकारने लगे। कॉमरेड ने एक दूसरे कॉमरेड से कहा—'जनता के फैसले का वक्त आ गया है। जनता के दुश्मन के गुनाहों की सूची एक बार फिर पढ़कर सुनाओ।' दूसरे कॉमरेड ने एक लंबी लिस्ट निकाली और उसे पढ़ने लगा। अनगिनत हत्याओं, बलात्कार, गरीब किसानों को बँधुवा मजूर बनाने के लिए फर्जी कर्ज और सूद की धोखाधड़ी, पुलिस और गुंडों की मदद से बार-बार भूखी-नंगी-गरीब जनता की हक की लड़ाई को कुचलने के कारनामे। लिस्ट पूरी होने से पहले मारो-मारो की हुंकार बढ़ती गई। कॉमरेड ने पढ़नेवाले को हाथ उठाकर बरज दिया और जनता से मुखातिब होकर सीधा सवाल किया—'अब आप लोग बताइए क्या फैसला कर रहे हैं?'

सूरज उगने की रंगत आसमान के पूरबी छोर पर अपने होने का एहसास कराने लगी थी। जनता हुंकार में बदलकर गरजना कर उठी—'मौत।' इस गरजना के साथ ही सैकड़ों नुकीले तीर बँधे हुए महंत के मोटे शरीर पर बरसने लगे।

उस निर्जन स्थान पर महंत के निर्जीव शरीर से बह रहे स्वस्थ खून की लालिमा आस-पास की धरती को गाढ़े रक्त में रँग रही थी। रामरट इधर-उधर फुदककर अपनी भूली-बिसरी उड़ान को फिर से पा लेने की कोशिश कर रहा था।

पाँच

कुछ देर तक केबिन में सन्नाटा छाया रहा। पहली बार अभिजीत भट्टाचार्य ने बातचीत में अपनी ओर से पहल की—'आप नक्सलाइट्स से कभी मिले हैं? उनमें से किसी से व्यक्तिगत रूप से परिचित हैं?' मैं कुछ कहता उससे पहले ही उन्होंने कहा, 'कटक आनेवाला है। मुझे यहीं उतरना है लेकिन मुझे आपसे कुछ व्यक्तिगत बात करनी है। मैं नक्सलाइट रह चुका हूँ। आप लेखक हैं, आप इन बातों को जानेंगे तो अपनी रचनाओं के माध्यम से बहुत लोगों को बताएँगे।' स्टेशन आ गया। उतरने से पहले उन्होंने ओड़ीसा में मेरे ठहरने का समय और स्थान पूछा। मैंने बता दिया कि अगले महीने की पाँच तारीख को लौटना है। इससे पहले गोपालपुर के स्टेट बैंक गेस्ट हाउस में रहूँगा।

यह जानकर कि वे नक्सलाइट रह चुके हैं, मेरी उत्कंठा बढ़ गई। मोना ने विनम्रतापूर्वक पूछा, 'सर, मैं यह तो जानती हूँ कि मार्क्सवादी विचारधारा को आदर्श मानकर सक्रिय राजनीति में उतरनेवाले एक प्रकार के उग्रवादियों को नक्सलाइट या नक्सलवादी कहा जाता है। मगर उनका यह नाम क्यों पड़ा? नक्सल है क्या चीज?'

संक्षेप में मैंने मोना को बता दिया कि बंगाल में एक गाँव का नाम है नक्सलवाड़ी। उसी गाँव से इस तरह का आंदोलन बीसवीं शताब्दी के सातवें दशक के आरंभ में ही शुरू हुआ, इसलिए इस तरह का आंदोलन करनेवालों को नक्सलवादी, अंग्रेजी में नक्सलाइट कहा जाने लगा।

मोना और आनंद बहुत उत्सुक हो उठे। उनकी उत्सुकता देखकर उन्हें बताया, किस तरह भारत के आजाद होने के दो वर्ष बाद आजाद होनेवाले चीन को माओ-त्से-तुंग ने कितनी कुशलता से आगे बढ़ाया। माओ की विचारधारा ने कैसे अपने देश के नौजवानों को प्रभावित किया। कैसे चारू मजूमदार और कानू सान्याल ने अपने संगठन में नौजवानों को माओ की विचारधारा में दीक्षित किया। कैसे उनको सक्रिय बनाया। उन्हीं दिनों नक्सलवाड़ी क्षेत्र में अकाल पड़ गया। इलाके की जनता भूखों मरने लगी। चारू मजूमदार और उनके कार्यकताओं ने उस गाँव के जमींदार से कहा कि हजारों मन धान उसकी बखारों में पड़ा है। उधर गाँवों में लोग खाने बिना मरते जा रहे हैं। सरकार कोई सहायता नहीं कर रही है। अगर कुछ धान वे किसान-मजूरों को बाँट दें तो बहुत लोगों को मौत के मुँह से निकाला जा सकता है। जमींदार ने कोई बात नहीं सुनी। इतना ही नहीं वह भूखे-नंगे किसानों के विरुद्ध हथियार उठाने पर आमादा हो गया। हारकर चारू मजूमदार ने नौजवान किसान-मजूरों को संगठित किया। हजारों भूखे-बेबस लोगों ने नक्सलबाड़ी गाँव के जमींदार की हवेली घेर ली। उसे मारकर उसकी बखारों में भरा हजारों मन धान लूटकर भूखे लाचार-लोगों में बाँट दिया गया।

वह आंदोलन और उसके नेता चारू मजूमदार रातोंरात देश के बुद्धिजीवी नौजवानों के हीरो बन गए। बँगला साहित्य में उस आंदोलन को स्वीकृति मिली। उसके बाद अन्य भाषाओं के साहित्य में अनगिनत रचनाएँ हुईं।

तभी से माओवाद की उस धारा को नक्सलवादी या नक्सलाइट कहा जाने लगा।

छह

गोपालपुर तक कार से पहुँचने में जो समय लगा उसमें उड़ीसा के गाँवों की प्रकृति और मानुस जाति के अनेक रूपों के दर्शन हुए। एक इलाके में केवड़े का जंगल दिखा। बीच-बीच में इक्का-दुक्का गाँव। साथ यात्रा कर रहे सज्जन ने बताया कि टाटा कंपनी की कई सौ करोड़ की किसी योजना का स्थानीय लोगों ने यह कहकर उग्र विरोध किया कि कारखाना लगने से केवड़े के झाड़ कट जाएँगे।

नेता लोग और टाटा कंपनी वाले यह कहते रह गए कि इससे क्षेत्र का औद्योगिक विकास होगा, हजारों लोगों को काम और रोजगार के अवसर मिलेंगे, खुशहाली आएगी—मगर निर्धन जनता ने अपने केया क्षेत्र-केवड़ा वन को उजड़ने से बचा लिया। सज्जन ने यह भी बताया कि केवड़ा जल और केवड़े का इत्र बनाने के लिए फूल यहीं से सप्लाई होते हैं। यहाँ के लोग यह भी नहीं जानते कि वह इत्र कहाँ बनता है, कौन लोग उसका इस्तेमाल करते हैं और कौन मुनाफा कमाते हैं।

सड़कों के चार लेन और छह लेन बनाने के काम चल रहे थे। आते-जाते आधे उड़िया पुरुष कमर के ऊपर नंगे दिखे। अनेक के पाँव फीलपाँव रोग से फूल-कर हाथी के पैर की तरह। औरतें लकड़ी के बोझ लादकर ले जाती हुईं। चिल्का की विश्वप्रसिद्ध झील को दूर से देखकर ही निकल गए। एक तो प्रवासी पक्षियों का सीजन नहीं था, दूसरे हम लोगों के पास वहाँ बिताने के लिए समय का अभाव था।

गोपालपुर में स्टेट बैंक का गेस्ट हाउस अति साधारण लगा, लेकिन ज्योंही पीछे की ओर एकदम पड़ोस में लहराता-मचलता समुद्र दिखा तो सारी थकान उतर गई। आनंद और मोना का आरक्षण वहाँ के सबसे अच्छे होटल में था। दोनों का आग्रह था कि मैं भी उसी होटल में चलूँ। मैंने अपने लिए इसी जगह को ठीक बताकर उनका आग्रह अस्वीकार किया। उनका आखिरी तर्क यह आया कि इस गेस्ट हाउस में भोजन की व्यवस्था नहीं है, आपको यहाँ कई तरह की असुविधा होगी। मैंने कहा—'जिन लोगों के आमंत्रण पर आया हूँ, उनको यह सब कुछ मालूम होगा। उन्होंने व्यवस्था भी की होगी। मान लो ऐसा कुछ न हुआ तो खाना मैं तुम्हारे होटल से मँगा लूँगा। अब तुम लोग अपने होटल जाओ। नहा-धोकर चाय-नाश्ता करो। रात में समुद्र देखने साथ-साथ चलेंगे।' उनके जाने के बाद थोड़ा आराम करके मैं भी तैयार हुआ।

गोपालपुर का समुद्रतट भारत के सुंदर तटों में से एक है। वहाँ बाजार या कोई अन्य केंद्र नहीं होने से भीड़ बहुत कम रहती है। मोना और आनंद समुद्र की लहरों के साथ उछलते-खिलखिलाते बहुत सुंदर-सहज-उल्लसित लग रहे थे। वे बारबार मेरे आसपास बने हुए थे। मैंने झिड़कते हुए कहा, 'तुम लोग अपनी उम्र के हिसाब से जाकर समुद्र के साथ खेलो। मेरी चिंता छोड़ो। मैं अपनी उम्र के अनुसार समुद्र से खेलूँगा।' उन लोगों को भेजकर मैं छोटी लहरों के साथ दूसरी ओर चलता रहा। कभी-कभार भीतर से उमड़ी आती लहरें किनारे तक बहुत हलकी होकर टूटतीं। कुछ सीपी, घोघों, पॉलिथिन जैसी चीजें लौटा जातीं धरती को। सीपों में रंगों की ऐसी विलक्षण छटा होती है कि सहसा विश्वास नहीं होता कि रंगों का ऐसा सधा

हुआ पैटर्न किस चितेरे के वश में हो सकता है।

सबसे अधिक आनंद आया, आधी रात को समुद्र का एकांत संगीत सुनते हुए। कभी एकदम शांत। कभी लहरों का दूर से आता संगीत। लाइट हाउस से प्रकाश तैरता हुआ चलता तो तीन बजे के बाद समुद्र में कुछ धब्बे जैसे दीखते। जैसे-जैसे पूरब का छितिज उजास बढ़ाता गया वे धब्बे बड़े होते गए। अचानक वे धब्बे नावों की शक्ल में उभर आए। आश्चर्यमुग्ध सारी रात गेस्टहाउस की पीछे की बालकनी में बैठा मैं सूर्योदय के बाद तभी वहाँ से उठा, जब चाय आई।

सात

अगले दो दिन बहुत व्यस्त बीते। शाम को कुछ देर समुद्र तट पर आनंद-मोना से भेंट होती। मोना बताती कि मेरे साथ हुई बातों को आधार बनाकर वह अपने शोधकार्य को कैसे आगे बढ़ा रही है। तीसरा दिन रविवार था। तय हुआ कि आनंद-मोना के साथ पूरा दिन बीतेगा। मनोरंजन भी होगा, उसके काम की कुछ बातें भी होंगी।

नाश्ता करके उठा ही था कि गेस्ट हाउस के एक कर्मचारी ने मोबाइल फोन देते हुए कहा, 'सर, अभिजीत भट्टाचार्य का फोन है।' वे गोपालपुर में कार से प्रवेश कर रहे थे। कुशल समाचार के बाद उन्होंने पूछा, 'सर, अभी मैं आपके पास आ जाऊँ तो कैसा रहे? लंच से पहले मुझे लौटना है।' मैंने स्वागत भाव से कहा—'आइए, आइए। आपसे मिलकर बहुत अच्छा लगेगा।'

अभिजीत भट्टाचार्य के आने के पाँच मिनट बाद मोना-आनंद आ गए। तीनों को हलका असमंजस हुआ। मैंने समाधान किया—'मोना तुम्हारा ही काम एक तरह से अभिजीत जी आसान करने जा रहे हैं। मेरी कहानियों में संघर्ष चेतना ढूँढ़ रही हो। उसके अनेक सूत्र और संदर्भ इस कहानी में तुम्हें मिल जाएँगे, जो स्वयं इनकी भोगी हुई जिंदगी की सच्ची कहानी है।' अभिजीत भी आश्वस्त हो गए कि उनकी उपस्थिति उन दोनों के लिए भी बाधक नहीं बन रही है। आनंद ने भी खुलकर मेरी बात का समर्थन करते हुए अभिजीत से आग्रह किया कि वे अपनी कहानी अवश्य सुनाएँ। मोना दुगुने उत्साह से कागज-कलम सम्हालकर बैठ गई।

आठ

उस समय सोलह वर्ष की उम्र थी मेरी। ग्यारहवीं क्लास में नाम लिखाया ही था कि कुछ सीनियर स्टुडेंट्स एक मीटिंग में ले गए। मेरी ही उम्र के दस-बारह

लड़के जुटाए गए थे। सभी को दुनिया के लोगों के दुःख-दर्द की, उन पर किए जानेवाले जुल्मो-सितम की ऐसी-ऐसी कहानियाँ सुनाई गईं कि हमारा मन क्रोध, घृणा और करुणा से भर गया।' अभिजीत भट्टाचार्य ने विराम लिया। एक बार फिर नीलाचल एक्सप्रेस के ए.सी. फर्स्ट के केबिन का माहौल बन गया, फर्क इतना ही था कि इस बार वह व्यक्ति वक्ता था, जो वहाँ चुपचाप सुना करता था।

उन्होंने आगे बताया—'जो-जो कहानियाँ हमें सुनाई गईं उनमें एक-से-एक रोंगटे खड़े कर देनेवाली थीं। उन्हीं में से रूस के जारों और उनकी महारानियों के मनोरंजन की एक कहानी है। विलास के नशे में छके हुए जार और महारानियाँ एक बड़े मैदान के एक छोर पर रखे गए सिंहासननुमा ऊँचे आसनों पर बैठते। बीच में कई दिनों तक भूखे रखकर खूँखार बनाए गए शिकारी कुत्ते—हाउंड्स—के पट्टे खोलकर उन्हें छोड़ दिया जाता। जार के सिपाही किसी भूखी अधनंगी गरीब माँ की गोद का बच्चा छीनकर ऊपर उछाल देते। भूखे शिकारी कुत्ते दुधमुँहे बच्चे पर टूट पड़ते। उसकी बोटी नोचकर खाते और असहाय माँ जितना ही चीखती, छाती पीटती, बच्चे की रक्षा की गुहार लगाती उतना ही अच्छा मनोरंजन जारों और महारानियों का होता। उनके साथ चापलूस सामंत तालियाँ बजाते, बाजे बजते। लगातार कई बच्चों की क्रूर हत्या तक मनोरंजन का यह खेल चला करता।

अभिजीत मौन हो गए। कुछ देर कमरे में क्रोध और घृणा से भरा सन्नाटा छाया रहा। इसी तरह रोमन साम्राज्य के महाराजाओं और महारानियों के मनोरंजन किए जाते। आज के विशाल ऑडिटोरियम जैसे स्थानों में ऊँचे आसनों पर राजा, रानी, सामंत और उनकी लेडीज बैठाई जातीं। नीचे चारों ओर से घिरी जगह में कई दिनों का भूखा शेर छोड़ दिया जाता। दूसरी ओर से खिला-पिलाकर पहलवान बनाए गए गुलाम की बेड़ियाँ खोलकर उस जगह पर छोड़ दिया जाता। उसके हाथ में एक छोटी कटार होती। एक ओर कई दिनों का भूखा शेर उसकी बोटी नोच लेने को आतुर! दूसरी ओर भारतीय मसालों, दूध, मांस, रोटी और शराब से पालकर पुष्ट बनाया गया गुलाम अपने प्राणों की रक्षा के लिए जी-जान से कोशिश करता। लड़ाई तभी बंद होती, जब दोनों में से एक की मौत हो जाती। इसी मनोरंजन से वहीं के किसी लेखक ने एक कहानी रची थी। पंजे में नुकीली लकड़ी के चुभ जाने से घायल शेर की कराह सुनकर एक जंगली आदमी अपनी जान पर खेलकर शेर के पंजे से वह लकड़ी खींचकर निकाल देता है। बाद में शेर पकड़ लिया जाता है और राजा के लिए पिंजरे में डाल दिया जाता है। वह आदमी एक दिन राजा की सेना में भरती हो जाता है। दूसरे राजा की सेना के साथ युद्ध में हार जाने पर वह आदमी

गुलाम बना लिया जाता है। बाद में उसी बंदी को ग्लैडिएटर के रूप में पाला जाता है। जब महाराजा-महारानियों के मनोरंजन के लिए ग्लैडिएटर (लड़ने के लिए विशेष रूप से पाले गए गुलामों को इस नाम से पुकारते थे) भूखे शेर के सामने छोड़ दिया जाता है तो पुराना उपकार याद करके भूखा शेर पालतू कुत्ते की तरह उसके पाँव चाटने लगता है।

अभिजीत भट्टाचार्य ने गहरी साँस खींची। बोले, 'यह कहानी की बात हुई। कभी-कभी भूखे शेर और गुलाम की लड़ाई से ऊबकर महामहिम लोग स्वाद बदलने के लिए दो गुलामों को ही लड़ा देते थे। दोनों छोटी कटारों के सहारे लड़ते। उनकी खूब पुष्ट देहों से जितना गाढ़ा खून बहता, उतना ही अच्छा विशेष दर्शकों का मनोरंजन होता। वह खेल तब तक चलता रहता, जब तक दोनों में से एक गुलाम की मौत नहीं हो जाती।

होवर्ड फास्ट ने इसी थीम पर बहुत अच्छा उपन्यास लिखा, जिसके अनुवाद दुनिया की तमाम भाषाओं में हुए। हिंदी में कथासम्राट् प्रेमचंद के छोटे बेटे अमृत राय ने 'आदि विद्रोही' नाम से उसका अनुवाद किया है।

अभिजीत भट्टाचार्य ने बताया कि इस तरह का बहुत सारा साहित्य उन लोगों को पढ़वाया जाता। कार्ल मार्क्स, एंगेल्स की जीवनियाँ पढ़ाई जाती। चीन के महान् नेता माओ-त्से-तुंग की जीवनी, उनकी संघर्ष-कथा, उनकी विजय और सांस्कृतिक क्रांति की बातें विस्तार से बताई जातीं। महान् रूसी क्रांति की कथा सबसे ज्यादा झकझोरने वाली थी। लेनिन, स्टालिन की जीवनियाँ, उनकी संघर्ष कथाएँ, गोर्की की कहानियाँ और उनके उपन्यास 'माँ' का सामूहिक पाठ कराया जाता। दुनिया में इतना शोषण, इतने अत्याचार इसीलिए संभव हुए कि मानव समाजों के विकास में उत्पादन के साधनों पर सीमित शक्तियाँ काबिज होती गईं। कार्ल मार्क्स ने अपनी महान् पुस्तक पूँजी और अनेक दूसरी पुस्तकों और शोध पत्रों के द्वारा दुनियाभर के सर्वहारा वर्ग को समझाया कि उन्हें एक होकर अपने हक के लिए संघर्ष करना होगा। लंबी लड़ाई के बाद सर्वहारा का राज्य स्थापित होगा, जिसमें व्यक्तिगत संपत्ति नहीं होगी। सभी को काम, भोजन और विश्राम समान रूप से मिलेगा। सब समान होंगे, सब स्वतंत्र।

अभिजीत भट्टाचार्य शिथिल हो गए। मोना ने सब को कुछ खिलाया-पिलाया। बहुत अच्छी कॉफी पीकर सभी चैतन्य हुए तो अभिजीत भट्टाचार्य की कहानी आगे बढ़ने लगी।

नौ

उनकी आँखों में किशोर जीवन में मनुष्य मात्र की मुक्ति के लिए देखे गए सपने एक बार पुनः सजीव होकर पंख तौलने लगे। अभिजीत मोहमुग्ध अवस्था में बता रहे थे और हम तीन श्रोता मुग्ध भाव से उनकी आपबीती सुन रहे थे। उन्होंने बताया कि उन दिनों लगता था कि खून में इतना जोश भर गया है कि नसें तड़क उठेंगी। दिन-रात, उठते-बैठते, सोते-जागते, सपने में भी एक ही खयाल मन को बेसुध बनाए रहता, कैसे दुनिया भर से सामंतवाद और पूँजीवाद का नाश होगा। दुनिया भर से सर्वहारा वर्ग को शोषण मुक्त करने के लिए किया जानेवाला बड़े-से-बड़ा बलिदान छोटा लगता। एक तरह का नशा छाया रहता तन-बदन में। तीन साल कब बीत गए, कुछ पता नहीं चला। इस बीच माता-पिता बेटे की मानसिक और शारीरिक दशा को लेकर चिंतित रहते। पढ़ाई बहुत हो रही थी। घर में जितने समय रहता, हाथ में पढ़ने की कोई-न-कोई सामग्री होती। परीक्षा के परिणाम बहुत अच्छे नहीं आ रहे थे, मगर बहुत खराब भी नहीं थे। माँ चिंतित रहती, मगर मोटे-मोटे चश्मे व दाढ़ी वाले कुछ सीनियर लोगों के घर आने और बराबर के स्तर पर मेरे साथ बातें करने से आश्चर्यमिश्रित खुशी भी उसे होती। बाबा मुझे बहुत गंभीरता से लेने लगे थे। छुट्टियों में कई दिन तक मेरे घर न लौटने पर एक-दो बार पूछ लेते। मेरे जवाब से संतुष्ट हो जाते। न कभी बहस करते, न डाँटते-फटकारते।

पूजा की लंबी छुट्टियों में हम लोगों का शिविर धुर ग्रामीण क्षेत्र में लगाया गया। वहाँ जमकर पढ़ाई हुई। खूब बहसें हुईं और सबसे बड़ी बात यह कि हथियार चलाने की अच्छी ट्रेनिंग दी गई। जो कॉमरेड सुप्रीमो था वह तो कभी हम लोगों के सामने नहीं आया, मगर उसका नाम हमारे लिए आतंक और श्रद्धा का प्रतीक बनता गया। छोटा सा देसी तमंचा कैसे रखना है, जरूरत पड़ने पर कैसे निकालना है, कैसे गोली दागनी है, कैसे बचना है, इसकी अच्छी प्रैक्टिस हो गई। बम बनाने और चलाने की ट्रेनिंग इतनी पक्की हो गई कि रास्ता चलते पैंट की जेब में रखी सुतली से बम बाँध सकते थे।

हर तरह की पक्की ट्रेनिंग के बाद इम्तहान लेने-देने का वक्त आ गया। हम लोगों के बीच सबसे सीधा प्यारा सा बच्चा था शिशिर। उसके बाबा गाँव के संपन्न जमींदार थे। गाँव से बाहर खेतों के बीच कई एकड़ में उनकी बाड़ी थी। बाहरी गेट से अंदर जाने पर बड़ा सा पोखर। उसमें एक ओर पक्के घाट की सीढ़ियाँ बनी थीं। सामने छोटा सा चंडी मंडप। एक ओर धान के बखार बने हुए थे, लाइन से। सभी धान से भरे रहते। पुआल के ढेर दूसरी ओर थे। बैलों का बाड़ा उसी तरफ था।

पचासों बैल उसी में रहते। कुछ गाएँ भी थी। बाड़ी के हाते में सभी तरफ कटहल, आम और केले के गाछ लगे हुए थे। सामने मुख्य बाड़ी। ऊँचे बरामदे में चढ़ने के लिए सीढ़ियाँ थीं। बरामदा खूब लंबा-चौड़ा। बाड़ी लकड़ी के नक्काशीदार खंभों, दीवारों के ऊपर खपरैल से छाई गई थी। शिशिर के माँ-बाप बहुत भले लोग थे। उसकी छोटी बहनें मीतुल और पुतुल एकदम गुड़िया जैसी सुंदर थीं। हम लोगों के जाने पर उस घर में खूब स्वागत होता। माँ खूब खिलातीं। बहनें खूब खेलतीं, खिलखिलातीं, छकातीं।

शिशिर से कहा गया था कि वह पूजा की छुट्टियों में शिविर में जाने की बात घर में बताकर नहीं आए। घर के लोगों से छिपकर भागकर शिविर में आने का उसे ऑर्डर दिया गया था। शिविर समाप्त होने पर परीक्षा देने के लिए जो पहली टोली चुनी गई उसमें सात लोग थे, मैं भी था। शिशिर को सबसे कठिन परीक्षा के लिए चुना गया। हम लोगों को उसके पीछे छाया की तरह लगे रहना था। सारा प्लान हमें समझा दिया गया था।

शिशिर को सबसे अंत में कमांडर का आदेश मिला। कहा गया कि उसके बाबा सामंतवादी व्यवस्था के प्रतिनिधि हैं। उस इलाके के धनी जमीदार हैं। उनकी हत्या शिशिर को अपने हाथ से करनी है। यही उसकी परीक्षा है। इस अभियान में कोई कमजोरी, मन की कोई हिचक उसके क्रांतिकारी कॅरियर का अंत कर देगी। अभियान में असफल रहने पर ट्रायल होगा। बिना शब्दों में कहे हम सबको यह एहसास करा दिया गया कि ट्रायल का नतीजा मृत्युदंड से कम नहीं होगा। यह सिर्फ शिशिर की परीक्षा नहीं थी, उसके साथियों की भी उतनी ही कड़ी परीक्षा थी, क्योंकि हम सब उसके घर से बहुत गहरी आत्मीयता के साथ जुड़े हुए थे। अभियान पर जाने से पहले बार-बार चेतावनी दी गई, किसी के मन में जरा सी भी कमजोरी, मोहमाया उमड़ रही हो तो अभी भी समय है। बता दो, अभियान से बाहर हो जाओ।

हम लोगों में मोहमाया उमड़ रही थी लेकिन उससे ज्यादा डर लग रहा था कि अगर इस अवसर पर चूक गए तो विश्व में शोषण का दुश्चक्र ऐसे ही चलता रहेगा। हमारा जीवन अन्य लोगों की तरह शादी-ब्याह, गाड़ी-बाड़ी के जंजाल में बरबाद हो जाएगा। क्रांति की भावना इतनी प्रबल थी कि मोहमाया के उमड़ते ज्वार को थाम लेना ही अपने और सर्वहारा के पक्ष में एकमात्र विकल्प नजर आने लगा।

हम सबने साफ कह दिया हमें कोई मोहमाया नहीं। हम अभियान को पूर्णता तक पहुँचाकर रहेंगे।

शाम को शिशिर के बाबा घर लौटते थे। निश्चय हुआ कि बाहर से आकर ज्योंही वे पोखर में मुँह-हाथ धोने के लिए झुकेंगे, शिशिर पीछे से आकर उनके सिर में गोली मारेगा। हम सब लोग हाते में घुसकर छिप गए। किसी की नजर हम पर नहीं पड़ी। शिशिर ठीक जगह पर छिपकर बैठ गया।

उसके बाबा बाहर से आए। पोखर की सीढ़ियाँ उतरकर ज्योंही पानी की ओर देखा, अपने पीछे उन्हें एक आदमी की छाया दिखाई पड़ी। पलटकर खड़े हुए तो सामने महीने भर का बिछड़ा बेटा मिल गया। उसे गोद में भरकर पुचकारने-दुलारने लगे। कहने लगे, क्यों चले गए बिना बताए? किसी ने कुछ कह दिया तो मुझसे बताते। मैं ठीक करता। चल के देखो तो, रो-रोकर तुम्हारी माँ और बहनों का क्या हाल हो गया है? इस तरह कोई रूठकर जाता है घर से?'

शिशिर का एक हाथ अब भी पैंट की जेब में तमंचे पर कसा हुआ था, मगर बाबा के आँसुओं के साथ उमड़ती उनकी हृदय-वेदना ने शिशिर को पिघला दिया। तमंचे पर उसकी पकड़ ढीली होती गई। आँसू उसकी आँखों से भी झरने लगे। बाबा ने बाँहों में घेरकर बेटे को चंडीमंडप के सामने खड़ा कर दिया। मंडप के भीतर माँ दुर्गा की प्रतिमा की ओर ताककर बोले, 'माँ दुर्गा! लो सम्हालो। आ गया तुम्हारा बेटा, कहाँ भेज दिया था। अब कहीं मत जाने देना।' कहकर बेटे को बाँह के घेरे में लेकर बाड़ी की ओर चले। बाहरी बरामदे से दस-पंद्रह कदम दूर रह गए होंगे कि पीछे से दो गोलियाँ पिता-पुत्र के सिर में घुसा दी गईं। तड़ातड़ गोलियों की बौछार से ढेर हो गए शिशिर और उसके बाबा की लाश को छोड़कर अभियान के सभी सदस्य अँधेरे में लुप्त हो गए। मैं...'

अभिजीत भट्टाचार्य का गला रूँध गया। आँखें नम हो आईं। हम सब अवाक् हो गए।

दस

थोड़ी देर तक कमरे में सन्नाटा बना रहा। सबसे पहले अभिजीत ने ही अपने को सम्हाल लिया। बोले, 'गोलियों की आवाज सुनकर बाड़ी से शिशिर की माँ और बहनें बाहर दौड़ी आईं। सामने शिशिर और उसके बाबा की खून में लिथड़ी लाशें छटपटा रही थीं। मैं काठ हो गया। पीछे से अभियान दल के दो सदस्य आकर मुझे उठाकर बाहर ले आए। भागते हुए मैंने सिर्फ इतना पूछा, 'शिशिर को क्यों मार दिया? उसे मारने का आदेश तो नहीं था!'

भागकर सुरक्षित स्थान पर पहुँचते ही अभियान-दल के नायक ने मुझे फटकारना

शुरू किया—'तुम्हारी हिम्मत कैसे हुई हमारे निर्णय पर उँगली उठाने की। मार तो तुम्हें भी दिया जाना चाहिए था उसी वक्त जब तुम कायर भावुक बनकर काठ की तरह खड़े रह गए थे। उस समय तुम पकड़े जाते तो हम सब का क्या होता? हम तुमको उठा लाने का खतरा मोल न लेते तो तुम पकड़े जाते, पुलिस की मार से सब कुछ उगलकर हमारा मिशन चौपट कर चुके होते।'

अभिजीत ने बताया कि उसी समय से अन्य सदस्यों की निगाह में मैं संदिग्ध बन गया। एक सप्ताह के बाद मेरे मारे जाने का निश्चय हो गया। उन्हीं में से एक साथी का दिल पिघल गया। उसने आधी रात में मुझे जगाकर मेरे कान में फुसफुसाकर कहा, 'जीना चाहते हो, तो अभी इसी समय यहाँ से निकल जाओ। अभी हम लोग उड़ीसा की सीमा के आस-पास हैं। रात भर सीधे दक्षिण दिशा में भागते जाओगे तो बच सकोगे। भाग जाओ और भूलकर भी अपने घर न लौटना। दो-चार साल नाम-पता बदलकर बंगाल से बाहर रहोगे तो बच जाओगे।

आगे की कहानी अभिजीत ने बहुत संक्षेप में बताई कि किस तरह कई दिन भूखे-प्यासे रहकर उड़ीसा के एक कस्बे में पहुँचे। वहाँ छोटी सी हलवाई की दूकान में बरतन माँजने का काम किया। जैसे-तैसे पेट पालता रहा। कस्बे के स्कूल मास्टर से मिलकर बताया कि इंटर की परीक्षा देना चाहता हूँ। उनसे झूठ बोला कि इंटर की परीक्षा से पहले मेरे माँ-बाप मर गए। मैं अनाथ हो गया। आपकी सहायता से आगे पढ़ना चाहता हूँ। मास्टर ने कटक के एक प्रिंसिपल को चिट्ठी लिखकर उनके पास भेज दिया। प्रिंसिपल ने नाम पूछा तो नया नाम बता दिया। उन्होंने छात्रावास में मेरे रहने-खाने की व्यवस्था कर दी। मेरी पढ़ाई-लिखाई से प्रिंसिपल बहुत खुश रहने लगे।

मेरे पास पढ़ाई-लिखाई से संबंधित कोई प्रमाण-पत्र नहीं थे। प्रिंसिपल की सलाह से उस साल हाई स्कूल की परीक्षा में नए नाम से बैठा। पास होने पर इंटर में एडमिशन ले लिया। इस बीच इतना पढ़ चुका था कि इंटर के छात्रों को कई विषय में ट्यूशन देकर रुपए कमाने लगा और पढ़ाई करने लगा। इंटर पास हो जाने के बाद जमशेदपुर अपने मामा के घर पहुँचा। मामा ने देखा तो भूत समझकर डर गए। मैंने सारी बात बताई तब उन्हें विश्वास हुआ। मामा ने मेरे माँ-बाप का हाल बताया कि वे लोग रोते-रोते यह समझ गए हैं कि उनका बेटा भी शिशिर की तरह मार दिया गया है। मैंने माँ-बाप से मिलना चाहा तो मामा ने कहा कि मेरा बंगाल लौटना ठीक नहीं। उन्होंने चिट्ठी लिखकर माँ-बाबा को अपने पास बुला लिया। वे लोग बेटे के जिंदा बचे रहने की उम्मीद छोड़ चुके थे। मुझे सही-सलामत पाकर खुशी से

निहाल हो गए। मैंने उन्हें बताया कि मेरा पुराना नाम भूलकर भी उन्हें नहीं लेना चाहिए। अपना नया नाम उन्हें रटवा दिया। माँ ने बताया कि मेरे लापता होने के बाद पुलिसवाले और नक्सली दोनों बार-बार आकर घर की तलाशी लेते रहते। साल भर तक तुम्हारी खोज में आते रहे। जब हम लोगों के साथ उनको भी विश्वास हो गया कि बच्चा जिंदा नहीं है तब उन लोगों ने आना छोड़ दिया।

मामा के यहाँ रहकर ग्रेजुएशन करने और बैंक की नौकरी में चुन लिये जाने के बाद अभिजीत भट्टाचार्य ने नई जिंदगी शुरू की। अब तरक्की करते-करते वे ऊँचे पद पर पहुँच गए हैं।

अपनी कहानी पूरी करके अभिजीत ठहरे लेकिन लगता था कि वे अभी बहुत कुछ कहना चाह रहे हैं। हम सब तो बहुत कुछ सुनने को उत्सुक थे।

ग्यारह

मेरे उकसाने पर अभिजीत भट्टाचार्य ने कहा, 'कहानी तो मैं कह चुका। आप लेखक हैं। हो सकता है, इस पर कुछ लिखें। आपसे अनुरोध है कि अगर इस पर कुछ लिखें तो मेरा यह नाम भी बचा लें। बाद में पता चला कि वह कमांडर भी मार दिया गया, जिसने मेरी हत्या का ऑर्डर जारी किया था। वह सब कुछ खत्म हो गया। मेरी अलग दुनिया है, उसमें सुखी हूँ, किंतु शिशिर और उसके बाबा की हत्या का वह दृश्य अब भी सोते-जागते नींद में, सपने में सामने आकर कभी भी मुझे बेचैन कर जाता है। बार-बार मेरे सामने हिंसा-अहिंसा के सवाल आते हैं। अपने क्रांतिकारी दिनों में अच्छी तरह मार्क्सवाद पढ़ा। इधर मैंने गांधीजी और लोहिया का साहित्य भी पढ़ा है। हिंसा-अहिंसा में उलझकर रह जाता हूँ। कई बार लगता है कि जो काम हिंसा से किया जाए वह अनुचित और अनैतिक है। मगर हिंसा—प्रत्यक्ष हिंसा से बचे रहकर जो लोग अप्रत्यक्ष रूप से अमानवीय शोषण के माध्यम से बड़े पैमाने पर हिंसा कर रहे हैं, उनको क्या यों ही छोड़ देना एक बड़ी क्रूर और कायरतापूर्ण हिंसा नहीं है? शोषण सबसे बड़ी हिंसा है।

अभिजीत भट्टाचार्य आवेश में आ गए। कुछ देर शांत रहने के बाद आवेश में आने के लिए क्षमा-याचना की मुद्रा में मुसकराकर उन्होंने कहा, 'आप अभी जवाब दें, ऐसा दुराग्रह मैं नहीं करूँगा। आपके विषय में जानकर आपकी बातें सुनकर मुझे लगा कि अपने मन को आपके सामने खोला जा सकता है। हिंसा, अहिंसा, व्यक्तिगत संपत्ति, एक ओर हमारे देश में अरबपतियों की संख्या में वृद्धि, दूसरी ओर भूख, कुपोषण और दूषित पानी पीकर मरने को अभिशप्त लोगों की संख्या में बेहिसाब

वृद्धि, इन जलते हुए सवालों पर गंभीरता से कौन विचार कर रहा है? किसे करना चाहिए? क्या आप जैसे लेखक और बुद्धिजीवी इन सवालों से बचे रहकर हिंसा का समर्थन नहीं कर रहे हैं?

अभिजीत भट्टाचार्य ने मुझे कठघरे में खड़ा कर दिया था। मेरे पास फिलहाल उनके अभियोग से बचाव का कोई आसान रास्ता नहीं बचा था।

□

मुनिया

'क्या कर रहे हो आजकल?' नमस्कार करते अभय को आशीर्वाद देकर मैंने पूछा। एम. ए. पी-एच.डी. अभय भले घर का भला युवक है। माध्यमिक शिक्षा से लेकर उच्च शिक्षा तक के आयोगों में आवेदन करते-करते और इंटरव्यू देते-देते थक गया है। उसका हँसमुख चेहरा सूखता जा रहा है। उसके पिता ने खेत बेच-बेचकर बेटे को उच्च शिक्षा की सर्वोच्च डिग्री लेने तक पढ़ाया। उन्हें उम्मीद थी कि बेटा कोई नौकरी पा जाएगा तो घर की हालत सुधर जाएगी। इसी उम्मीद में अपने ही जैसे भले घर की बेटी से अभय का विवाह कर दिया। उसके दो बच्चे हो गए। बहू और उसके बच्चों का खर्च अलग से। इधर अभय की नौकरी की उम्मीद है कि आगे ही सरकती जा रही है। अभय के पिता जब कभी मिलते हैं, तो उनसे हालचाल पूछते मुझे डर लगता है। किस मुँह से पूछूँ कि कैसे हैं?

उनके इस हाल के लिए दोषी मैं भी तो हूँ। जब वे इंटरपास अभय को लेकर मेरे पास आए थे कि अब आगे बच्चे को कैसे, कहाँ, क्या पढ़ाया जाए तो मुझे आगे का हाल समझकर उसी के अनुकूल कोई सलाह देनी चाहिए थी। अब लगता है अगर अभय को बढ़ई का काम सीखने या स्कूटर मैकेनिक बनने की सलाह दी गई होती तो उसे इस तरह की निराशा और कुंठा का शिकार नहीं बनना पड़ता। यही कहा होता कि अपने पिता के साथ खेती का काम सीखकर वही करो, तब भी वह अच्छा किसान बन गया होता। सरासर गलती मेरी थी। हाईस्कूल और इंटर के उसके प्राप्तांक देखकर मैंने सोचा था कि इतना प्रतिभाशाली है, उच्च शिक्षा इसे मिलनी ही चाहिए। मेरी सलाह मानकर अभय के पिता ने कमर कस ली। उनके पास बेटे की उच्च शिक्षा के खर्च जुटाने का एकमात्र साधन खेती की उपज से होनेवाली आमदनी थी। बी.ए. का खर्च उठाते हुए उनकी समझ में आ गया कि खेती की उपज से काम नहीं चलेगा। उन्होंने खेत के हिस्सों को रेहन रखना शुरू

किया। दस बर्ष बीत गए। खेत का जितना हिस्सा बचा है उसे बेच देने का मतलब होगा, भूखों मरना। अभय के परिवार की ऐसी दुर्गति मेरी ही वजह से तो हो रही है।

मेरी ग्लानि को मेरे चेहरे पर पढ़कर अभय ने कहा, 'सर आप चिंता न करें, मुझे फिलहाल एक नौकरी मिल गई है।' खुशी से मेरी आँखें भर आईं। हुलसकर पूछा, 'सच? कौन सी नौकरी मिल गई तुम्हें? कहाँ पर? कब ज्वॉइन किया? वेतन कितना है?'···मेरे सवालों की झड़ी को बीच में रोकर अभय ने कहा, 'जे.एस.एस. में पंद्रह सौ रुपए महीने की नौकरी है। पिछले तीन महीने से कर रहा हूँ। गाँव के पास ही संस्थान है।'

'संस्थान? कौन सा संस्थान? यह जे.एस.एस. क्या है?' आतुर होकर मैंने पूछा। पंद्रह सौ रुपए मासिक वेतन की बात पर मुझे झटका लगा था। खेत में फावड़ा चलानेवाले लेबर की मजूरी अस्सी रुपए प्रति दिन। एम.ए. पी-एच.डी. का वेतन पचास रुपए रोज के हिसाब से!

अभय बताने लगा—जे.एस.एस. ही कहा जाता है उनके यहाँ। सभी कागजों पर यही लिखा जाता है। मैंने बहुत पूछा, तब एक बार नेताजी ने बताया कि हिंदी में कहा जाता हैं जन शिक्षण संस्थान। मैंने कभी इस संस्थान का नाम नहीं सुना। पूछा—'कौन हैं ये नेताजी?, अभय ने जो नाम बताया उसे सुनकर बरबस एक मुसकान मेरे अधरों पर उठ आई होगी जिसे लक्ष्य करके अभय भी मुसकराने लगा। उसने पूछा 'क्या बात है सर? आप नेताजी को जानते है?'

नेताजी को जानता हूँ ऐसा कहना ठीक होगा? विद्यार्थी था तो सभी लोग उसे कहते 'भकभेल्लर'। इसका शाब्दिक अर्थ क्या है और कैसे यह शब्द बना यह बताना भाषाशास्त्रियों का काम है। लगभग इसी का समानार्थी एक और शब्द है 'भकचोन्हर'। जब बुद्धिहीनता के लिए किसी अन्य विशेषण से काम नहीं चलता तो इन दोनों में से किसी एक शब्द का प्रयोग किया जाता है। लेकिन इन विशेषणों के कारण उस नेता की याद मुझे नहीं है। उसकी याद है उसके पिता द्वारा उसके विषय में की गई एक टिप्पणी से जिसे पहली और आखिरी बार मैंने उन्हीं के मुँह से सुना था। कई बार एक ही क्लास में फेल होने के बाद लंतरानियाँ हाँक रहा था कि कहीं से उसके पिता आ पहुँचे। उसकी बातों पर उन्होंने एक भद्दी गाली देकर कहा—'फलानी चीज पकड़ा दी जाए तो मूली समझकर साला उसमें पत्ता ढूँढ़ने लगेगा, चला है अफलातून बनने।' मूली के उपमेय का उन्होंने स्पष्ट उच्चारण किया था, इसलिए अर्थ संप्रेषित होने में किसी को कोई कठिनाई नहीं हुई। उसका

यही परिचय मेरी स्मृति में सबसे गहरी रेखाओं में अंकित है। अभय को किन शब्दों में बताऊँ कि मैं नेताजी को जानता हूँ! खैर जैसे तमाम परजीवी देश में कमा-खा रहे हैं, एक यह भी सही। लेकिन कमा खाने का मुहावरा इस तरह के लोगों पर कहाँ लागू होगा? ये तो लूट-खा रहे हैं। पूछा, 'कितना कमाता है कि तुम्हें पंद्रह सौ दे रहा है? और तुम करते क्या हो?'

अभय ने जो बताया वह विश्वास करने लायक नहीं है। वह यों भी झूठ बोलनेवाला नहीं है और मुझसे तो नहीं ही बोलेगा। उसने बताया कि संस्थान की डायरेक्टर का वेतन तीस हजार रुपए महीना है। उनके लिए डीजल से चलनेवाली साढ़े पाँच लाख की ए.सी. एंबेसेडर कार है। एक मारुति वैन है। नेताजी के लिए एक जिप्सी जीप है। तीनों गाड़ियों के लिए तीन ड्राइवर हैं। दो चपरासी हैं। कंप्यूटर का एक ऑपरेटर है। मैं तो स्टाफ की हाजिरी और ऊपरी हिसाब-किताब के लिए हूँ। और¨।'

अभय कुछ और बताने जा रहा था कि मेरा धैर्य टूट गया। बीच में ही उसे रोककर मैंने पूछा, 'कितने का कुल कारोबार होगा?' अभय ने कहा, 'मुझे एकदम ठीक-ठीक नहीं मालूम? एक बार कंप्यूटरवाले से पूछा तो उसने बताया कि दस करोड़ से ऊपर का कारोबार है।'

'दस करोड़?' अचरज से मेरा मुँह खुला रह गया। इस धक्के से उबरने के बाद मैंने पूछा, 'अच्छा इतने बड़े संस्थान में काम क्या होता है?' अभय असमंजस में बना रहा। कई बार पूछने पर उसने बताया, 'जितने तरह के काम से गाँव के लोग खुशहाल हो सकते हैं, आत्मनिर्भर हो सकते हैं वे सभी काम वहाँ सिखाए जाते हैं।' मेरी उलझन बढ़ती जा रही थी। पूछा—'साफ बताओ।' अभय और सकुचाया। बोला, 'लकड़ी के सामान बनाना सिखाया जाता है, खिलौने, फर्नीचर, दरवाजे, चौखट, मिट्टी के बरतन, खिलौने। कागज और लुगदी के बहुत सारे समान। प्लास्टिक के सामान, फैशन डिजाइनिंग, टेलरिंग। हौजरी का काम। महिला शिल्प कला केंद्र। कितना गिनाऊँ?' अभय की मुसकान चौड़ी हुई।

मेरा माथा घूम गया। कितने-कितने काम? बहुत बड़ी इमारत होगी इसके लिए! बल्कि एक नहीं, कई इमारतें होंगी। उसी हिसाब से सीखनेवाले विद्यार्थी होंगे। उसी हिसाब से दर्जनों अध्यापक होंगे, कलाकार होंगे। कुछ विशेषज्ञ तो बहुत ज्यादा वेतन लेते होंगे।' अस्फुट बुदबुदाहट में कुछ शब्द मेरे मुँह से निकल पड़े जिन्हें सुनकर अभय ने कहा, 'सब कुछ है। मोटे-मोटे रजिस्टर हैं। उन्हीं में विशेषज्ञों के नाम लिखे हैं। उनकी हाजिरी बनती है। उनके वेतन और छुट्टियों का हिसाब रखा जाता है। इसी तरह के मोटे रजिस्टरों में अलग-अलग काम सीखनेवाले

युवक, युवतियों, विधवाओं और कमजोर वर्ग के लोगों के नाम लिखे हुए हैं। सबकी उपस्थिति के विवरण तैयार किए जाते हैं। कंप्यूटरवाले दिन-दिन भर, कभी देर रात तक बैठकर लाखों-करोड़ों के हिसाब बनाते रहते हैं। सारा हिसाब-किताब भारत सरकार के मानव संसाधन विकास मंत्रालय को भेजा जाता है।

बिना पूछे मेरे प्रश्नों को पढ़ता हुआ अभय ने बताया, 'एक दिन मैं स्टोर रूम में कुछ खोज रहा था। वहाँ खूब बड़े-बड़े बोर्ड सजाकर रखे गए हैं। उनपर उन अनेक जन प्रशिक्षण केंद्रों के नाम लिखे गए हैं, जिनके विवरण रजिस्टरों में और कंप्यूटर में भरे हुए हैं।' अभय ने यह भी बताया कि उसी भवन के ऊपर बारी-बारी से इन बोर्डों को लगाकर खूब आकर्षक तस्वीरें उतारी गई हैं। मोटे एल्बम में उन तस्वीरों में अनेक मोटे-मोटे नेता-मंत्री विराजमान हैं। ये कहीं फीता काटते हुए, कहीं भाषण देते हुए, कहीं किसी से हाथ मिलाते हुए, कहीं माल्यार्पण स्वीकार करते हुए।

कहते-कहते अभय हँस पड़ा। मैंने पूछा, 'क्या बात है?' अभय ने हँसते हुए कहा, 'एक बिल्डिंग पर जब जैसा चाहा, बोर्ड लगा दिया। कभी वही भवन कला केंद्र बन गया, कभी महिला शिल्प कला केंद्र, कभी कंप्यूटर प्रशिक्षण केंद्र, कभी कुछ-कभी कुछ।'

सहसा मुझे याद आया कि तीस हजार रुपए महीने वेतन पानेवाली डायरेक्टर तो बाहर से आई होगी। बहुत योग्य होगी। उसके विषय में जानने की उत्सुकता बढ़ने लगी। पूछा—'संस्थान की निदेशक कहाँ से आई हैं? वे तो बहुत पढ़ी-लिखी होंगी?'

अभय मेरी ओर ऐसे देखता रहा, जैसे मैं एकदम अबोध शिशु की तरह व्यवहार कर रहा होऊँ। उसे विश्वास ही नहीं हो रहा था कि मैं जो कुछ कह रहा हूँ वह सच है। हैरत से मेरी ओर देखकर उसने पूछा, 'आप सचमुच मैडम को नहीं जानते?'

तनिक खीज के साथ मैंने रहा, 'कैसे जानूँगा, तुम्हीं बताओ? जब मैं तुम्हारे अजीबो-गरीब संस्थान का नाम पहली बार सुन रहा हूँ तो उसकी डायरेक्टर साहिबा को कैसे जान लूँगा?'

अभय ने रहस्य खोलते हुए कहा, 'नेताजी की वाइफ ही डायरेक्टर हैं न! आप नेताजी को जानते हैं इसीलिए सोचा, उन्हें भी जानते ही होंगे।'

मैं आसमान से गिरा। उसकी शादी कब हुई। सब लोग उसके विषय में वही राय रखते हैं जो उसके पिता की है। उसे अपनी बेटी कौन देगा?

लेकिन अभय इन बातों के विषय में कैसे जानेगा? सोचा, कोई हमारे साथ का पुराना परिचित मिलेगा तो नेता की शादी का समाचार पूछ लूँगा।

अभय के पंद्रह सौ रुपए महीने की नौकरी और दिन-दिन भर खटते रहने की बात पर मुझे ग्लानि हो रही है। अभय इतने पर भी हँसता रह सकता है, अभावों ने उसे सूखा काठ नहीं बना दिया, इस पर थोड़ी तसल्ली भी हुई।

दो

मेरे हाथों में एक निमंत्रण पत्र है। इतना महँगा कार्ड मैंने इससे पहले कभी नहीं देखा। अखबार में पढ़ा था कि मोरारजी देसाई के प्रधानमंत्रित्व काल में विदेशमंत्री अटल बिहारी वाजपेयी के मित्र परिवार 'हिंदुजा ब्रदर्स' के बेटे के विवाह में कई सौ कार्ड छपाए गए थे। हर एक कार्ड की कीमत एक लाख रुपए थी क्योंकि हरेक पर मकबूल फिदा हुसैन की ओरिजिनल पेंटिंग बनी हुई थी। तब मकबूल साहब की पेंटिंग्स की कीमत लाखों में थी। आज जिन भाग्यवान् आमंत्रितों ने वह कार्ड सम्हालकर रखा होगा वे सहज ही करोड़पति बन सकते हैं। हुसैन साहब अब करोड़ों में बिकते हैं। कला जब काले धन का आश्रय ग्रहण करती है, तो ऐसा ही होता है।

लेकिन यह सब मैं क्या ले बैठा? मैं तो हाथों में वह कार्ड पकड़कर उलट-पुलटकर देख रहा हूँ। सुनहरा रंग इतना सुनहरा हो सकता है, इस कार्ड को देखने से पहले मैं सोच भी नहीं सकता था। उस पर अपना नाम लिखा देखकर लग रहा है कि वृद्धावस्था में ही सही, मैं भी वी.वी.आई.पी. अर्थात् बहुत-बहुत गण्यमान्य व्यक्ति बना दिया गया हूँ। आयोजित स्वागत समारोह में उपस्थित होकर आतिथेय को गौरवान्वित करने का आग्रह। विनीत शब्द के नीचे दाहिनी ओर नीचे लिखा है—विद्या भूषण शर्मा। बाएँ कोने में उत्तरापेक्षी शब्द के नीचे लिखा है—माननीया कामिनी शर्मा। उसके नीचे लिखा है—डायरेक्टर, आदर्श जन शिक्षण संस्थान। देर तक समझ नहीं सका कि इतने महँगे कार्ड में अटपटा क्या लग रहा है। बार-बार लगता था कि कुछ गड़बड़ है। एक-एक अक्षर पढ़ता रहा, वह अटपटापन खोजता रहा जो खटक रहा था, पर दिख नहीं रहा था। मिला तो जी हलका हुआ। चेहरे पर मुसकान उभर आई। पत्नी ने टोका—'मैं कब से देख रही हूँ। आप इस कार्ड को ऐसे देख रहे हैं जैसे पुरानी प्रेमिका की तस्वीर पा गए हों। बात क्या है?' मुझे पता ही नहीं चला, कब वे आकर खड़ी हो गईं। लजाते हुए उनको बताया कि पहली बार इतना महँगा कार्ड देख रहा हूँ, और पहली बार निमंत्रित करनेवालों के नाम के साथ माननीया छपा देख रहा हूँ। बहुत देर तक पत्नी भी सुनहरे कार्ड को उलट-पुलटकर देखती

रहीं। उसके बाद उन्होंने जो कहा, वह व्यवहार-बुद्धि का सुंदर नमूना कहा जा सकता है। उन्होंने कहा, 'इतना ज्यादा पैसा जिन लोगों के पास होगा, उनके एक-से-एक चमचे होंगे। उन्हीं में से किसी चमचे ने कार्ड की इबारत लिखी होगी। उसकी निगाह में उसे खिलाने-पिलानेवाली डायरेक्टर माननीया से कम क्या होगी? और जिसकी आँखों पर धन की पट्टी बँधी हुई हो वह यह कैसे देख सकेगा कि अपने लिए माननीया लिखना शिष्टाचार के विरुद्ध है। काले धन का शिष्टाचार यही है।'

'ठीक कह रही हो। यही बात हुई होगी। इस दावत में जाने की इच्छा हो भी रही है, और नहीं भी। जाना चाहता हूँ यह देखने के लिए कि ये कामिनी देवी हैं कौन। अनिच्छा का कारण है यह आशंका कि जिस दावत का कार्ड इतना महँगा है, उसमें धन का कितना फूहड़ प्रदर्शन होगा! लेकिन प्रदर्शन होता ही प्राप्त प्रदर्शन के लिए है।'

तीन

कौन आया था उस शाही दावत में यह बताने से ज्यादा आसान है यह बताना कि कौन नहीं आया था। लूट-तंत्र का अधिकाधिक लाभ लूटनेवाले सभी गण्य और मान्य जन आए हुए थे। गाड़ियों की लंबी-लंबी कतारें दूर से ही साधारण आदमी को बता रही थीं कि तुम्हारा प्रवेश यहाँ निषिद्ध है। मैं देर तक अपने जैसे किसी साधारण आदमी की तलाश करता रहा, जिसके साथ एक कोने में बैठकर जश्न का नजारा कर सकूँ। जहाँ तक मुझे स्मरण है इस छोटे कस्बे में किसी भी विवाह समारोह में ऐसी व्यवस्था नहीं हुई थी। स्टेज पर ऑर्केस्ट्रा की धुनों पर थिरकती युवतियाँ, स्वागत द्वार के पास एक मंच पर शहनाई बजानेवालों की मंडली। चाट, मिठाइयों, कोल्ड ड्रिंक्स और चिल्डबियर के अलग-अलग स्टॉल। विचित्र वेशभूषा में भारी-भारी पग्गड़ बाँधे दो कलाकारोंवाला बनारसी पान का स्टॉल। लोग अपनी-अपनी रुचि के स्टॉलों पर खाते-पीते बतिया रहे थे।

रात के दस बज गए। एक जगह बैठा चुपचाप मैं सब कुछ देखने-सुनने समझने की कोशिश कर रहा था। सोच रहा था कि भोजन के लिए सामूहिक रूप से लोग उठें तो मैं भी उठूँ। बहुत देर होने लगी तो बगल में बैठे एक साहब से पूछ लिया। उन्होंने मेरी ओर उड़ती सी नजर डाली। बोले, 'उधर चाट, मिठाइयों, ड्रिंक्स के स्टॉल्स लगे हैं। कुछ खाते-पीते क्यों नहीं?' मैंने उन्हें सिर्फ देखा। मेरी निगाह में कुछ रहा होगा। उन्होंने एक बार मुझे ध्यान से देखा। बोले—'अटलजी और जोशीजी आनेवाले हैं, उनके आते ही खाना शुरू हो जाएगा। पहले कैसे शुरू हो सकता है?'

इतने भारी अतिथि? इन लोगों के लिए तो अभी शाम हो रही होगी। भोजन करने लायक मूड बनाने में ऐसे अतिथियों को घंटों लगते हैं। अन्य अतिथि भी उस कोटि के नहीं थे जिन्हें भूख मिटाने के लिए भोजन करना होता है। अपने आप भूख जिन्हें लगती है वे वी.आई.पी. हो ही नहीं सकते। यह खयाल आते ही मैं उठ पड़ा। मुख्य द्वार से निकलकर सड़क पर पहुँचने ही वाला था कि पीछे से सुगंध की एक लपट सी लगी।

मुड़कर देखूँ कि गहनों-कपड़ों से लदी एक अप्सरा ने अपने दोनों हाथों से मेरा हाथ पकड़ लिया। अचकचाकर मैं ठगा सा खड़ा रह गया। कुछ समझ में नहीं आया कि यह क्या हो रहा है। अप्सरा ने कहा, 'आप पहचान नहीं रहे हैं न? मुनिया, मुनिया हूँ मैं।', मुनिया! इस रूप में?

अचानक मैं हकलाने लगा 'मुनिया? तुम?' उजली हँसी बिखेरती अप्सरा ने सिर हिलाकर 'हाँ' में जवाब दिया। मेरी समझ में कुछ नहीं आ रहा था कि क्या कहूँ। उसी ने संकट से उबार लिया। बोली, 'आप बिना भोजन किए चले जा रहे हैं? मुझे आपसे बहुत कुछ कहना है। अब…'। कई लोग एक साथ उसकी ओर लपकते हुए आए—'मैम आ गए, अटलजी आ गए…।'

उसका ध्यान मुख्य अतिथि की ओर गया। उसी क्षण का फायदा उठाकर मैं धीरे से सड़क पर आ गया।

पत्नी जाग रही थीं। बिना कुछ बोले मेरे लिए खाना निकालने लगीं। खाना शुरू करते हुए मैंने पूछा—'तुम्हें कैसे मालूम कि मैं बिना खाए लौट आया!' उन्होंने कहा—'खाए हुए चेहरे और भूखे चेहरे का फर्क जानने के लिए यूनिवर्सिटी की डिग्री नहीं लेनी पड़ती। वह साफ दिखता है।'

चार

उस रात नींद के बदले मुनिया का खयाल ही आता रहा। पड़ोस की सीधी-सादी-अच्छी लड़की। सिर झुकाए स्कूल जाती, लौटती। घरों में औरतों की पुकार पर दौड़ी जाती। सब मुनिया को अपना मानते। बचपन के शुरू में ही माँ चल बसी। पिता कहीं कमाने गए तो लौटे ही नहीं। संयुक्त परिवार में पलती रही। पढ़ने में बहुत अच्छी निकलती चली।

हाईस्कूल में पढ़ रही थी तब उसे देखा था। उसके बाद अपनी पढ़ाई-लिखाई और नौकरी के सिलसिले में लगातार बाहर रहना पड़ा। एक जाँच के लिए कुछ दिनों तक एक डाक-बँगले में ठहरा हुआ था। छोटे से पहाड़ी कस्बे का वह सुनसान डाक-

बँगला मुझे बहुत अच्छा लग रहा था। एक खानसामा था, एक चौकीदार। दिन में मेरे काम से संबद्ध लोग आते। शामों को कभी-कभार घूमने निकलता तो कस्बे की ओर चला जाता। एक दिन इसी तरह कस्बे से लौटकर आया तो खानसामा बहुत व्यस्त और खुश दिखाई पड़ा। पूछा, 'क्या बात है?' उसने गहरी मुसकान के बीच बताया— 'आज मिनिस्टर आनेवाला है। बहुत मजावाला मिनिस्टर! जब आता यहाँ जश्न हो जाता। उसके साथ कोई-न-कोई हूर परी होता। मुर्ग मोसल्लम, कबाब, दारू। साब, बड़ा मजा मिनिस्टर होता साब। साब आपके लिए रोटी सब्जी बनेगा? आप बोलो तो उसी में से आपका डिनर भी मैनेज हो जाएगा। क्यों साब?'

खानसामा का उत्साह देखकर मुझे आनेवाले वी.आई.पी. गेस्ट और पूरे तामझाम का अंदाजा हो गया। एक उपाय सूझा। मैंने घड़ी देखते हुए कहा—'आज मैं कस्बे में दावत खाने जा रहा हूँ। देर रात में लौटूँगा। मेरे खाने की फिकर करने की जरूरत नहीं।' खानसामा से यह कहते हुए मुझे एक जगह लिखा बोर्ड याद आ रहा था। 'कन्हैया टूरिंग टॉकीज।' सोचा उसी में कोई फिल्म देखूँगा और किसी होटल में खाना खाकर डाक-बँगले में लौटकर सो जाऊँगा। तब तक मजा मिनिस्टर का खाना-पीना हो चुका होगा।

कस्बे में टिन शेडवाले टूरिंग टॉकीज में एक पुरानी फिल्म देखकर उधर ही खाना खाकर लौटा। मिनिस्टर का डिनर चल रहा था। बरामदे में कई लोग कोई-न-कोई प्लेट, गिलास, जग लेकर कमरे में आना-जाना कर रहे थे। मेरा कमरा किनारे था। धीरे से ताला खोलकर मैं सो गया। बाहर की खटर-पटर देर तक चलती रही।

सवेरे उठा। थोड़ी देर हो गई थी। टहलने निकला। उस समय डाकबँगले के सामने एक सरकारी गाड़ी न खड़ी होती तो माना जा सकता था कि मजा मिनिस्टर और उसका सारा तामझाम विदा हो चुका है। राहत का एहसास हुआ। मुझसे कुछ लेना-देना न था, तब भी उसका होना उस पूरे माहौल को बिगाड़ता सा लग रहा था। अब वह कुछ-कुछ ठीक हो गया था।

मजा मिनिस्टर का खयाल आते ही कई वर्ष पुरानी एक घटना याद आई। लखनऊ के एक बड़े पुलिस अधिकारी से सुनी थी। दिल्ली से एक बड़ा नेता ट्रेन से लखनऊ के लिए चला। जब रेलगाड़ी लखनऊ पहुँची तो उस नेता के स्वागत में आए मालाधारी निराश हो गए। नेता गाड़ी में ही नहीं। तुरंत दिल्ली सूचना गई। पूरे देश में हल्ला हो गया। विपक्ष ने संसद् की कार्यवाही ठप करने की घोषणा कर दी। पुलिस के बड़े अधिकारी सबसे ज्यादा परेशान। कहाँ चला गया नेता? दिल्ली के

लोगों ने ट्रेन में बिठाया। लखनऊ में उतारनेवालों को खाली हाथ लौटना पड़ा। पुलिस के ऊपर सबसे ज्यादा दबाव। कुछ ही देर में पुलिस की निष्क्रियता की घोषणा करनेवालों की बाढ़ आ जाएगी। तब? एक बड़े अधिकारी ने राजधानी की कॉलगर्ल्स के एक दलाल से संपर्क किया। उसने आधे घंटे के भीतर मोबाइल से सूचना दी कि वह नेता एक छोटे से पहाड़ी डाक-बँगले में एक कॉलगर्ल के साथ ऐश कर रहा है। कल राजधानी में प्रकट हो जाएगा। कॉलगर्ल की बुकिंग एक ही दिन के लिए है। वही हुआ। अगले दिन राजधानी में मालाओं से लदा नेता अपना स्वागत करा रहा था। एक चमचा भाषण देने लगा कि देश पर आनेवाली विपत्ति टल गई है। नेताजी सकुशल वापस लौट आए हैं। इस पुरानी घटना का नेता यहीवाला तो नहीं। यहीवाला हो या कोईवाला क्या फर्क पड़ता है। दोनों का धंधा बराबर फूल-फल रहा है। नेता का भी, कॉलगर्ल्स का भी।

डाक-बँगले का बाहरी गेट खोलकर मैं अंदर की ओर बढ़ा। बरामदे में कुरसी पर बैठी एक युवती मुझे देखकर हड़बड़ाती हुई उठी और कमरे में चली गई। कुछ समझ में नहीं आया। कौन हो सकती है? खयाल आया, यह भी हो सकता है कि वह अपने में कुछ सोच रही हो। अचानक कोई चीज याद आ जाने पर झपटकर उठी हो। मेरी ओर उसने देखा भी न हो। उस मामूली सी घटना को भुला देने की जितनी कोशिश करता, उसके अनेक उलझे हुए रूप मुझे उलझाते जाते। खानसामा आया। पूछ रहा था इस वक्त खाना खाएँगे न? मैंने 'हाँ' कह दिया। वह तब भी खड़ा रहा। सवालिया निगाह से उसकी ओर देखा। उसने जेब से एक कागज निकालकर मेरी ओर बढ़ाते हुए कहा, 'आप इसे पढ़कर वापस करना। 'कागज मेरे हाथ में आ चुका था। उसकी बात का जवाब दिए बिना उसे खोलकर पढ़ना शुरू कर दिया। सबसे ऊपर लिखा था—'कृपया इसे पढ़कर जरूर लौटा दें।

आपसे प्रार्थना है कि यहाँ से चले जाइए। आपके यहाँ रहते मुझे बहुत कष्ट होगा। आप न जाना चाहें तो कल पूरे दिन और रात मैं आपके साथ रहूँगी। कागज जरूर लौटा दें।'

न कोई संबोधन, न हस्ताक्षर, न पहचान के कोई संकेत। यह कैसा पत्र है? कौन है लेखिका? एक दिन, एक रात साथ रहने का खुला आमंत्रण? यह कैसा तिलिस्म है?

खानसामा ने हाथ बढ़ाते हुए कहा, 'साब कागज!' मैंने कागज उसकी ओर बढ़ा दिया। अपरिचिता का पत्र रोमांचक है। उसे लौटा देना उसे भयमुक्त कर देना होता। किसी को भयमुक्त करने की खुशी इतनी आसानी से मिल रही है।

कागज लेकर बैरा चला गया। मेरा ध्यान उसके दो प्रस्तावों पर गया। पहला यह कि उसे कष्ट से बचाने के लिए मुझे यह जगह छोड़कर चले जाना चाहिए। लेकिन मेरा काम कई दिनों तक चलनेवाला है। कैसे जाऊँ? दूसरा प्रस्ताव है कल दिन-रात उसे भोगने का। मन के भीतर चूहा दौड़ शुरू हो गई। इतना अच्छा अवसर अनायास मिल रहा है। दूसरे चूहे का कहना था—'कौन जाने? इसके पीछे कोई चाल हो?' तीसरे चूहे ने संदेह को पक्का किया—'यह उन्हीं लोगों की चाल हो सकती है जिनके खिलाफ आप जाँच कर रहे हैं?' चौथे चूहे ने काटा—'ऐसा होता तो वे लोग सीधे भेजते! बीच में मिनिस्टर को लाने की क्या जरूरत!' लपककर अवसर का लाभ उठानेवाले चूहे ने कहा—'यही सच है। कहीं जाने की जरूरत नहीं। अवसर का लाभ उठाना ही अक्लमंदी है।'

मन में दौड़नेवाले चूहों के ऊपर भारी पड़ा लेखक नामधारी चूहा। उसका तर्क था कि लेखकीय अनुभव के विस्तार का सुनहरा अवसर हाथ लग रहा है। आदिम नर को यह युक्ति पसंद आई।

खानसामा तुरंत लौटा। खिली हुई मुसकान के साथ उसने कहा, 'मेम साब बोलता, रुक जाओ साब।' मैंने मौन सहमति दी।

शेष दिन और सारी रात मन में कितना कुछ होता रहा, उसकी कथा कौन कहे।

पाँच

हमारे घर के सामने वर्दीवाला ड्राइवर! इतनी बड़ी गाड़ी। अचरज से पुराने मोहल्ले की आँखें फैलीं। मैडम उतरीं। हमारा घर छोटा लगने लगा।

पत्नी की आँखों में उगे सवाल के जवाब में परिचय कराया—'कामिनी शर्मा। आदर्श जन शिक्षण संस्थान की डायरेक्टर।' दोनों में शिष्टाचार विनिमय हुआ। पत्नी चाय-पानी के लिए अंदर गई तो मुनिया ने दबी जबान में कहा, 'उस दिन डाक-बँगले के बाद कभी आपने मेरे विषय में सोचा? मैं अपनी जिंदगी की सारी कहानी बताने आई हूँ, पर यहाँ भाभीजी के सामने···।' भीतर की ओर देखकर उसने वाक्य अधूरा छोड़ दिया।

डाक-बँगले की बात मन में कौंध गई। कामातुर पुरुष के सामने जो अभिसारिका उपस्थित हुई उसकी पहचान ने पल भर में सारा दृश्य बदल दिया। आदिम नर चुपचाप मन की गुफा में जा छिपा। लेखक अचरज के धक्के से लड़खड़ा गया। विजयी हुआ कस्बाई नैतिकता का पोषक पड़ोसी। धिक्कारभरी वाणी मुखर हुई, 'मुनिया तुम!'

अभिसारिका का आवरण चीरकर वही पुरानी मुनिया निकल आई। फूट-फूटकर रोती उसे देखना गहरी पीड़ा में होकर गुजरना था। मैंने उसे जी भरकर रो लेने दिया।

छह

बाद में मुनिया से कामिनी बनने तक की पूरी कथा उसने कई बार में विस्तार से सुनाई। स्कूल की एक अध्यापिका मुनिया को बहुत मानने लगी। कभी-कभी अपने साथ घर ले जाने लगी। उसका दो कमरों का घर बहुत सुंदर था। सुख-सुविधा-विलास के सामानों से भरा हुआ। रहती थी अकेली। मुनिया की माँ से कहकर उसे कई-कई दिन तक अपने साथ रोक लेती। स्कूल साथ लाती। फिर लौटा ले जाती। मुनिया को भी इतना मजा मिलने लगा कि अपने घर लौटने की इच्छा ही नहीं होती।

एक रात एक बड़ी गाड़ी आकर रुकी। कई लोग उतरे। थोड़ी देर में और लोग चले गए। एक आदमी रुक गया। टीचर उसकी सेवा में आकुल-व्याकुल हो गई। मुनिया पीछेवाले कमरे में जाकर दुबक गई। उसे लग रहा था कि इस आदमी को कहीं देखा है। बहुत देर बाद याद कर पाई कि यह तो केंद्र सरकार में मंत्री है। एक बार स्कूल में आया था, तब स्वागत गान मुनिया ने ही गाया था। मंत्री ने खुश होकर उसका माथा सहला दिया था। पहचान लिया तो मुनिया डर से काँप गई। उसकी समझ में कुछ नहीं आया कि इतना बड़ा आदमी टीचर के घर में क्या करने आया है। रात हो गई है। और लोग चले गए हैं। वह कब जाएगा। मुनिया कुछ समझ नहीं पाई कि क्या करे। जोर से रुलाई छूट गई। टीचर भागती हुई आई। उसे गोद में लेकर पुचकारने लगी। पीछे-पीछे वह मंत्री भी आया। उसने टीचर को डाँटकर पूछा—'ये कौन है? इसे यहाँ कहाँ रख लिया है? कौन है वह?' मुनिया डर से काँप रही थी। टीचर ने कहा, 'मेरी छात्रा है। कभी-कभी मेरे साथ रह जाती है। मैं अभी इसे इसके घर छोड़ आती हूँ।' टीचर रिक्शे पर बिठाकर मुनिया को उसके घर पहुँचा गई।

कुछ महीने बीत गए। टीचर मुनिया को कभी बहुत अच्छा पेन, कभी घड़ी, कभी अच्छे कपड़े देने लगी। माँ पूछती—'यह सब क्यों देती हैं?' टीचर कहतीं—'मुनिया बहुत अच्छी लड़की है। इसे मैं बहुत प्यार करती हूँ।' एक बार लड़कियों का टूर गया। मुनिया को साथ लेकर टीचर भी गई। और लड़कियाँ दूसरे टीचर्स के साथ होटल में ठहरी। वह टीचर मुनिया को लेकर उसी मंत्री के बँगले में ठहरी।

उसी रात मुनिया की जिंदगी में वह तूफान आया जिसने उसको सीधी-सादी मुनिया से क्या कुछ नहीं बना दिया। मंत्री ने उसके साथ बलात्कार किया। सवेरे उसने टीचर को थाने भेजकर रिपोर्ट लिखवाई कि मेरे साथ मुनिया नाम की छात्रा टूर पर आई थी, वह कहीं खो गई है। अखबारों में समाचार छप गया। स्कूल की लड़कियाँ और दूसरी टीचर्स यही समाचार लेकर लौटीं कि मुनिया खो गई है। जिस टीचर के साथ वह निकली थी, उसे पूछताछ के लिए रोक लिया गया है। मुनिया ने बताया कि मंत्री उसके साथ रोज वही सब करता रहा। एक दिन वह टीचर कहीं गई तो कभी लौटी हीं नहीं। मुनिया धीरे-धीरे उस कैद की अभ्यस्त हो गई। मंत्री के बँगले में उसके घर का कोई आदमी कभी नहीं रहता था। एक नौकरानी उसकी देखभाल करती। दूसरे नौकर बाहर के काम देखते। अकसर मंत्री मुनिया को बड़ी गाड़ी में लेकर घूमने जाता। पहाड़ों पर, समुद्र के किनारे कुछ दिनों तक होटल में रहकर लौटता। बार-बार समझाता रहता कि कस्बे की अभावभरी, घुटन भरी जिंदगी के विषय में सोचना छोड़कर चैन से रहो, मजे उड़ाओ। उसने मुनिया का नाम कामिनी रख दिया।

एक दिन कामिनी की तबीयत खराब हुई। जाँच के लिए डॉक्टर आई तो उसने कहा, 'कामिनी देवी माँ बननेवाली है।' मंत्री कुछ देर सोचता-विचारता रहा। उसके बाद डॉक्टर से बोला—'कामिनी देवी और होनेवाले बच्चे की देखभाल अच्छी तरह होनी चाहिए।' बहुत अच्छी तरह देखभाल होने लगी।

एक दिन कामिनी को बताया गया कि उसकी शादी होगी। मंत्री से पूछने पर उसने बताया कि कामिनी देवी का भविष्य सँवारने के लिए ऐसा किया जा रहा है। शादी एक ऐसे आदमी से होगी जो नाम मात्र के लिए कामिनी का पति और उसके बच्चे का पिता कहलाएगा। उसको करोड़पति बना दिया जाएगा। वह धन पाकर खुश रहेगा। कामिनी को कभी हाथ तक नहीं लगाएगा। कामिनी दिल्ली में राजसुख भोगती रहेगी। यही हुआ।

कामिनी का विवाह एक ऐसे आदमी से हुआ जिसने कभी सोचा भी नहीं था कि उसको कोई लड़की मिलेगी। कामिनी माँ बनी। पुत्र का पिता महीनों बाद अपने पिता बनने की खबर पाकर दिल्ली आया तो उसे जे.एस.एस. के कागज थमा दिए गए। वह कस्बे में लौटकर करोड़ों में खेलने लगा। कामिनी देवी को संस्थान के डायरेक्टर के रूप में हस्ताक्षर करने पड़ते हैं—जहाँ-जहाँ बता दिया जाए।

उसकी कहानी सुनकर मैंने पूछा—'मंत्री ने तुम्हें यहाँ कैसे आने दिया? या तुमसे जी भर गया उसका?'

कामिनी के चेहरे पर कुटिल मुसकान खेल गई। उसने कहा—'अब मैं उसके लिए दूसरी तरह से उपयोगी हूँ। मेरी पहलेवाली जगह अब कोई और अबोध मुनिया आ गई होगी। उसके साम्राज्य का विस्तार करने के लिए कामिनी शर्मा को अब अपने पति विद्या भूषण शर्मा के साथ यहीं रहना है, और इसी तरह के आयोजन करने हैं।'

सात

अभय के नमस्कार ने स्मृतियों से बाहर खींच लिया। पूछा, 'कैसे हो?' अभय ने कहा, 'ठीक हूँ सर! कुछ दिन के लिए दिल्ली भेज दिया गया था। आज ही लौटा।'

लगा कि अभय कुछ और कहना चाहता है। पूछ लिया—'क्या बात है? कुछ कहना चाहते हो?' अभय मुसकराया। उसने कुछ लजाते हुए कहा, 'सर हमारी मैडम तो आपको बहुत अच्छी तरह जानती हैं। उस दिन जब आप चुपचाप लौटने लगे थे तो कैसे उन्होंने आपका हाथ पकड़ लिया था? आप कह रहे थे कि उन्हें जानते ही नहीं।'

अब अभय को क्या बताऊँ कि क्या-क्या जानता हूँ?

□

साहबी

'सुनो, क्या नाम है तुम्हारा?' नए साहब की कड़क आवाज ने उनके रुतबे का ऐलान करते हुए वर्मा का ध्यान खींचा। वर्मा अपनी मूँछों में मुसकराए। अपने लंबे अनुभव से उन्होंने बहुत कुछ सीखा था। यह भी जान गए थे कि जिन साहबों की बात में वजन नहीं होता, वे वजन पैदा करने के लिए इसी तरह कड़क बोलते हैं। साहब ने सवेरे दस बजे ऑफिस का चार्ज लिया, तब से चार-पाँच बार वर्मा का नाम पूछ चुके। पाँच बज गए। बाबू लोग चले गए। साहेब लोग तो तीन-साढ़े तीन बजे तक चले जाते थे। ये नए साहेब उठने का नाम ही नहीं ले रहे। जब तक ये जाएँगे नहीं, तब तक दफ्तर बंद नहीं होगा। वर्मा मन-ही-मन हिसाब लगा रहे थे, नए मुल्ला हैं, कुछ ज्यादा प्याज खा रहे होंगे। कुछ दिन में अपने आप ठीक हो जाएँगे। तब तक साहेब ने छठी बार वर्मा से उनका नाम पूछ लिया। वर्मा मुसकराते रहे। धीरे से बोले—'हजूर! नाम तो पाँच बार बता चुका हूँ।' साहेब कुछ गरम होते हुए बोले—'ठीक है, ठीक है। अब बताओ।' वर्मा ने बताया—'उमाशंकर कहते हैं साहेब!' 'अच्छी बात है। ऐसा है कि तुम्हारे कस्बे में ढंग का मकान मिलना मुश्किल लग रहा है। ऐसा करो कि कुछ दिनों तक ऑफिस में मेरे सोने का इंतजाम हो जाए। खाना तो तुम बनाते ही होंगे। मेरे लिए भी चार रोटियाँ सेंक लेना। ठीक है न?'

वर्मा का माथा घूम गया। तो, ये साहब चौबीसों घंटे सिर पर सवार रहने की सोच रहे हैं? ये तो नरक कर देंगे। दफ्तर की नौकरी दस से पाँच! इनकी ताबेदारी आठों पहर! बनाओ, खिलाओ, बरतन माँजो। कल को कहेंगे, कपड़े धो डालो। खैर देखा जाएगा। मुसकराकर बोले, 'ठीक है साब, जैसी आपकी मरजी। यही है कि हुजूर को तकलीफ हो जाएगी। दफ्तर की कोठरी में पंखा तो है, पर रात में बिजली कभी ग्यारह बजे आती है, कभी बारह बजे। वह भी रोज नहीं आती।

मच्छर इतने हैं कि लगता है, उठा ले जाएँगे।' अपनी बात प्रमाणित करने के लिए वर्मा ने अपनी देह पर कई जगह चटाक-चटाक मच्छर मार दिए।

साहब ने कहा, 'बरामदे में सो जाएँगे। बहुत परेशानी होगी तो एक मच्छरदानी मँगा लेंगे। तुम्हें कोई तकलीफ तो नहीं होगी न मेरे यहाँ रहने से?'

वर्मा ने चहककर कहा, 'मुझे क्या परेशानी होगी साहेब। एक से दो हो जाएँगे। आपकी खिदमत में वक्त कट जाएगा। बस यही फिकर लगी रहेगी कि साहेब को तकलीफ हो रही है।'

साहेब खुश हो गए। बोले, 'मुझे कोई तकलीफ नहीं होगी। वैसे तो मैं बहुत बड़े घर का हूँ, मगर नौकरी करने निकला हूँ तो तकलीफ से क्या डरना?'

वर्मा ने 'बहुत बड़े घर के' साहब के कपड़े-लत्ते को गौर से देखा—पैंट की उम्र ज्यादा थी या शर्ट की, कहना मुश्किल! दोनों कभी किसी रंग के रहे होंगे। अब साहेब की देह में उनके अपने रंग खो गए हैं। वर्मा समझ गए 'बहुत बड़े घर के होने का रहस्य। बोले, 'कोई बात नहीं साहेब, हम बराबर खयाल रखेंगे कि हमारे साहेब को तकलीफ न होने पाए।'

आधी रात को बरामदे में वर्मा की खाट पर लेटे साहब मच्छरों से जूझ रहे थे। पट-पटापट का संगीत उनकी हालत बता रहा था। वर्मा कहीं दिखाई नहीं पड़ रहे थे कि मच्छरों से बचने के उपाय पूछें। उठकर टहलने लगे।

बाहरी गेट के पास हुंकारने जैसी आवाज सुनाई पड़ी। उधर बढ़कर देखना चाहा। कुछ कदम चले तो समझ में आया कि कोई आदमी अगरबत्तियाँ जलाकर बैठा है और जोर-जोर से हुंकार कर रहा है। कुछ और आगे बढ़े तो सुनाई पड़ा कि वही आदमी किसी को डाँट रहा है''''भाग जा। अब इधर आने की हिम्मत मत करना। जा भाग। हुं हुं हुं।'

साहेब को लगा, यह तो वर्मा की आवाज है। वहीं से पुकारा—'वर्मा! उमाशंकर! क्या कर रहे हो? किसे डाँट रहे हो?' वर्मा ने कनखियों से ताका। साहब की ओर वर्जना का हाथ उठाकर चिल्लाए—'ठहरिए साहेब! इधर एक कदम भी मत बढ़ाइएगा। जाइए, जाकर निश्चिंत होकर सोइए। मैं इस हरामी को कुछ नहीं करने दूँगा। ''जा''जा भाग, हुं हुं हुं भाग।''जाइए साहेब, आप पीछे हट जाइए। मैं हूँ न, इसकी एक नहीं चलने दूँगा। मगर आप एक कदम भी आगे मत बढ़ाइए। जाइए। लौटिए।'

साहब की साहबी ढीली पड़ने लगी। कुछ समझ नहीं पा रहे थे कि कौन है जिससे मुझे खतरा हो सकता है? और यह वर्मा डाँटकर किसको भगा रहा है। कोई

दिखाई तो नहीं दे रहा। एकाएक साहेब की समझ में कुछ कौंध गया। यह अगरबत्ती क्यों जला रहा है? हुं-हुं करता जा रहा है।

साहब को बचपन में अपने गाँव के सिचरन सोखा की याद आई। उनके ऊपर जब हट्ठीमाई आती थीं, वे भी अगरबत्तियाँ जलाते, अगियारी करते और जिसके ऊपर भूत या जिन्न चढ़ा होता, उसे पतली कइन से पीटते। वह आदमी चिल्लाता। कहता—'मत मारो!' सिचरन सोखा कहते—'तो छोड़ दे इसको। नहीं मारूँगा।' कहकर सटाक से फिर कइन चलाते। घायल आदमी तड़प उठता। कई बार ऐसा होने पर कहता—'ठीक है मारो मत! छोड़कर चला जाऊँगा। एक खस्सी, पाव भर कपूर और धार दिला दो।' सोखा गरजते—'जा भाग जा! शुक्कर को सब मिल जाएगा।' रोगी निढाल पड़ जाता। उसके घरवाले उसे सँभालने लगते। सिचरन सोखा मूँछों पर ताव देने लगते।

मगर साहब की हैरानी यह थी कि वर्मा उस तरह 'खेल' नहीं रहा था। कोई बीमार भी नहीं आया। तब किसे डाँट रहा है? मुझे आगे बढ़ने से रोक क्यों रहा है? जो भी हो, रोक रहा है तो उधर न जाने में ही भलाई है। सोचकर साहब बरामदे में बिछी चारपाई पर बैठ गए। रात के डेढ़ बज रहे थे। उन्होंने अपनी पुरानी घड़ी को माचिस जलाकर देख लिया। नींद तो अब क्या आएगी?

लगभग ढाई बजे रात में वर्मा मूँछों पर ताव देते आकर साहब की चारपाई के पास खड़े हुए। साहब आहट पाकर उठ बैठे। नींद तो आ नहीं रही थी। आतुर होकर पूछने लगे—'किसे भगा रहे थे वर्मा? कोई दिखाई तो पड़ नहीं रहा था। कौन था?' वर्मा ने साहब की आवाज में डर को सुन लिया। बोले—'आप सोइए साहेब। जब तक मैं हूँ, आपका वह कुछ नहीं बिगाड़ पाएगा। आप बेफिकर रहिए।'

'वो तो ठीक है, मगर वह है कौन? और मैंने उसका बिगाड़ा क्या है कि वह मेरा नुकसान करना चाहता है? साफ-साफ बताओ।' साहब की आवाज में आदेश से ज्यादा भय बोल रहा था। वर्मा ने फुसफुसाते हुए कहा—'आप चुपचाप सो जाइए। इस वक्त जिद मत कीजिए। सवेरा होते ही सबकुछ खुलासा करके बताऊँगा। उसके बारे में रात के अँधेरे में कुछ भी बोलना खतरे से खाली नहीं। समझ गए न?' साहब क्या समझते और क्या सोते? वर्मा जाकर सो गए। साहब रात का बाकी समय बैठकर काटते रहे। सवेरे वर्मा को देखते ही साहब ने कहा—'अब बताओ, कौन है वह?' वर्मा ने बहुत इतमीनान के साथ कहा—'कोई नहीं साहेब। असल में इसी ऑफिस में एक आदमी का मर्डर हो गया था। वही बेचैन आत्मा तड़पती

रहती है। जब वह एक जान ले लेगी तब उसका छुटकारा हो जाएगा। लेकिन आप बिलकुल बेफिकर रहिए। जब तक मैं यहाँ हूँ, वह आपका बाल भी बाँका नहीं कर पाएगा।'

साहब उस समय चुप रहे। दोपहर बाद बोले—'वर्मा मेरे लिए कोई सस्ती कोठरी ठीक कर दो। मैं यहाँ नहीं रहूँगा।' वर्मा ने कहा—'जल्दी क्या है? दो-चार दिन में कोठरी खोज दूँगा।' साहब जिद करने लगे—'अभी जाओ और कोठरी ठीक करके ही लौटना। आज रात मैं यहाँ नहीं सो सकता।' वर्मा गंभीर हो गए। बोले—'साहब, यह छोटी जगह है। इतनी जल्दी किराए की कोठरी कैसे मिल सकती है?' साहब को तुरंत उपाय सूझ गया। बोले—'तब एक काम करते हैं। मैं एक हफ्ते की छुट्टी लेकर गाँव चला जाता हूँ। तुम इस बीच मेरे लिए कमरा खोज कर रखना।' वर्मा ने कहा—'यह हो सकता है।' साहब तुरंत उठे। अपना बैग सँभालते हुए गाँव के लिए प्रस्थान कर गए।

वर्मा ने खुलकर अँगड़ाई ली। उन्हें अपने दोस्त यादव की याद आई। यादव की बुद्धि कमाल की है। कम बोलते हैं। अचूक उपाय करते हैं। वर्मा ने बाबू लोगों से कहा—'अब आप लोग भी एक हफ्ता आराम कीजिए। साहब एक हफ्ते से पहले लौटने वाले नहीं।' चार बजते-न-बजते दफ्तर बंद हो गया। वर्मा ने साइकिल उठाई और यादव के गाँव की ओर चले। वर्मा के पहुँचने से थोड़े ही पहले यादव अपने दफ्तर से लौटे थे। घर में घुसते ही उनकी घरवाली ने बिलखते हुए कहा था—'अब मैं एक दिन भी यहाँ नहीं रह सकती। आप चले जाते हैं। आपका चचेरा भाई मेरी जान के पीछे पड़ जाता है। आज उसने इतनी गालियाँ दीं, इतना उलटा-सीधा कहा कि क्या बताऊँ। मारने के लिए झपट पड़ा। भागकर मैंने जान बचाई।'

यादव कुछ नहीं बोले। घर के भीतर घुसे। कुट्टी काटनेवाली गँड़ासी निकालकर घर के बाहर रखे पत्थर पर रगड़कर उसे धारदार बनाने लगे। उसी समय वर्मा पहुँचे। यादव ने आँखों से ही इशारा कर दिया कि वे खाट पर बैठें। वर्मा बैठ गए। यादव गँड़ासी को धार देते रहे। भीतर से उनकी घरवाली निकली। उसने वर्मा को खाट पर बैठे देखा। यह देखकर हैरान रह गई कि घर आए खास मेहमान की आवभगत करने की जगह उसके पति गँड़ासी की धार तेज कर रहे हैं। उसने कहा—'देख नहीं रहे हो, मेहमान बैठे हैं और तुम बेकार का काम कर रहे हो!'

यादवजी उठे। गँड़ासी लहराते हुए गरजे—'मुझे कुछ दिखाई-सुनाई नहीं दे रहा। आज घरभर को काटकर खतम कर दूँगा, तभी चैन मिलेगा।' यादव की घरवाली घबरा गई। बोली—'किसको खतम करने जा रहे हो?' यादव बोले—

'उसी को जो हमारे न रहने पर तुमसे झगड़ा करता रहता है। उसको भी खतम कर दूँगा, और उसके घरवालों को भी। न रहेगा बाँस, न बजेगी बाँसुरी। रोज-रोज की तुम्हारी बेइज्जती हमसे देखी नहीं जाती। आज मामला खतम कर देते हैं।' कहते हुए यादव उछले। उनकी घरवाली गिड़गिड़ाने लगी—'ऐसा अनरथ मत करो। मत जाओ उधर। मैं कभी शिकायत नहीं करूँगी।' यादव फिर भी शांत नहीं हुए। यादव की घरवाली वर्मा के आगे हाथ जोड़ने लगी—'इनको रोक लीजिए। झगड़ा-टंटा तो होता ही रहता है। कोई इस तरह मारने-काटने को तैयार हो जाता है। ये उसको काट देंगे। इनको फाँसी हो जाएगी। हमारे बाल-बच्चों का क्या होगा? इनको रोकिए।' वर्मा खटिया से उठे। जाकर यादव के हाथ से गँड़ासी छीनकर उनकी घरवाली को पकड़ा दिया। वह गँड़ासी लेकर घर के भीतर भागी। यादवजी मुसकराए—'जाने दीजिए। रोज-रोज की किचकिच से जान छूटी। जब भी घर लौटो, यह पट्टीदारों के झगड़े की शिकायत करती थी। अब नहीं करेगी।'

वर्मा ने अपने नए साहब की साहबी का हाल बताया। खा-पीकर वर्मा घर की ओर चले। यादव उन्हें कुछ दूर पहुँचाने चले। गाँव में एक जगह भीड़ लगी थी। औरतों-बच्चों के घेरे के बीच एक सोखा जोर-जोर से खेल रहे थे। वर्मा ने एक आदमी से पूछा—'क्या बात है?' उसने बताया कि नामी सोखा हैं। इनके ऊपर जिन्न आया है। वर्मा ने अपनी साइकिल यादव को पकड़ाई और भीड़ में जगह बनाते हुए बीच में कूदे। जिन्नवाला सोखा से हाथभर दूर जोर-जोर से गर्जना करने लगा। इनकी दहाड़ सुनकर एक ने पूछा—'महाराज! आप कौन हैं?' वर्मा बिगड़ उठे—'मुझे नहीं पहचानते? तुम्हारी यह मजाल? मैं बजरंगबली हूँ।' कहते ही और ऊँचा उछले। जिन्नवाला सोखा बजरंगबली के पास आया। वर्मा का हाथ पकड़कर उसने धीरे से हथेली दबाई। चढ़ावे में से आधी सामग्री, बतासे-फल आदि एक गमछे में बाँध, उसमें कुछ रुपए भी रखे। बजरंगबली के सामने हाथ जोड़कर खड़ा होकर बोला—'दोहाई बजरंग बली! आपकी पूजा हम लोग बाद में करेंगे। आप अपने मंदिर में पधारें। यह भेंट स्वीकारें।' वर्मा ने गठरी सँभाली। भीड़ से बाहर आए। कुछ प्रसाद यादव को देकर अपनी राह लगे।

एक हफ्ते बाद साहब लौटे। वर्मा को देखते ही सबसे पहला सवाल किया—'मिला कोई कमरा?' वर्मा ने कहा—'मिला साहब। कुछ दूर एक गाँव में मिला है। साइकिल रख लेंगे तो कोई दिक्कत नहीं होगी।' साहेब ने कहा, 'ठीक है, शाम को चलेंगे।' वर्मा खड़े रहे। साहब ने पूछा—'कुछ कहना है?' वर्मा ने कहा—'साहेब! एक बात है। मैंने वहाँ बताया है कि हमारे साहेब बहुत बड़े घर के हैं। इतने बड़े

साहेब के लिए कमरा ठीक किया है तो जरा कायदे का कपड़ा पहनकर चलना पड़ेगा। इन कपड़ों में तो कोई मानेगा ही नहीं कि आप साहेब हैं।' साहब ने कहा—'कपड़े को क्या हुआ है?' वर्मा कुछ नहीं बोले। दोपहर बाद साहब ने पैंट-शर्ट उतारकर वर्मा को दिया। कहा—'प्रेस करा लाओ। आज का काम चले। बाद में नया बनवा लेंगे।' वर्मा साहेब के कपड़े लेकर चले गए। घंटे, डेढ़ घंटे बाद लौटे। उदास थे। साहब के सामने कपड़ा रख दिया। साहेब ने पैंट उठाया। उसके पीछे का कपड़ा था ही नहीं। साहब भड़क उठे। चिल्ला पड़े—'यह क्या हुआ?' वर्मा शांतभाव से बोले—'साहेब, मैंने धोबी से कहा, साहेब का कपड़ा है, अच्छी तरह प्रेस करो। उसने लोहा ठीक से गरम करके ज्योंही पैंट पर रखा, कपड़ा उड़ गया। उस बेचारे की कोई गलती नहीं साहेब। कपड़ा घिस गया था। आप कहें तो अभी दूसरी पैंट बनवा लाता हूँ।' साहेब गंजी और पट्टे का जाँघिया पहने बैठे थे। बुझे मन से रुपए निकालकर देते हुए बोले—'ले जाओ। शाम तक पैंट सिलवा दो।' वर्मा ने कहा—'साहेब, कपड़ा आप ही पसंद कर लेते तो अच्छा रहता।' साहब अपने जाँघिए की ओर देखकर बोले—'मैं कैसे जा सकता हूँ? तुम्हीं जाओ। सिलवाकर जल्दी लौटो।' वर्मा चले गए।

दरजी के पास पहुँचकर लोहे से जली साहेब की पैंट दिखाकर वर्मा ने उससे कहा—'इसी नाप की नई पैंट अभी सिलना है। कितना कपड़ा ले आऊँ?' दरजी ने कहा—'अभी दो दिन मैं खाली नहीं हूँ। उसके बाद पैंट सिल पाऊँगा।' वर्मा ने कहा—'हमारे साहेब जाँघिया पहने बैठे हैं। उनको पैंट घंटे-दो-घंटे में चाहिए।' दरजी मुसकराया। बोला—'घंटेभर में जाँघिया ही सिल पाऊँगा। कहिए तो बना दूँ।' अचानक दरजी की निगाह बहुत दिनों से सिलकर लटकाई हुई पैंट पर पड़ी। उसका ग्राहक महीनों पहले कपड़ा और नाप देकर गया। पैंट लेने आया ही नहीं। दरजी ने कहा—'एक तैयार पैंट है। इसे ले जाना हो तो ले जाओ।'

वर्मा को दरजी का सुझाव पसंद आया। उन्होंने पैंट को देखा। उसकी कीमत पूछी। कीमत भी जँच गई। पैंट लेकर चलने से पहले कहा—'साहेब को पसंद न आने पर लौटा लोगे न?' दरजी पसंद न आने पर लौटाने को तैयार हो गया। उसने यह भी कह दिया—'लंबाई और कमर की नाप में कसर होगी तो ठीक कर दूँगा।'

पैंट देखकर साहब हैरान रह गए। बोले—'इतनी जल्दी सिलवा लाए?' वर्मा ने मुसकराते हुए पैंट साहब के हाथ में पकड़ा दी। साहब तुरंत पहनने लगे। कमर ढीली थी, लंबाई कुछ बड़ी। साहब ने वर्मा की ओर सवालिया निगाह उठाई। वर्मा ने कहा—'मैं अभी रस्सी का इंतजाम करता हूँ। कमर कस लीजिए। आज का काम

चलाइए। कल नाप ठीक करा दूँगा।' साहब के पास सहमत होने के अलावा विकल्प क्या था?

गाँव में मकान देखने चले। आगे वर्मा। पीछे साहब। रास्ते में जो देखता, मुसकराने लगता। साहब लगभग तीन किलोमीटर पैदल चलकर गाँव में पहुँचे। खेतों के किनारे गाय-भैंसों से भरे एक हाते में घुसकर वर्मा खड़े हुए। साहब ने पूछा—'यहाँ क्या है?' वर्मा ने कहा—'विधायकजी की डेरी है। वह देखिए, किनारे टिन की कोठरियाँ बनी हैं। उसी में से एक ले लीजिए।'

साहब की आँखें लाल हो गईं। बोले—'इसमें रहूँगा मैं?' वर्मा गंभीर हो गए। बोले—'साहेब! गाँव में किराए के घर कहाँ मिलते हैं? कोई अपने घर में आपको रखेगा नहीं। यहीं रहिए। दूध-दही की कमी नहीं। विधायकजी के साथ बात से भी फायदा होगा।'

वर्मा चुप होकर साहब के जवाब का इंतजार करने लगे। साहब से न हाँ करते बना, न ना करते। शाम गहराने लगी थी। कुछ देर बाद वर्मा ने कहा—'तो क्या हुकुम है साहेब? जगह पसंद न हो तो लौट चलें। कल कहीं और देखेंगे।'

लौटकर कस्बे में पहुँचे तो अँधेरा घिर आया था। वर्मा बोले—'आज रात ऑफिस में ही काट लीजिए। कल कोई उपाय करूँगा।' साहेब ने बसस्टैंड की ओर देखा। उनके गाँव की ओर जानेवाली बस निकल रही थी। लपककर उधर बढ़े। वर्मा पीछे लपके। बस में घुसकर पीछे आते वर्मा से साहब ने कहा—'अब यहाँ नहीं आऊँगा। कहीं और ट्रांसफर करा लूँगा।'

□

भय

पुलिसवालों और चुनाव के लिए तैनात होनेवाले कर्मचारियों में जंगल पार्टी का आतंक इस कदर छाया हुआ था कि कोई भी सहज नहीं हो पा रहा था। ट्रक पर चढ़ने से ठीक पहले भगदड़ मच गई। साढ़े छह फुट का मोटा-तगड़ा आदमी दहाड़ मारकर रोने लगा। भागनेवालों में दहशत से यह भ्रम फैल गया कि उसने जंगल पार्टी का कुछ देख लिया। सबको डाँटकर वापस लौटानेवाले दरोगा ने रोते हुए जवान आदमी को चुप कराने की कोशिश की। उसका रोना और तेज हो गया। दरोगा ने दूसरों से पूछा—'यह है कौन?' साथवालों में से किसी ने बताया—'चीनी मिल की सहकारी समिति का कामदार है।' दरोगा उस आदमी के पास उकड़ूँ बैठ गया। तब तक वह आदमी धरती पर लोट-लोटकर चीखने और बिलखने लगा था। दरोगा ने आवाज में नरमी भरकर उसे पुचकारा, 'क्या बात है? कहीं दर्द हो रहा है? डाक्टर बुलवाऊँ?' दरोगा से डाँट सुनने का अभ्यस्त व्यक्ति सहानुभूति के बोल पाकर कुछ सँभला। रोना बंद कर सिसकने लगा। सिसकियों के बीच बोला, 'साहेब! एस.पी. साहेब को बुलाइए। उन्हीं से कहूँगा।' दरोगा ने कहा, 'बताओ, मेरे बूते की बात नहीं होगी तब तो एस.पी. साहेब को बुलाऊँगा।' उसने कहा, 'नहीं साहेब, कहना तो एस.पी. साहेब से ही है।' कहकर वह फिर बिलख उठा। दरोगा ने सिपाहियों से कहा, 'कप्तान साब को देखो।' पल भर बाद जवाब आया, 'साब गाड़ी में बैठ रहे हैं।' दरोगा उठकर दौड़ा। एस.पी. साहब की गाड़ी स्टॉर्ट हो गई थी। दरोगा को आते देख उन्होंने ड्राइवर से रुकने का इशारा किया। दरोगा ने आकर सैल्यूट किया। 'साब, दो मिनट के लिए उस आदमी को देख लीजिए।' 'किस आदमी को? क्या हुआ उसे?' कहते हुए एस.पी. गाड़ी से उतर पड़े। दरोगा के साथ वहाँ पहुँचकर एस.पी. ने कड़क आवाज में पूछा, 'क्या बात है? नीचे क्यों बैठे हो? उठो।' रोनेवाला आदमी खड़ा हो गया लेकिन रोने की गति बढ़ गई।

एस.पी. ने डाँटा, 'रोना बंद करो। बताओ बात क्या है?' बोलना शुरू करते ही उसकी घिग्घी बँध गई। एस.पी. नरम पड़े। उसके कंधे पर हाथ रखकर बोले, 'डरो नहीं। बताओ बात क्या है?'

अभय पाकर उसने कहना शुरू किया, 'दोहाई सरकार''। जहाँ हमें भेजा जा रहा है वहाँ से बहुरना तो होगा नहीं। आपसे अरदास यही है कि मेरे मरने के बाद मेरी नौकरी मेरे बेटे को दे दी जाए और जो रुपया-पैसा मिले उसे मेरी धर्मपत्नी के नाम से जमा करा दिया जाए।' एस.पी. हँस पड़े। बोले, 'तुम मरने से इतना डरते हो? चलो, मैं हर घंटे तुम्हारे पास खुद आकर तुम्हारी देखभाल करता रहूँगा। कोई तुम्हें नहीं मारेगा। चलो; बैठो ट्रक पर।' हाथ जोड़कर साढ़े छह फुटा जवान बोला 'सिरीमान् जी! गोली हमारी खोपड़ी में उतरने में एक मिनट से भी कम समय लगेगा। आप एक घंटे बाद आकर क्या रक्षा करेंगे? मैं ड्यूटी पर जा रहा हूँ। लौटना नहीं होगा। बस आपसे जो अरज है, उसे ध्यान में रखिएगा।' हाथ जोड़े हुए ही वह ट्रक की ओर चल पड़ा।

बिहार की सीमा से लगे हुए गाँव के नए बने स्कूल भवन में चुनाव होना था। ट्रक से ई.वी.एम. और जरूरी सामान के साथ एक गनर, खास तौर पर एस.पी. साहब के आदेश पर, उतरकर कामदार के पास खड़ा हो गया। उसने कहा, 'मेरा नाम भैरो सिंह है। बड़े साब का हुक्म है, मैं आपके साथ हर समय तैनात रहूँगा।' अपने से आधा फुट नीचे कद वाले भैरो सिंह की ओर देखकर चुनाव अधिकारी के चेहरे पर जो मुसकान उभरी, उसमें सुरक्षा कम, अविश्वास ज्यादा दिखा।

ट्रक के जाने के बाद सामान स्कूल के अंदर रखा जाने लगा। शाम के चार बजे थे। भूख-प्यास और डर से सूखे लोगों की आँखों में जीवन की चमक उभरी गाँव की ओर से आती हुई टोली को देखकर। आठ-दस आदमी थे। दो के हाथों में बालटी-लोटे और पोटली में बँधा सामान था। आते ही गाँववालों ने चुनाव टोली का स्वागत किया। कहा, 'दही-चिवड़ा ले आए हैं। पहले भोजन कर लीजिए। डरने की कोई बात नहीं। हम सब लोग आप लोगों की मदद के लिए जुटे रहेंगे।' सामान इन लोगों के सामने रख दिया गया।

बड़े शरीर की भूख भी बड़ी। कामदार उतावले हुए। तब तक गाँव से एक दूसरी टोली आती दिखी। भैरो सिंह ने कहा, 'साब, जरा इन लोगों को भी देख लें। तब खाना शुरू करें।'

दूसरी टोली बड़ी थी। एक बड़ा सा टिन नीचे रखा गया। पत्तल से मुख ढँके होने के बावजूद महक से पता चल रहा था कि गरम-गरम पूड़ियाँ रखी हुई हैं। एक

बालटी में मसालेदार तरकारी होने का पता उससे उठनेवाली सोंधी-तीखी सुगंध दे रही थी। पानी की बालटी भी थी। पत्तल-पुरवे सब कुछ रखने के बाद एक आदमी ने हाथ जोड़कर कहा, 'साहेब, आप लोग आराम से खाइए-पीजिए। रात भर हम लोग पहरा देंगे। जंगल पार्टी से डरने की जरूरत नही हैं।' आवाज धीमी करके उसने कहा, 'उसमें अपने आदमी हैं। आप लोग बेफिकिर रहें।'

खाने-पीने का सामान रखकर वे लोग चले गए तो कामदार साहब ने कहा, 'सिंह साहेब! यह दो जगह से खाने-पीने का सामान क्यों आया? माजरा क्या है? कहीं कोई खतरा तो नहीं।' भैरो सिंह छँटा हुआ सिपाही। उसने कहा, 'काहे का खतरा साहेब! गाँव में दो पार्टी होगी। दोनों ओर से खाना-पीना कराया जा रहा है। चलिए आराम से खाइए।'

सवाल उठा कि खाना तो ज्यादा है। कामदार साहब की व्यवहार बुद्धि सक्रिय हुई। बोले, 'सिंह साहेब! कल क्या मिले, क्या न मिले, कौन जानता है। दही-चिवड़ा कल के लिए रख दिया जाए। इस वक्त पूड़ी-तरकारी जमाइए।' प्राइमरी स्कूल के मास्टर लोग, सिपाही, कामदार, भैरो सिंह डटकर पूड़ी-तरकारी खाने के बाद डकार लेते हुए जंगल पार्टी का डर मन से निकालने की कोशिश करने लगे।

रात हुई। सोने से पहले गाँव से लोग कई बार पूछ गए कि किसी चीज की जरूरत तो नहीं। सोने से पहले ई.वी.एम. को सुरक्षित रखने पर काफी गंभीर विचार-विमर्श हुआ। कमरे में दरवाजा था लेकिन एक बड़ी खिड़की बिना पल्ले के मुँह खोले खड़ी थी। उसमें से तो कोई भी अंदर आकर सबकुछ उठा ले जाएगा। तब क्या होगा? सब के पास अपनी-अपनी युक्ति थी। आखिर में कामदार साहब ने कहा, 'सिंह साहेब! आपको कप्तान साहेब ने हमारी जान बचाने के लिए भेजा है हमको इस मशीन की ज्यादा फिकिर है। ऐसा करते है, अपनी बंदूक भरकर रख लीजिए, और सिपाही लोगों को दरवाजे खिड़की के पास तैनात कर दीजिए। मान लेंगे, बीच में ऐसी औरत है जिसे हम छू नहीं सकते।'

एकमात्र चौकी पर बीच में मशीन रखकर दोनों लोग सोए। दही-चिवड़ा आलमारी के ऊपरवाले खाने में कल के लिए सुरक्षित रख दिया गया और लोग वहाँ-वहाँ सोए, जहाँ-जहाँ उन्हें बताया गया। कामदार साहब की नाक बजने लगी तो भैरो सिंह भी सोने की कोशिश करने लगे। देर तक नींद नहीं आई।

पुलिसवालों की इतनी बेइज्जती कभी नहीं हुई थी। भला बताइए। बूथ के अंदर नहीं जाएँगे। बाहर देखेंगे। सी.आर.पी.एफ. के लोग सवेरे लाव-लश्कर लेकर अपनी गाड़ी से आएँगे। वायरलेस से हर पाँच मिनट पर जिला मुखयालय पर बताते

रहेंगे कि सब ओके है। भैरो सिंह को पिछले चुनाव याद आते रहे। कितने वोट तो अपने हाथ से ही छाप देते थे। अब यह नया-नया चलन निकाल रहे हैं। खैर, हम तो सिपाही ठहरे। पुलिस महकमे की बेइज्जती का बदला कभी-न-कभी महकमे के अफसरान तो लेंगे ही।

मुश्किल से भैरो सिंह की आँख लगी थी कि कुछ गिरा—धड़ाम। भैरो सिंह का हाथ बंदूक पर गया, कामदार साहब की चीख सुन पड़ी, 'सिंह साहेब! ले गए।' चीख के साथ ही धम से किसी भारी चीज के नीचे गिरने की आवाज आई। भैरो सिंह का एक हाथ बंदूक टटोलकर आश्वस्त हुआ। दूसरे से बगल में पड़ी ई.वी.एम. को टटोलकर निश्चिंत होते ही टॉर्च जलाने की ओर ध्यान गया; टॉर्च जलाने से पहले भैरो सिंह ने कहा, 'साहेब। कोई कुछ नहीं ले गया है। सब ठीक है।' उधर से कोई जवाब नहीं आया; और लोग भी जाग गए। टॉर्च जलाकर सिंह ने कामदार साहब की खोज की। कहीं दिखाई नहीं पड़े। भैरो सिंह जोर से चिल्लाए 'साहेब'—कोई आवाज नहीं आई। टॉर्च की रोशनी इधर-उधर होती हुई चौकी के नीचे पड़ी। कामदार साहब मुरदा पड़े थे। भैरो सिंह की चीख निकल गई—'ये तो मर गया।' मास्टर जुट आए। एक ने कहा, 'नब्ज देखें।' कामदार साहब की नब्ज पर हाथ रखने के पल भर बाद मास्टर ने कहा, 'मरे नहीं हैं। बेहोस हो गए हैं। पानी लाइए।'

पानी का छींटा मारने पर कामदार साहब होश में आए। लकार खुली रुदन से ही—'सिंह साहेब ले गया।' भैरो सिंह ने सख्ती से कहा—'कोई कुछ नहीं ले गया। झूठमूठ में रोते हैं आप।' खुशी से चीखे कामदार—'सब कुछ ठीक है। मशीन सुरक्षित है? कहाँ है?' भैरोसिंह ने टॉर्च जलाकर कामदार को ई.वी.एम. के दर्शन करा दिए।

कामदार की जान-में-जान आई लेकिन उस धमाके का खयाल आते ही फिर बेहाल हो गए। बोले, 'वह धमाका क्या था?' एक मास्टर के पैरों से कुछ चिपचिपा लगा, उसने कहा—'सिंह साहेब, जरा टॉर्च जलाइए।' भैरो सिंह टॉर्च जलाते उससे पहले ही मास्टर ने पाँव में लगी चिपचिपी चीज को हाथ की उँगली से छूकर सूँघ लिया। टॉर्च की रोशनी में दिखाई पड़ा—आलमारी पर रखी दही की हँडिया नीचे गिरकर टूटी पड़ी थी। दही की महक कमरे में भर गई। दही की सुगंध से खिंचकर बिल्ली खिड़की से घुसकर उछली होगी और···

□

आदमी और बंदर

बच्चे और बंदर कई बातों में समान व्यवहार करते हैं। उन्हीं में से एक बात यह है कि दोनों उस आदमी को और ज्यादा चिढ़ाने लगते हैं, जो उनकी हरकतों से चिढ़ता है। बंदर और बच्चे अपनी रौ में खेलते-कूदते रहते हैं। ऐसे मनुष्यों की ओर वे ध्यान नहीं देते, जो चुपचाप उन्हें बिना छेड़े अपनी राह चले जाते हैं या अपना काम करते रहते हैं। अँधियारी बारी नाम के गाँव में एक व्यक्ति ऐसे थे, जिनको चिढ़ाने में बच्चे भी मजा लेते, और बंदर भी। आगे चलकर दोनों को वे दुश्मन मानने लगे।

उनका नाम उनके पिता ने लक्ष्मीनारायन लाल रखा था। वे पटवारी थे। जब उनके घर में बेटा जनमा तो लक्ष्मी की बाढ़ आने लग गई। उछाह में बेटे का नाम रखा गया लक्ष्मीनारायन। बेटा बढ़ता गया, धन बढ़ता गया और नाम का उच्चारण लछिमी नराएन हो गया। लछिमी नराएन मिडिल पास हुए ही थे कि सूबे में पटवारियों की हड़ताल हो गई। देश को आजादी मिले कुछ ही बरस हुए थे। बानक कुछ ऐसे बने कि सभी पटवारियों के लिए सरकारी फरमान जारी हो गया कि उनको नौकरी से निकाल दिया जाएगा। सरकार पर दबाव बनाने के लिए सूबे के सभी पटवारियों ने इस्तीफा दे दिया। राजस्व विभाग के मंत्री ने सबके इस्तीफे मंजूर कर लिये और लेखपालों की भरती शुरू हो गई। उन पटवारियों से कहा गया कि जो लोग निश्चित समय तक अपना इस्तीफा वापस ले लेंगे, उनकी नौकरी बहाल रहेगी। लछिमीनारायन के पिता ने बेटे को लेखपाल बनवा दिया और अपना इस्तीफा वापस ले लिया। अब चारों हाथ से उस घर में धन बटोरा जाने लगा। बेटे को पटवारीगिरी के हाथ सिखाते हुए पिता ने जमींदार के बड़े बाग पर हाथ साफ किया। कारिंदे को शराब पिलाकर उस बाग की मिल्कियत अपने नाम करा ली। बाग इतना बड़ा था कि दिन में भी आम, जामुन, कटहल, नीम, बेल के ऊँचे-ऊँचे पेड़ों के कारण अँधेरा घिरा रहता,

और लोग उसमें घुसने से अकेले रहने पर डरते। उसी बाग के कारण गाँव का नाम अँधियारी बारी पड़ गया था। पुराने पटवारी बेटे लछिमी नराएन को मालमत्ता सौंपकर खुदा को प्यारे हुए तो लेखपाल साहब ने लक्ष्मी को भोगना शुरू किया।

लक्ष्मी को भोगने पर तुले हुए इनसान की सबसे बड़ी सहायक है शराब। वह बाहर जाती हुई लक्ष्मी के लिए हजार दरवाजे खोल देती है। लछिमी नराएन का अबाध भोग उनकी कमाई की सीमा का अतिक्रमण करता हुआ सबकुछ को निगल गया। नौकरी भी छूट गई। उनके साथ उठने-बैठने-पीनेवालों ने अँधियारी बाग के पेड़ों की ओर ध्यान दिलाया। पहले हर महीने, बाद में हर सप्ताह एक पेड़ बिकने लगा। कुछ ही सालों में बाग उजड़ गया। बाग उजड़ने से सैकड़ों बंदरों का घरबार उजड़ गया। बच्चों के खेलने-खाने की जगह छिन गई, जब पेड़ों के कट जाने के बाद लछमी नराएन ने जमीन भी बेच दी। खरीदनेवाले उस जमीन पर खेती करने लगे। लछिमी नराएन की पत्नी निःसंतान होने के दुःख से जर्जर थी ही, घर उजड़ते देख उन्हें ऐसी बीमारी लगी कि वे बचाई न जा सकीं।

उन्हीं दिनों गाँव के बच्चों का मनोरंजन एक नए तरीके से होने लगा। जब भी बच्चे मुंशी लक्ष्मीनरायन को आते-जाते देखते, झुंड बनाकर उनके पीछे-पीछे समूह गान करते हुए चलने लगते। गान के बोल थे—'दारूलाल, चिखनालाल/बाग बेचकर पी गए ढाल/दारूलाल, चिखनालाल/खेत बेचकर पी गए ढाल। दारूलाल··· चिखनालाल।'

बच्चों का झुंड ताली बजा-बजाकर गाता। लक्ष्मीनारायन कब दारू-लाल हो गए, इसका पता किसी को नहीं चला। वे दारूलाल कैसे बना, किसने बनाया, कब बनाया, कोई नहीं जानता। ज्ञानीजन शोध किया करें, वह थी बच्चों की सामूहिक रचना। किस बच्चे के मुँह से पहले आखर उचरे, किसी को याद नहीं। उचारनेवाले को भी नहीं। जैसे-जैसे उनका खेल बढ़ता गया, नए-नए आखर जुड़ते गए, नए बोल बढ़ते गए।

अँधियारी बारी उजड़ने से आबाद बंदर बरबाद हो गए। कहाँ जाते? आसपास के गाँवों में इक्का-दुक्का पेड़ों पर बसेरा लेने लगे। जब कभी गाँव वाले तंग हो जाते तो रात में लुकारी जलाकर पेड़ों से बंदरों को खदेड़ने की कोशिश करते। बंदर रात में पेड़ से उतरना नहीं चाहते। लोग लुकारियाँ लिये पेड़ों पर चढ़ जाते। बंदर ऊपर की सबसे ऊँची टहनियों पर शरण लेकर बचते। दिन में गुलेल से खदेड़े जाते। मुंशी दारूलाल का पुराना बड़ा घर गाँव के एक किनारे था। उसके पीछे बँसवारी थी। उनके पिता ने शीशम के पेड़ लगा रखे थे। कुछ आम-जामुन के पुराने पेड़ भी

थे। बंदरों को सबसे निरापद जगह उन्हीं पेड़ों पर मिली। वहाँ से उन्हें भगानेवाला कोई नहीं था। जब कभी गाँव के बच्चे मौज में आकर उन्हें ललकारते तो बंदर कुछ देर आकर उनको छकाते। अंत में बँसवारी में घुसकर निश्चिंत हो जाते। लड़के अपने सहयोगी कुत्तों के साथ लौट जाते।

उन्हीं पेड़ों पर और बँसवारी के बाँसों पर खेलते-कूदते बंदरों ने जब दारूलाल के घर में ताक-झाँक की तो उन्हें पता चला कि वहाँ से उन्हें भगानेवाला कोई था ही नहीं। धीरे-धीरे बंदरों के कुनबे ने उस घर पर कब्जा जमा लिया। रात में वे पेड़ों पर रहते और दिनभर उस घर को घेरे रहते। कभी-कभार कुछ मिल जाता तो उसका भोग लगाते। कुछ चीजें उठाते-पटकते, कुछ छत पर मुँडेर पर ले जाकर फेंक देते। उस घर में दारूलाल की बैठकीवाले आते भी तो शाम को। वह समय बंदरों का पेड़ों पर बसेरा लेने का होता। इस मंडली को भी बोतल, गिलास, चिखना छोड़कर इधर-उधर देखने की फुरसत नहीं मिलती।

एक रात दारूलाल को कुछ ज्यादा चढ़ गई। पेशाब करने के लिए उठे। आँगन में फिसलकर गिर पड़े। नशे में कुछ पता नहीं चला। रातभर वैसे ही पड़े रहे। सवेरे रात का नशा उतरा तो दिन के उजाले में बंदरों की उछल-कूद और खौखियाहट सुनकर नींद टूटी। उठकर बैठे तो सारा आँगन बंदरों की नई-पुरानी ढेरियों से भरा हुआ था। दारूलाल की देह कपड़ों सहित उसी पदार्थ से लिथड़ी हुई थी। घर की खपरैल पर, मुँडेर पर, छत पर सब जगह बानर लीला चल रही थी। गाँव के अन्य घरों में औरत-मर्द, बाल-बच्चे, कुत्ते-बिल्ली के चलते बंदर टिक नहीं पाते। यह घर इन सब बाधा-विपत्तियों से खाली था। बंदर लीला अपने रंग में थी। मुंशी दारूलाल सबकुछ समझकर आगबबूला हो गए। पास में जो कुछ भी दिखा, उठा-उठाकर मारने लगे। बंदर दाएँ-बाएँ झुककर अपनी ओर आते हुए वार को बचा लेते। दारूलाल एक बाँस उठा लाए। उसे लेकर मारने दौड़े। किसी बंदर तक तो उनका बाँस नहीं पहुँचा, मगर उसी के धक्के से खुद लुढ़क गए। ऐसी दुर्गति में पड़े कि क्या करें? सिर पकड़कर बैठ गए। और कुछ नहीं सूझा तो फूट-फूटकर रोने लगे। उनके रुदन में उनके पूरे जीवन का संताप पिघल-पिघल कर बह रहा था। गाँव के किसी आदमी ने राह चलते उनके घर से निकलती वह करुण स्वर-लहरी सुनी। उत्सुकतावश अंदर झाँककर उसने वह दृश्य देखा। बाहर आकर अपनी खुशी को सहानुभूति की चाशनी में लपेटकर और लोगों को जुटा लिया। बिना बुलाए औरतों का झुंड जुट आया। उनके पीछे लड़कों का। सबकुछ देख-समझकर कुछ लोगों ने दारूलाल को चुप कराया। उनको उठाकर नल के नीचे ले गए। खूब मल-

मलकर दारूलाल को नहलाया गया। कपड़े पहनाए गए, परिहास और करुणा से भरे हुए लोगों ने घर-आँगन की सफाई कर डाली। इतने सारे लोगों को देखकर बंदर भी पेड़ों पर लौट गए।

उस शाम बैठकी में दारूपार्टी दारूलाल की बंदर-समस्या पर गंभीरता से विचार करती रही। जैसे-जैसे चढ़ती गई, एक-से-एक प्रस्ताव उमड़ते गए। आखिर में जो प्रस्ताव सर्वसम्मति से स्वीकार किया गया, वह यह था सारे बंदरों को मौत की नींद सुला देना। देर तक दारूपार्टी उस उपाय का आविष्कार करने की खुशी मनाती रही। अगला प्रश्न विचार के लिए यह रखा गया कि इतने सारे बंदर मारे कैसे जाएँगे? बर्छी-भाला, गुलेल, ढेले सबके बाद सबसे शातिर प्रस्ताव आया कि दिनभर घर में रखे हुए अनाज ये बंदर खाते-बिखेरते रहते हैं। अनाज के एक हिस्से में जहर मिलाकर आँगन में या बरामदे में रख दिया जाए। सारे बंदर उस अनाज को खाकर मर जाएँगे। खुशी की लहर दौड़ गई महफिल में। एक जन गंभीर हो गए। बोले—'बानर को जान से मारना! यह तो बड़ा भारी पाप होगा, इस बात पर महफिल में सन्नाटा छा गया। आखिरी दौर में लड़खड़ाते हुए इस उपाय पर विचार करने और बाद में बताने का निर्णय लिया। अपने-अपने घर गए या ले जाए गए।

अगले दिन का सवेरा बंदरों की ओर से चुनौती देता हुआ आया। दारूलाल बंदरों की स्वाभाविक खेलकूद और भाग-पछाड़ को इस रूप में देखने लगे कि ये सब उन्हें ललकार रहे हैं। उसी समय दारूलाल का निश्चय दृढ़ हो गया कि जहर तो इन्हें देना ही होगा। दिनभर अपने डिगते हुए निश्चय को दृढ़तर करते रहे। शाम को बोतल और चिखना खरीदने कस्बे की दुकान पर गए तो लौटते हुए जहर की पुड़िया भी लेते आए। दुकानदार ने पूछा कि इसका क्या करेंगे तो दारूलाल ने बताया कि घर में और खेत में चूहे आफत मचाए हुए हैं। मुंशी दारूलाल को लगा कि उनका भाग्य भी उनका साथ दे रहा है। इधर कुछ वर्षों से जब गाँव में कोई मौत होती है तो अर्थी के साथ जानेवालों की बड़ी भीड़ उमड़ पड़ती है। बात यह है कि नदी के किनारे नेताजी दारू की भट्ठियाँ चलवाने लगे हैं। शवदाह के बाद लगभग सभी लोग उन भट्ठियों के सामने बैठकर छककर पीते हैं और देर रात तक झूमते हुए लौटते हैं। एक-दो नहीं लौट पाते तो रात-बिरात घर के लोग जाकर ले आते हैं। उस दिन जब दारूलाल सारा सामान लेकर गाँव लौटे तो पता चला कि एक वृद्ध की मौत हो गई है। अर्थी के साथ उनकी महफिल के सारे रतन नदी-घाट चले गए हैं। इसको दारूलाल ने सुखद संयोग माना और अकेले महफिल जमाकर बैठ गए। थोड़ा सरूर आया तो जहर की पुड़िया खोलकर अनाज में मिलाने बैठ गए। दाहिने

हाथ की उँगलियों से गेहूँ के दानों में जहर मिलाकर देर तक मसलते रहे। मन में बंदरों की फौज के विनाश से मिलनेवाली राहत की बात सोच-सोच कर खुशी की फुहारों का मजा लेते रहे। बीच-बीच में गिलास को बाएँ हाथ से उठाकर एकाध घूँट पी लेते। फिर दानों में जहर को अच्छी तरह मिलाने लगते। जैसे-जैसे नशा चढ़ता जाता, बंदरों के सफाए का उत्साह उन्हें उत्तेजना से भरता जाता। सवेरे के दृश्य कल्पना में साकार होने लगे। पेड़ों से उतर-उतरकर बंदर अनाज खाते जाएँगे और एक-एक कर मरते जाएँगे। सारे-के-सारे खत्म हो जाएँगे। एक भी नहीं बचेगा। न उनके घर का सामान गायब होगा, न घर-आँगन में गंदगी फैलेगी। सबकुछ ठीक हो जाएगा।

ठीक इसी जगह डर की एक लहर उनकी चेतना में दौड़ गई। पूरा घर बंदरों की लाशों से भर जाएगा। बदबू फैल जाएगी। गाँव के लोग बंदरों की सेना को जहर देने के पाप के कारण उन्हें पीट-पीटकर मार डालेंगे। घबराहट इतनी बढ़ गई कि कुछ समझ में नहीं आया। थर-थर काँपने लगे। अब क्या करें?

शराबी की हर समस्या का समाधान उसे शराब के अगले गिलास में ही नजर आता है। डर से काँपते हुए मुंशी दारूलाल ने गिलास में और शराब डाली। एक घूँट हलक में उतरते ही चिखने की तलब लगी। दानों में जहर मिलानेवाले हाथ से नमकीन खाने लगे। इस प्रकार डर को दूर भगाने लगे।

अगले दिन सवेरे मुंशी दारूलाल घर से बाहर नहीं निकले। गाँव के लोग अचरज करने लगे कि रोज तो सवेरे उठकर बंदरों और बच्चों को धमकाने-गरियाने लगते थे। आज क्या हो गया? दोपहर हो गई तो गाँव के लोगों ने जर्जर किवाड़ के पल्लों को खोला। सारा घर-आँगन बंदरों से भरा हुआ था। दारूलाल का मुँह खुला था। उनके प्राण-पखेरू कबके उड़ चुके थे। बंदरों ने जहर मिले अनाज को सूँघ-सूँघकर छोड़ दिया था।

बंदर तो बंदर ठहरे। न वे आदमी थे, न शराबी।

□

मीठी की दुनिया

'मिट्ठू! उठ बेटी! नौ बज गए।'

'ऊँ हूँ' कहती हुई मीठी करवट बदलकर सो गई। दादी कुछ देर उसका माथा सहलाती रहीं। उनके मन में महाभारत मचा हुआ था। जो कुछ उन्होंने अपने बचपन में भोगा था, उसकी पुनरावृत्ति वे तीसरी पीढ़ी में देखना नहीं चाहती थीं। उन्नीस वर्ष की उनकी लाड़ली पोती। एम.बी.ए. कर चुकी। बड़ी कंपनी में नौकरी करने लगी है। बड़े गर्व से उसके पिता कहते हैं कि जहाँ आकर हम लोगों को जीवन का उत्कर्ष प्राप्त हुआ, हमारे बच्चे वहाँ से शुरू कर रहे हैं अपना कॅरियर! कहाँ तक ये पहुँचेंगे, कोई नहीं जानता। बेटा अमेरिका में अंतरिक्ष वैज्ञानिक बन गया। वह देश भी उसे पुराना लगने लगा। उस दिन फोन पर कह रहा था, 'पापा से कह दो दादी! वहाँ से अपना सबकुछ समेट लें। मैं तो उधर क्या, इधर भी बसनेवाला नहीं। मैं तो चाँद पर घर बनाने की सोच रहा हूँ। बुकिंग शुरू होनेवाली है।'

दादी ने अपने बेटे से बताया—'तुम्हारा बेटा चाँद पर घर बनानेवाला है। तुम्हें भी वहीं ले जाना चाहता है। चले जाओ। मैं गाँव लौट जाऊँगी।'

'लौट तो जाओगी अम्मा, जब अपनी लाड़ली मीठी का घर बसा लोगी। वह मेरी तो कुछ सुनती नहीं। तुम्हारी बहू उसे माँ कम, दुश्मन अधिक लगती है। बड़े भाई की बातें सुनती थी पहले। अब नहीं सुनती। तुम्हीं कुछ करो। मैं उसकी हर बात मानता हूँ। सिर्फ उस अपराधी परिवार से उसे बचा लो।'

कहते-कहते भुवन रूँआसे हो गए। अपने अट्ठावन वर्षीय बेटे को इस तरह गिड़गिड़ाता देखना कितना दारुण है। कैसे कलेजा फट रहा था उस समय, उसका गिड़गिड़ाना देखकर यह कोई अस्सी वर्ष की इस वृद्धा से पूछे। क्या करें कि बेटा इस दुःख से उबर जाए! उसका दुःख समझने की कोशिश कर रही हैं। लेकिन मीठी का दुःख? अधिक गहराई से समझ रही हैं। जब उसकी ओर से सोचती हैं,

तो वही ठीक लगती है। उसी के पक्ष में खड़ा होना चाहती हैं। जब अपने बेटे की ओर देखती हैं, तो सोचने लगती हैं कि मीठी को समझाने की कोशिश करेंगी। बेटे के दुःख की बात मीठी से बताती हैं। जो जवाब मीठी की ओर से आता है, वह एकदम सही लगता है—अकाट्य। चाहती हैं, बहू कुछ सहायता करे। उधर से 'कोई रुचि नहीं' का उदासीन संकेत मिलता है। बाप-बेटी का मामला है, जो चाहें सो करें। दंग रह जाती हैं बहू की यह मुद्रा देख-सुनकर। सोचती हैं, वे भी ऐसा ही करें। फिर हार जाती हैं अपने मन से।

'मिट्ठू! उठो बेटा!' कहकर उसे उलटने की कोशिश करती हैं। मीठी उलटकर दादी को बाँहों में भर लेती है और सो जाती है। दादी उसकी बाँहों में चुपचाप पड़ी रहती हैं। एक हाथ बाहर निकालकर उसके बालों में उँगलियाँ फिराती हुई गुनगुनाती रहती हैं। उनके पास लोकगीतों का खजाना है। धुनें इतनी मीठी, इतनी मोहक। मन के रेशे-रेशे को रस से सराबोर कर देने की क्षमता है इनमें।

गुनगुनाहट सुन मीठी जागती है। जागकर उठ बैठती है। दादी को बाँहों में भर लेती है। कहती है—'इसी तरह गुनगुनाती रहो। दादी! कितना अच्छा लगता है तुम्हारे गीतों को चुपचाप सुनते रहना! बस ऐसे ही तुम गाती रहो, मैं सुनती रहूँ।'

'और मेरी मिट्ठू का वह तोता क्या कम अच्छा लगता है?' कहकर दादी ने पोती की आँखों में झाँका। मुँह बनाकर मीठी ने कहा, 'यह क्या है दादी? आप मेरा नाम ही बिगाड़ देती हैं। मेरा नाम मीठी है, मिट्ठू नहीं। मिट्ठू तोते को कहते हैं न?'

'कहते तो हैं, पर मैं उस तोते की बात कर रही हूँ जिसकी डाल पर बैठने के लिए तुम्हारे पंख फड़फड़ा रहे हैं।' दादी की आँखों में वात्सल्य उमड़ने लगा।

मीठी को बहुत अच्छा लगता है, जब दादी इस तरह उसे देखती हैं। उसे लगता है, दादी की ये आँखें उसे पापा के क्रोध से ही नहीं, मम्मी की मौन उपेक्षा से भी बचा लेंगी। उसके रास्ते में आनेवाली हर बाधा को पार कराकर उसे सुरक्षित निकाल लेंगी। इसीलिए मीठी अब दादी के अलावा घर में किसी की परवाह नहीं करती।

'अच्छा अब उठो। बाथरूम हो आओ। कुछ खाया-पिया जाए।' दादी के इस वाक्य पर मीठी तुरंत बिस्तर छोड़ देती है। पूछती है—'क्या आपने अभी तक कुछ नहीं खाया?' बिना जवाब सुने बाथरूम में घुस जाती है।

दादी किचन में जाकर देखती हैं, बाई क्या बना रही है? पूछती हैं, बहू ने नाश्ता किया या वैसी ही निकल गई? साहब लौटे टहलकर? मीठी के लिए क्या

बना रही हो? और मेरे लिए?

रविवार का सुख है यह। भुवन मोहन टहलने निकलते हैं तो दस-ग्यारह बजे तक दोस्तों से मिलते हुए, गप्पें मारते हुए लौटते हैं। बहूजी सोशल सर्विस के लिए निकल जाती हैं। मीठी देर तक सोती रहती है। दादी का समय तो वही है, चार बजे उठकर नहाना, पूजा-पाठ करना। और दिन सभी लोग छह बजे जागकर हड़बड़ी में तैयार होते हैं, नाश्ते का डिब्बा सँभालते हुए दूध या चाय पीकर भागते हैं, अपने-अपने ठौर। दादी चाय पीकर गुनगुनाती रहती हैं। रविवार को किसी का पता नहीं लगता। बाई भी देर से आती है। किसी-किसी रविवार को तो आती ही नहीं। आराम का दिन होता है। यही एक दिन तो मिलता है बेचारों को।

'साहब अभी नहीं आए। मेम साब नाश्ता करके गईं। मीठी बेबी के लिए ढोकला बनाया। आप जो कहें, बनाऊँ आपके लिए!'

बाई की बात सुनकर दादी मुसकराईं। बोलीं—'मेरे लिए क्या बनाओगी? दूध में दलिया बना दो। मीठी को भी थोड़ा खिलाऊँगी।' 'अभी लो' कहकर बाई अपने काम में लग गई।

मीठी बाथरूम से निकली। दादी उसी की राह देखती नाश्ता लेकर बैठी हैं। उन्होंने उसे भी दलिया खिलाया। दादी का मन रखने के लिए उसने दो चम्मच खा लिया। चाय के साथ ढोकले खाकर वह उठ गई।

दादी बोलीं—'आज भी कहीं जाना है?'

'जानती तो हो, कहाँ जाना है? तुम भी दादी!' कहती हुई मीठी दादी से लिपटी। दादी ने उसे अलग करके सामने बिठाया। उसकी आँखों-में-आँखें डालकर बोलीं—'तुम जो चाहती हो, वही मैं भी चाहती हूँ। तुम्हारे पापा को मनाने की कोशिश कर रही हूँ। तुम्हारी माँ मेरा साथ देतीं तो बात कुछ और थी। वह मेरी बात पर कान नहीं देती। तुम्हारा भाई पास होता तो वह भी कोई उपाय बताता। तुम्हारा बाप कहता है, 'मैं उसकी सारी बातें मान लूँगा, वह मेरी एक बात मान ले, अब तू ही बता मैं क्या करूँ कि तेरी बात भी रह जाए और मेरे बेटे की भी।'

'आपके बेटे की जिद! आप ही कहती है न कि जिद अच्छी नहीं होती।' मीठी ने एक-एक शब्द पर जोर देकर कहा। 'और तुम जो कर रही हो, वह जिद नहीं हैं?'

'जी नहीं दादीजी! मैं जो कर रही हूँ, वह प्यार है। वही जो आपने भी कभी किया होगा!' मोहक ढंग से मीठी मुसकाई।

'अरी मेरी बिटिया! हमारे जमाने में तो जो होता था, उसको क्या कहा जाए?

तुम लोगों को समझाना कठिन है कि हमारा समय कैसा था। हम क्या करते थे? मैं चाहती हूँ तुम्हें वही मिले जो तुम चाहती हो, पर उतावली में, हड़बड़ी में नहीं। उपाय करना चाहती हूँ, सबकी समझ में आनेवाला रास्ता निकाल करके।'

दादी गहरी साँस लेकर रुकीं। मीठी समझ गई, कोई बहुत गहरी टीस है, जिसे उभरने नहीं देना चाहतीं दादी। उसने कहा, 'अच्छा दादी, मैं शाम को जल्दी लौट आऊँगी, पर एक शर्त पर!'

'कौन सी शर्त?' दादी के प्रश्न के उत्तर में मीठी ने कहा—'यही कि आज रात में आप अपनी प्रेम कहानी सुनाएँगी।' 'बड़ी आई प्रेम कहानी की नानी!' कहकर दादी ने मीठी को ठेल दिया। वह हँसती हुई चली गई।

खाना खाने के समय भुवन मोहन घर लौटे। वे जानते थे, घर में अम्मा होंगी; और कोई नहीं। बेटी को लेकर उनके मन में परस्पर विरोधी विचार काम कर रहे थे। गुजराती समाज के खुलेपन के लिए उनके मन में आदर का भाव है। अपने बच्चों को शुरू से ही उन्होंने इसी माहौल के अनुरूप विकसित होने दिया। मीठी ने अगर किसी गुजराती युवक से विवाह करने का निश्चय किया होता, तो शायद उन्हें कोई आपत्ति न होती। हिंदी समाज के किसी भले घर में संबंध बनाना उन्हें सबसे अच्छा लगता। इसी तरह की इच्छा बातचीत में वे व्यक्त करते थे। इसी के अनुकूल निर्णय ले रही है बेटी, तो इतनी आफत क्यों? समाज के किसी भले हिंदी परिवार में बच्चों का रिश्ता करने की बात की थी। किसी अपराधी परिवार से रिश्ता जोड़ना कितना अपमानजनक है! बेचैन हो जाते हैं वे।

खाना खाते समय बेटा सहज बना रहे, इसलिए उस समय चुप रहीं। उठने के बाद बात चलाने के लिए बोलीं—'कुछ सोचा बेटा!' 'सोचने को क्या है माँ? तुम उस परिवार के विषय में नहीं जानतीं, इसीलिए मीठी की तरह तुम भी सोचती हो कि मैं उसकी राह रोककर गलती कर रहा हूँ। तुम जानना चाहती हो मैं इस संबंध को क्यों नहीं स्वीकार कर रहा हूँ?'

'बताओ। तब शायद कोई बीच का रास्ता निकल आवे।' माँ की बात सुनकर भुवन को लगा कि सबकुछ जानकर वे भी वही निर्णय करेंगी, जो वे करना चाहते हैं। उत्साहित होकर बताने लगे।

'जिस घर से उसका संबंध बनने जा रहा है, वह अपराधियों का अड्डा है। इस शहर के सभी लोग उससे नफरत करते हैं। कोई उन सभी का नाम तक नहीं लेना चाहता। गुजराती या किसी समाज का कोई भला आदमी उन सबका नाम सुनना नहीं चाहता। और मुझे उनको अपना सगा रिश्तेदार बनाना होगा?'

'जानती हो, माँ! इस लड़के का दादा बिहार से भीख माँगता हुआ इधर आया था।' 'चलो, इसमें भी कोई बुराई नहीं है। आदमी कहीं से भी तरक्की कर ले।' 'इस परिवार का यह हाल है कि भिखारी ने झुग्गी-बस्ती में एक मंदिर पर कब्जा कर लिया। धीरे-धीरे कुछ पैसे जुट गए। पहले उसी मंदिर में सोता था। बाद में एक कोठरी बन गई। उसमें रहने लगा। जब मरने लगा तो तार भेजकर अपने गाँव से घरवालों को बुलवाया। शादी-ब्याह हुआ नहीं। बाल-बच्चे थे नहीं। कोई भतीजा आया। बूढ़े भिखारी ने पैतृक संपत्ति के रूप में मंदिर और कोठरी सौंप दी। वहाँ उसके पास कोई काम-धंधा था नहीं। यहाँ काम-धंधा करने की जरूरत नहीं थी। बूढ़े भिखारी को लोग पुजारीजी के नाम से जानने-मानने लगे थे। उसकी जगह पर नए पुजारी को स्वीकार करने में किसी को कोई हिचक न हुई। पढ़ा-लिखा मामूली रहा होगा। देह से पुष्ट था। गाता था। रोज कीर्तन कराने लगा। मंदिर पर भीड़ जुटने लगी। पूरब से आनेवालों का अड्डा बन गया। देखते-ही-देखते उन्हीं लोगों में से किसी की औरत को फुसलाकर इसने अपने पास रख लिया। उसने कुछ शोर-शराबा करना चाहा, तो उसे लापता करवा दिया। कुछ और लोगों के साथ मार-पीट करके दादा बन गया। इस समय उसके पास कितनी दौलत है, और कैसे बढ़ रही है, इसका ठीक-ठीक पता किसी को नहीं है। पुलिस की निगाह में वह अपराधियों का अड्डा माना जाता है। शहर में जहाँ भी कोई चोरी हो या दूसरे अपराध हों, पुलिस के लोग सबसे पहले वहीं पहुँचते हैं। वहीं से कोई-न-कोई पकड़ा जाता है या कोई सुराग मिल जाता है। यहाँ के अखबारों में उसी की वजह से जब भी कोई अपराध समाचार छपता है, तो हिंदी बोलनेवालों की ओर इशारा जरूर होता है। पूरे हिंदी समाज को उसने कलंकित कर दिया है। उसी के बेटे से…।

वाक्य अधूरा छोड़कर वे चुप हो गए। देर तक माँ-बेटे वैसे ही बैठे रहे। भुवन सोच रहे थे कि ऐसा संबंध हो जाता है, तो कल से उसके साथ मेरा नाम भी लिया जाने लगेगा। उनकी माँ सोच नहीं पा रही थीं कि ऐसे लोगों के बीच रहकर वह लड़का पढ़ने में इतना अच्छा कैसे निकल गया? देखने में भी बहुत शरीफ लगता है। अचानक वे पूछ बैठीं—'वह लड़का वहीं रहता है?'

'वहाँ रहता तो वह भी यही करता। उसे शुरू से ही मुंबई में पढ़ाया गया। मगर इससे क्या होता है? है तो इसी अपराधी का बेटा। काश! अम्मा तुम जान पातीं कि वह कितना बदनाम आदमी है।' 'अच्छा रुको, मैं कल उसके बारे में वे सारी खबरें लाकर देता हूँ, जो लगातार यहाँ के अखबारों में छपती हैं।'

भुवन को एक राह दिखी। अम्मा वह सब पढ़ लेने के बाद शायद मीठी को

समझा सकें कि उसे अपराधियों के गिरोह में नहीं जाना चाहिए। ऐसी हर बात सोचकर उनके मन की हलचल कम होती है। वे यह सोचकर और भी दुःखी होते हैं कि अगर जोर-जबरदस्ती करके मीठी को विवाह करने से रोकते हैं, तो उसकी जिंदगी तबाह हो जाएगी। वे यह भी नहीं चाहते कि उनकी वजह से उनकी बेटी का जीवन बरबाद हो जाए। हर तरह से भुवन की इच्छा यही है कि मीठी अपने आप उस परिवेश की सच्चाई जान-समझ ले और निर्णय कर ले कि किसी दूसरे युवक से विवाह करना ठीक होगा। मीठी का ध्यान वहाँ से हटा पाने के हर संभव उपाय का खयाल आने पर वे इसी तरह उत्साहित होते हैं।

मीठी अपने वादे के हिसाब से सही समय पर घर लौट आई। उस समय आठ बजनेवाले थे। आते ही उसने दादी से पूछा—'पापा कहाँ हैं?' 'कहीं गए हैं अभी-अभी।' दादी ने कहा। 'ओह! अभी-अभी गए हैं? तब ठीक है?' मीठी मुस्कराकर बोली। 'क्या ठीक है मीठी?' दादी कुछ व्यग्र हुईं।

'मम्मी तो सवेरे से नहीं लौटीं न? चलो, आज बेचारी का एक दिन बहुत अच्छा बीता।' मीठी के मुँह पर मुसकान खेल रही थी। दादी कुछ देर उसे देखती रहीं। बोलीं—'क्या वह तुम्हारे साथ थी?' 'नहीं दादी! मेरे साथ क्यों जातीं? हाँ, वहीं गई थीं, जहाँ हम लोग गए थे।' 'गनीमत हुई कि उन दोनों ने हम दोनों को नहीं देखा। पहले हम लोगों की निगाह पड़ गई। धीरे से खिसककर निकल आए।' मीठी चहक रही थी।

'कौन थी तुम्हारी मम्मी के साथ?' दादी का सवाल सुनकर मीठी और ही तरह से मुसकराई। उसकी आँखों में एक चमक उभरी। उसने कहा, 'थी मम्मी की एक सहेली।'

'ओह!' दादी ने कहा। मीठी को खुशी हुई कि उसने मम्मी का राज अपने तक रोक लिया। उस बेचारी का दोष भी क्या? पापा जैसा आदमी? लेकिन तुरंत मीठी का दिमाग पलट पड़ा। उसे पापा की ओर से माँ पर क्रोध आने लगा। मम्मी की वजह से ही पापा घर से इस तरह भागते-फिरते हैं। इससे तो अच्छा होता, पापा भी…' अपने राग में मीठी गहरी रँगी हुई थी। उसे दुनिया के हर व्यक्ति के लिए उसी तरह की उपलब्धि की कामना उग रही थी। उसका वश चले तो सभी को इच्छित-आकांक्षित पात्र के साथ जोड़कर सुख के सागर में तैरने को छोड़ दे।

मीठी को याद आया, आज दादी के प्यार की कहानी सुनने को मिलेगी। वह हवा में तैरती हुई सी किचन में पहुँच गई। बाई खाना लगभग बना चुकी थी। अचानक मीठी को एक खयाल आया। उसने बाई से पूछा, 'तुम्हें पता है, मेरी मम्मी

को सबसे अच्छी कौन सी डिश लगती है? आज वही बनाओ।'

जवाब सुने बिना वह दादी के पास भाग गई। उनसे पूछने लगी, 'दादी! बताइए, आज आपके लिए कौन सी स्पेशल डिश बनाई जाए?'

सोने जाते समय दादी ने पूछा, 'तेरे पापा नहीं आए न?' 'दादी! आप पापा को क्या समझ रही हैं! किसी जंगल-वीराने में होंगे? वे जिस क्लब में हैं, इस वक्त उसका मेंबर बनाया जाता है दस लाख रुपए जमा कराने के बाद। ऐसी कौन सी सुविधा है जो वहाँ नहीं मिलती।'

कुछ रहस्यमय ढंग से मुसकराती हुई मीठी ने कहा—'वहाँ ऐसा भी बहुत कुछ है जो घर में नहीं हो सकता।'

दादी चुप रहीं। वे सोच रही थीं, ऐसा क्या हो सकता है क्लब में, जो घर से अच्छा हो, जिसे छोड़कर इतने साधनों से, इतने सुख से भरे हुए घर में आदमी लौटना न चाहे! फिर ध्यान गया कि बहू का भी तो यही हाल है। वह भी तो घर में कम-से-कम रहना चाहती है। घर में घर की तरह यहाँ कौन रहता है? बाई खाना बनाकर चली जाती है। दूसरी बाई झाड़ू-पोंछा करके चली जाती है। तीसरी बाई कपड़े धोकर चली जाती है। जमादार बाहर की सफाई करके चला जाता है। उन्होंने मन-ही-मन कहा, मैं यहाँ नहीं होती, तो दिन भर ताला ही बंद रहता।

मीठी ने उन्हें टोका, 'कहाँ खो गईं दादी! अभी आपको प्रेम कहानी सुनानी है। याद है न?'

'मीठी! हम लोग यह मानते थे कि प्रेम-प्यार सिर्फ नाटक-नौटंकी की चीज है। भागवत-कथा में उसका नाम लिया जाता है। गोपियाँ भगवान् से प्रेम करती हैं। उन्हीं से प्रेम किया जा सकता है क्योंकि वे भगवान् हैं। औरत होकर प्रेम का नाम लेना भी पाप माना जाता था। बेटियों को तो हवा भी नहीं लगने पाती थी कि उनका विवाह कहाँ, किसके साथ, किस देश-परदेश में किया जा रहा है।

बरच्छा हो जाता था। तिलक की तैयारियाँ होने लगती थीं, तब लड़की अपने घर में किसी के मुँह से सुन पाती थी कि फलाँ दिन उसका तिलक जानेवाला है। कौन है जिसके साथ ब्याह होने जा रहा है, यह पूछने की हिम्मत कौन करे? भाग्य के भरोसे बैठकर सोचा करती थीं, पता नहीं कैसा वर मिले, कहाँ जाना पड़े, सास-ससुर कैसे हों? एक ओर जन्म के बाद से ही अपनी पहचान इस रूप में उभरती थी—पराए घर का बरतन है, जतन से रखना होता है। विवाह करके उसे सौंप देना ही माँ-बाप का धर्म है, जिसके लिए विधाता ने इसे जनम दिया है। और बेटी का धर्म है, जैसे-तैसे माँ-बाप की इज्जत बचाकर उनके घर में बनी रहकर प्रतीक्षा करना।

जिसके लिए विधाता ने उसे बनाया है, उसके द्वारा बुलाए जाने पर उसके साथ जाकर पत्नी धर्म का पालन करना। और पत्नी धर्म? वह केवल इतना था—जैसा भी पति हो, उसकी इच्छा के अनुसार जीवन भर चलते रहना। उसमें प्रेम-प्यार की गुंजाइश कहाँ है?'

'तब भी दादी! कोई तो होगा, जो आपको अच्छा लगता रहा हो, सुंदर लगता हो। जिसके साथ मन की बातें करती रही हों आप?' मीठी गंभीर होकर बोली।

'कह रही हूँ न, ऐसा नहीं होता था। मन की बात पूछती है तो बताती हूँ। एक युवक था हमारे गाँव में, गाँव के दूसरे टोले में। बिलकुल देवताओं की तरह सुंदर-सुघड़। वैसा ही चाल-चलन। पढ़ने में उतना ही अच्छा। उसे देखना मुझे बहुत अच्छा लगता था। तू मन की बात कहने को कहती है, उससे बोलने तक का मौका कभी नहीं मिला। यह जरूर था कि जब भी अपने दूल्हे की कल्पना मन में उठती, उसी के आसपास मँडराती रहती। गाँव में उस समय आठ-नौ बरस के लड़कों का विवाह कर दिया जाता था। दो, पाँच या सात बरस बाद गौना होता था। उनका ब्याह कुछ देर से हुआ, क्योंकि वे पढ़ने के लिए शहर चले गए थे। लौटकर आए तो उनके पिता किसी बीमारी से चल बसे। उन्हें पढ़ाई छोड़कर गाँव की खेतीबारी सँभालने के लिए गाँव में ही रह जाना पड़ा।

कई साल बाद उनका गौना हुआ। जब गौना कराकर वे अपनी दुल्हन को लेकर आए तो उनकी माँ ने पालकी का ओहार उठवाकर बहू का मुँह देखा। देखते ही पछाड़ खाकर गिरीं और बेहोश हो गईं। सभी लोग उनको सँभालने में लगे। डोली में बैठी बहू दहाड़ मारकर रोने लगी। उसे उतारकर घर के भीतर लाया गया। घर-पड़ोस और रिश्ते-नाते की औरतों ने उसे देखा। सब भगवान् को कोसने लगीं। सबके मुँह पर एक ही बात थी—'इतने सुंदर वर के लिए इतनी कुरूप दुल्हन! विधाता की मति मारी गई है।'

उनकी माँ ने बहू से बात नहीं की। नाटी, काली, कलूटी, एक आँख की भैंगी। किसी बात का ढंग नहीं। बेटे से बोली—'बाबू! तुम्हारा दूसरा ब्याह करूँगी। तुम्हारे साथ बड़ा अन्याय हो गया।' बेटे ने माँ से कुछ और नहीं, बस इतना कहा—'नहीं माँ! जो भाग्य में था, मिला। मैं दूसरा ब्याह नहीं करूँगा।'

थोड़े दिन खाट पर रहकर माँ परलोक सिधार गई। घर में कोई नहीं था। बहू का हाल यह कि, न किसी से कुछ बात कर पाए, न चूल्हा जला पाए, न आटा गूँध पाए। कोई काम करना उसे नहीं आता था। पति ने एक-एक करके सारे काम पत्नी को सिखाए। गाँव की बहू-बेटियाँ हँसतीं। मजाक उड़ातीं। उनके साथ के लोग

उनको दस तरह से समझाते। वे सबकी बातें सुन लेते। किसी का जवाब नहीं देते। चुपचाप अपना काम करते जाते। धीरे-धीरे घर-गृहस्थी के सारे काम उन्होंने पत्नी को सिखा दिए। खेतीबारी का काम करने में होशियार थे ही। धन-वैभव बढ़ने लगा। गाँव की वे ही औरतें उस काली, कलूटी, नाटी, बदशकल औरत को लक्ष्मी कहने लगीं।

आगे चलकर दो बेटे हुए। अपने बाप की शक्ल-सूरत के, उन्हीं की तरह लंबे, गोरे, सुंदर, छरहरे बदन वाले। उन बेटों की माँ को देखकर कोई विश्वास न करता कि उनकी कोख से ऐसे बेटे जनम ले सकते हैं। उनके ब्याह हुए। गाँव के सबसे संपन्न उस घर के दिन-दिन बढ़ते सुख-सौभाग्य को देख-देखकर सभी चकित होते। जो लोग उस औरत की निंदा करते थकते नहीं थे, वे उसकी प्रशंसा करते नहीं अघाते।

अब तो हम लोगों की तरह उनके बच्चे भी किसी शहर में जाकर बस गए हैं। वर्षों बीत गए, कुछ पता नहीं चला, कौन कहाँ है। हैं भी कि नहीं, कौन बता सकता है?'

आखिरी वाक्य कहती हुई दादी की ठंडी साँस। मीठी की समझ में आया। उसने उस पर टिप्पणी करने से अपने आपको रोक लिया। कुछ देर मौन रहने के बाद उसने दादी से कहा—'अच्छा, दादाजी से अपने विवाह और प्रेम की बात तो बताइए।'

'अरे, अब सोना भी है कि रातभर यही चलाओगी।' दादी ने टालना चाहा। मीठी कहाँ मानने वाली। उसने कहा—'कहाँ दादी! अभी तो बारह भी नहीं बजे हैं? अभी कहाँ सोओगी? अभी पापा भी नहीं लौटे।'

'तेरे पापा का लौटना? क्या करना है हमको, तुमको? जिसे उसके लौटने की फिक्र होनी चाहिए, वह तो बैठी होगी टी.वी. में आँखें चिपकाए।' दादी की बात के पीछे छिपे उनके असंतोष को समझकर भी मीठी ने न समझने जैसा व्यवहार किया। वह अपने आग्रह पर अटल रही। बार-बार उसके आग्रह को टालकर भी दादी अंत तक न टाल सकीं। एक प्रश्न से उन्होंने बात शुरू की—'जानती है मीठी! मैं क्यों तुम्हारी इच्छा का विरोध नहीं कर पा रही हूँ? मैं क्यों चाहती हूँ कि तू वही पा ले जो तुमने चाहा है?'

'कहाँ दादी! वही तो जानना चाहती हूँ। बताइए न!' अस्सी वर्षीय वृद्धा तरुणाई के आवेश से भरकर बोलीं—'मुझे लगता है कि लड़की पहली बार जो चाहती है, अगर वह नहीं मिल पाता, तो उसके बाद मिलनेवाला बड़े-से-बड़ा सुख

भी उस अभाव की भरपाई नहीं कर पाता। उस घाव को नहीं भर पाता, जो घाव चुपचाप उसके सपनों में हो गया होता है।

मैंने उनसे प्रेम किया, ऐसा बिलकुल नहीं था। बस वे अच्छे लगते थे। उन्हीं के आसपास मेरे सपनों की दुनिया बसती रही। जब मेरे ब्याह की बात चली तो एक झटका लगा। भीतर कुछ हुआ, बस इतना ही। क्या हुआ, नहीं बता सकती। चचेरे भाई के मुँह से सुना, 'तेरा बरच्छा हो गया। अगले महीने तिलक है। उसके आठ दिन बाद बारात आएगी।' सुनकर न अच्छा लगा, न बुरा लगा। एक समाचार था कि मेरा ब्याह पक्का हो गया। एक बड़ा डर मन में समा गया—पता नहीं क्या होगा? कौन लोग मिलेंगे? कैसा व्यवहार करेंगे? उस डर की बात किसी से कहना भी अनुचित था। मन-ही-मन में घुलने लगी। माँ, चाची, दादी सब कहने लगीं—'लगन लग रही है। लड़की दिन-पर-दिन सूखती जा रही है।'

सब कुछ सुनकर मैं चुप रह जाती। कहने को मेरे पास था भी क्या? तिलक चढ़ाकर लौटने के बाद बाबूजी और चाचा मेरी होनेवाली ससुराल की खुशहाली का बखान करते अघाते नहीं थे। चचेरे भाई ने बताया, लड़का दुबला-पतला साँवला चिड़चिड़ा सा है। पढ़ने में शायद अच्छा है। इकलौता है, इसीलिए इन लोगों को पसंद आ गया। मेरे पास इस विषय में कहने-सुनने, जानने-पूछने को कुछ नहीं था। मेरी पसंद-ना-पसंद को जानने, समझने, मानने तो क्या, सुनने को भी कोई तैयार न होता। मैंने अपने को, जैसा माँ बार-बार कहा करती थीं, भगवान् के भरोसे पर छोड़ दिया।

बारात आई। सखियों ने द्वारपूजा के समय मुझसे कहा कि उन सबके बीच छिपकर एक नजर दूल्हे को देख लूँ। मैंने साफ मना कर दिया। सोचा, मान लो पसंद न आया। तो क्या इस बात का कोई मतलब होगा? नहीं होगा। फिर क्यों मन खराब किया जाए? जो होगा देखा जाएगा। मेरे मना करने को शील और स्वाभाविक लज्जा के रूप में देखा गया।

रात में कन्यादान की प्रक्रिया उबाऊ और थका देनेवाली थी। रोना आता रहा। मेरा पूरा शरीर इस तरह ढककर रखा गया था कि न मुझे कोई देख सकता था, न मैं किसी को देख सकती थी। सवेरा होने लगा, तो विवाह की रस्में पूरी हुईं। मुझे बुरी तरह नींद आ रही थी। दूल्हे के साथ एक कमरे में ले जाई गई।

कब नींद में लुढ़क गई, कुछ पता न चला। घंटों के बाद जब जागी तो पता चला कि दूल्हे को उसी समय उनके पिता ने बारात में बुलवा लिया था। जनवासे से तैयार होकर कलेवा करने के लिए दोपहर में दूल्हा अपने साथ कई लड़कों को

लेकर आँगन में आया। तब किवाड़ की ओट से मैंने उसे देखा। सभी लड़कों की तरह वह भी था। न मुझे अच्छा लगा, न बुरा लगा। डर भी नहीं लगा। कई साल के बाद गौना होना है, तब जो होगा, सो होगा।

तीसरे दिन सवेरे बारात विदा हो गई। उससे पहले परछावन के लिए दूल्हा आँगन में आया। तब भी बंद कमरे से किवाड़ के पल्लों को जरा सा सरकाकर मैंने उसे देखा। बिलकुल पहले दिन की तरह मेरे मन में अच्छा-बुरा कुछ नहीं उभरा। घर, गाँव, रिश्तेदारी की औरतों ने दूल्हे और उसके साथियों से बहुत हँसी-मजाक किया, उपहार में बहुत कुछ दिया। मैं कोठरी में बैठी रही। बारात लौटकर चली गई। वह भी चला गया।

दादी की बातें सुनकर मीठी हताश हो गई। उसने कहा—'दादी! यह क्या कह रही हो? ऐसे कहीं किसी की शादी होती है? तुम मुझे बहका तो नहीं रही हो? मैं तो पागल हो जाऊँगी, अगर तुम कहो कि यह सब सच है। बताओ न, दादी! सच क्या है?'

'पगली तो तू है ही। मैं तुझसे झूठ क्यों कहूँगी? मेरी ही क्यों, उस जमाने में उधर सभी लड़कियों की शादियाँ इसी तरह होती थीं।'

दादी चुप हो गईं। मीठी कुछ बोल न सकी। वह जड़ वस्तु की तरह निश्चेष्ट-निस्तब्ध बैठी-की-बैठी रह गई।

दादी उसकी ओर वैसी ही ताकती रहीं। कुछ देर बाद बोली—'मीठी! अब सो जा। सवेरे सात बजे भागना होगा तुझे। जा, सो जा।' बिना कुछ बोले मीठी उठकर अपने कमरे में चली गई। दादी को लगा बहुत थकान हो गई है, सोना चाहिए।

सोने के लिए लेट गईं पर आँखों से नींद उड़ चली थी। भुवन का खयाल आया, कहाँ होगा अभी तक? क्लब में आधी रात तक रहने में कौन सा सुख मिलता होगा। बहू के लिए इसमें कोई खास बात नहीं थी। पति कब कहाँ जाता है, कब लौटता है, कब नहीं लौटता है, लौटता भी है या नहीं। उन्हें अपने दिन याद आए। जब वे विवाह के बाद कई साल तक गाँव में रहने के बाद पति के साथ शहर में रहने के लिए आई थीं। कोई बच्चा अभी नहीं आया था गोद में।

पति शाम को कभी-कभी रात में दस बजे लौटते। उन्हें खिलाकर तब खाना खातीं। चाहे जितनी तेज भूख लगी हो, बैठी रहतीं। पति को पता भी नहीं चलता कि मेरी घरवाली मेरे लिए भूखी बैठी रहती है। वह तो एक दिन रात को यह बात खुल गई। उस रात वे ग्यारह बजे लौटे। जब खाने के लिए कहा तो बोले, 'मैंने

आज एक दोस्त के साथ खाना खा लिया है। सुनकर वे बिलख पड़ीं—'इतनी देर तक मैं भूखी-प्यासी बैठी हूँ, कि आप आएँ, तो खिलाकर खाऊँ। और आप हैं कि बाहर से खाकर आ रहे हैं। ठीक है, अब मैं भी सो जाती हूँ इसी तरह भूखी-प्यासी।'

उस एक घटना से ही पति को अपनी भूल समझ में आ गई। उसके बाद उन्होंने कभी देर नहीं की। कभी ऐसा हुआ कि कहीं अटकना पड़ता तो किसी-न-किसी को भेजकर कहला देते कि देर होगी, तुम खाना खा लो। मतभेद उसके बाद कई बार हुआ। कई बातों को लेकर हुआ। झगड़े भी हुए, पर रात देर से घर लौटने की बात को लेकर उन दोनों में फिर कभी विवाद नहीं हुआ।

बाहर गाड़ी आने की आवाज हुई। एक संदेह हुआ माँ के मन में—कहीं बेटा शराब-वराब तो नहीं पीने लगा। बिस्तर से उठकर निकल आईं। भुवन ने बाहर से ही दरवाजा खोल लिया। चाभी सबके पास रहती है। माँ को इस वक्त जागती देखकर चिंतित हुए। बढ़कर उनके पास पहुँचकर बोले—'माँ तबीयत ठीक है न? इस वक्त तक क्यों जाग रही हैं?' 'मेरी तबीयत को क्या हुआ? पर तू बता, इतनी देर रात तक घर से बाहर क्या करता रहता है? तेरा घर है, बाल-बच्चे हैं।'

भुवन उदास हो गए। कुछ देर माँ की ओर देखते रहे। इतनी देर में माँ को भरोसा हो गया कि बेटे ने शराब-वराब नहीं पी है। जो कहना चाहते थे, उसे परे ठेलते हुए भुवन ने कहा—'बच्चे बड़े हो गए। उन्हें अब बाप की क्या जरूरत? और मेरा कारोबार जिन लोगों के बीच है न, वे सब लोग इसी समय फुरसत में एक-दूसरे से मिलते हैं। बातें करते हैं। समझ लो, क्लब में देर रात तक रहकर मैं अपना काम ही करता रहता हूँ।'

माँ ने इस पर ध्यान दिया कि जैसे वे अपनी ओर से बहू को बातचीत में ले आने से बच रही थीं, उसी तरह बेटा भी बच रहा था। दोनों एक-दूसरे के मन की बात समझ रहे थे। बात करने का जो विषय सबसे जरूरी था, उसी को अलग रखकर कितनी देर तक बात की जा सकती है। दोनों अपने-अपने कमरों में चले गए।

भुवन ने कपड़े बदले। चुपचाप बिस्तर पर अपनी ओर के खाली हिस्से में लेट गए। पलंग के आधे हिस्से में नींद में बेसुध पड़े व्यक्ति के विषय में सोचने की आदत धीरे-धीरे छूट गई है। एक बिस्तर पर पति-पत्नी? सोचकर मन-ही-मन में भुवन इस विडंबना पर मुसकराए।

कड़वाहट की जगह उनके मन में एक खास किस्म की कोमलता पत्नी के

लिए उभरी। उसकी ओर से सोचने लगे; और, और कोमल होते गए। दोनों के बीच ऐसी दूरी के लिए अकेली वह जिम्मेदार तो नहीं हो सकती। उनका अपना योगदान भी कम नहीं है। आखिर शुरुआत तो मुझसे से ही हुई। व्यापार की व्यस्तता के नाते ही सही, पहली बार पत्नी की भावनाओं को न समझ पाने का जो आरोप मुझ पर लगा, वह गलत तो नहीं था। दूसरे वाले मन ने भुवन का पक्ष लेते हुए कहा—मान लो हुआ, पत्नी के नाते उसका कर्तव्य भी तो कुछ होता था कि पता लगाए, क्यों उसका पति पत्नी की ओर से उदासीन हो रहा है! ऐसा करने के बदले उसने पति की उदासीनता का जवाब स्वयं उसकी ओर से और ज्यादा उदासीन होकर दिया। भुवन याद करने की कोशिश करने लगे। कभी उन दोनों के बीच किसी बात को लेकर झगड़ा भी हुआ है क्या? बहुत सोचने के बाद भी ऐसी कोई घटना नहीं याद आई जब उनके बीच कभी किसी बात को लेकर झगड़ा हुआ हो। तब? तब यह दूरी कैसे? क्यों?

झगड़ा न होना ही तो कारण नहीं है! परस्पर प्रेम में डूबे दो व्यक्ति! प्रत्येक की अनकही इच्छा हर साँस में व्यक्त होती रहती है कि सामनेवाले का सारा ध्यान उसी की ओर केंद्रित रहे। जब कभी प्रिय व्यक्ति किसी दूसरे की इच्छा की ओर जरा सा ध्यान देता हुआ लगता है, तो किसी-न-किसी बहाने उसका ध्यान अपनी ओर खींचने का सबसे आसान तरीका क्या हो सकता है? यह उपाय अचेतन मन के नियंत्रण पर चलता है। स्वयं अपने व्यवहार को हम नहीं समझ पाते। ऐसा करना हम नहीं चाहते थे। फिर कैसे हो गया? पर जो हो चुका होता है, उसकी प्रतिक्रिया! और उसके विरुद्ध फिर। उसके विरुद्ध फिर। एक ऐसी शृंखला दोनों को जकड़ लेती है कि उसकी कड़ियों को अलग करके सुलझाने-समझने और उनकी जकड़ से मुक्त होने में पूरा जीवन बीत जाता है। कौन कह सकता है कि ऐसे दो व्यक्तियों के व्यवहार से आनेवाली कितनी पीढ़ियाँ प्रभावित होती रहती हैं!

□

आरती

आरती का जीवन भर जलते रहना और चुपचाप बुझ जाना जिन्होंने देखा है, वे कभी अपनी बेटी का नाम आरती नहीं रखेंगे।

आरती रामजीत साहु की छोटी बेटी थी। उसकी बड़ी बहन का नाम बदामी था। रामजीत स्त्रैण स्वभाव के सीधे किसान थे। उनके काका दुबरी साहु गाँव के सबसे धनी आदमी। रामजीत उनके भतीजे। काका जितना धन तो नहीं था मगर खेत बराबर थे। बेटा नहीं था। आरती बहुत छोटी थी तभी उसकी माँ चली गई। बदामी उससे साल भर बड़ी रही होगी। बेटे की लालसा में छोटी बच्चियों की परवरिश के बहाने रामजीत ने दूसरा विवाह कर लिया। उनकी दूसरी पत्नी विधवा थी या परित्यक्ता। खूब पुष्ट, गोरी। स्वभाव बहुत कोमल। रामजीत बेटे की लालसा लिये हुए अपने दूसरे विवाह के एक-दो साल बाद ही दुनिया से उठ गए। बड़ी बेटी बदामी का ब्याह कर गए थे। आरती को विमाता का आसरा रह गया।

उसकी ओर ध्यान गया उसकी अभिनय क्षमता देखकर पचासों औरतें जलुवा का स्वाँग कर रही थीं। पड़ोस से जानेवाली बारात में लगभग सारे मरद चले गए थे। औरतें इसी स्वाँग के बहाने रतजगा और मनोरंजन कर रही थीं। साथ-साथ चोरों से घर की रखवाली भी। जलुवा का एक पक्ष यह कि मरदों का भेस बनाकर कुछ औरतें दूसरी औरतों को बिलकुल ठोस मरदाना गालियाँ देतीं। ऐसी बातें कहतीं जिन्हें खुलेआम कहने में मुँहफट मरद भी शरमा जाए। इस प्रक्रिया को विरेचक के रूप में देखने पर इसकी सार्थकता समझी जा सकती है। पुरुष जलुवा नाच से दूर ही रखे जाते। आटे का एक बच्चा बनाकर उसे कपड़े पहनाकर सारे अभिनय के केंद्र में उसी को रखा जाता। अपने में से ही किसी एक स्त्री को शिकार बनाकर उसी के जलुवा प्रसव का अभिनय होता।

गरमी की छुट्टियों में हम लोग गाँव आ गए। बारात में मुझे भी जाना पड़ा था।

निजी वाहन की सुविधावाले एक बाराती के साथ मैं आधी रात में घर लौट आया। जलुवा का खेल हमारे दरवाजे पर ही खेला जा रहा था। मैं बबुवा के पास बैठ गया। लंबे सहन के किनारे मच्छरदानी लगवाकर बबुवा के सोने की व्यवस्था थी। दूसरे छोर पर जलुवा कार्यक्रम हो रहा था। खूब हँसी-मजाक-हुल्लड़। अचानक खूब कड़क आवाज में एक आदमी किसी औरत को गालियाँ देने लगा। सब लोग सन्न रह गए। वह औरत गिड़गिड़ाने लगी। वह आदमी उसे थाने ले जाने की धमकी देने लगा। कुछ औरतें हाथ जोड़कर विनती करने लगीं—'दोहाई दरोगा जी, एके माफी दे दीं।' दरोगा की आवाज और कड़क होती गई। मैंने बबुवा से कहा, 'लगता है कोई बदमाश दरोगा औरतों को तंग कर रहा है।' बबुवा ने मुझे मीठी झिड़की दी, 'ओही में से कौनो दरोगा बनलि होई।' मैं लजाकर चुप हो गया।

दूसरे दिन सवेरे एक लंबी-छरहरी युवती ने पाँव छूकर प्रणाम किया। पहली झलक में पहचान न सका। उसने कहा—'चीन्हत नहखीं चाचा! हम आरती हईं।' याद आ गई आरती। यह भी याद आया कि कई वर्ष पहले बिना माँ की बच्ची आरती को देखा था। उसके बाद वह कभी न दिखाई पड़ी, न उसका कोई समाचार मिला, न उसकी कभी याद ही आई। चकित होता हुआ पूछा कि कहाँ थी! उदास होकर उसने बताया कि माँ के मरने के बाद नानी के पास थी। अब नानी भी चली गई। यहीं रहने आई है।

भारी हो आए माहौल को पत्नी ने बदल दिया यह पूछकर कि रात वाले दरोगा को नहीं पहचाना आपने? यह जानकर कि आरती ने ही दरोगा का अभिनय किया था, मैं चकित रह गया। बिलकुल मरदाना आवाज, उससे भी ठोस मरदाना गालियाँ और खड़ी बोली में धमकियाँ। यह तथ्य कि आरती निरक्षर है, आश्चर्य में वृद्धि करता रहा। ऐसी अभिनय क्षमता!

उसके कई साल बाद पता चला, आरती सिलीगुड़ी (दार्जीलिंग के पास पश्चिम बंगाल का एक कस्बा) में ब्याही गई है। खूब धनी दूल्हा मिला है। फलों का बड़ा व्यापारी है। उतनी दूर कैसे ब्याह दी गई? पूछने पर पता चला कि इधर ही के एक गाँव का है। बड़े भाई पहले से वहीं व्यापार करते थे। अब छोटे भाई ने उसे और बढ़ा दिया है। सिलीगुड़ी में कई मकान हैं, कई दुकानें हैं, खूब धन है। लेकिन…। इस लेकिन का अर्थ खुला कि आरती के पति तित्तिल साहु की उम्र आरती से दुगुनी है। उनकी दूसरी शादी आरती से हुई। पहली मर गई। उसके कोई बच्चा नहीं था। बाद में सुनने में आया कि एक बच्चा था जो माँ के मरने के बाद गाँव में दादा-दादी के पास रह गया। आरती की जिंदगी में वह बच्चा कभी नहीं आया। अपना एक

बेटा हुआ, जिसका नाम आरती ने रखा था पूजन। आरती का बेटा पूजन। कितनी गहरी अर्थ संगति!

एक बार बिना सीजन के आम गोरखपुर आ गए। मैंने पूछा—'ये आम आजकल?' पत्नी ने बताया, 'आरती ने सिलीगुड़ी से भिजवाए हैं।' फलों के थोक व्यापारी के घर से इस तरह का उपहार ठीक ही तो। उसी तरह कभी अनार आ गए, कभी संतरे। एक बार तो दार्जीलिंग वाली चाय की हरी पत्ती। कई चीजें बार-बार।

एक बार गाँव जाने पर आरती को उसके पति और बेटे के साथ देखा। संपन्न सुहाग से दीप्त। बेटा संपन्न घर की बढ़तवाला। पति मँझोले कद के कुरता-धोती जैकेट के साथ पंपशू में बिलकुल फिट। एकदम बंगला स्टाइल में सिगरेट-माचिस। संपन्नता के नाते उम्र असल से काफी कम लगती हुई। बहुत विनम्र स्वभाव है, ऐसा लगा।

एक ग्रीष्मावकाश में पता चला, आरती अपने बेटे को लेकर अब अपनी सौतेली माँ के साथ गाँव में रह रही है। सौतेली माँ की एक अपनी बेटी। स्वभाव से दोनों शांत। कोई खटपट नहीं। जब भी गाँव आना हो—और बबुवा के नाते बार-बार आना ही पड़ता था—आरती से भेंट हो जाए। गाँव भर की औरतें 'आरती दीदी', 'आरती दीदी' लगाए रहतीं और बच्चे 'आरती फुआ', 'आरती फुआ'। सबको कुछ-न-कुछ चाहिए होता, रुपए-पैसे, अनाज, सिलीगुड़ी से आई चीजें—और आरती की सब चीजें सबके लिए सुलभ। आरती की संपन्नता और उदारता गाँव में मिसाल बनती जा रही थी। तित्तिल साहु लगभग हर महीने फलों की पेटियों, मिठाई, कपड़ों से लदे-फँदे ससुराल आते। कुछ दिन रहते और लौट जाते। आरती ने एक और सुंदर बेटे को जन्म दिया। उसका नाम रखा 'दीपक'। पता नहीं अनपढ़ आरती को नाम रखने का ऐसा सलीका कहाँ से मिला? आरती-पूजन-दीपक।

आरती की सौतेली बहन की शादी हो गई। विमाता अकेली। तित्तिल साहु ने अपनी सौतेली सासु पर दबाव बनाना शुरू किया कि रामजीत के जो खेत उसके नाम से हैं, उन्हें उनके नाम लिख दे। वह इतनी सीधी कि कुछ जानती ही नहीं कि किस बात का क्या मतलब हो सकता है। एक पंडीजी ने तित्तिल से कुछ खा-पीकर उनकी पैरवी भी कर दी। बैनामा हो गया। आरती अपने बेटों के साथ फिर सिलीगुड़ी चली गई। उस बीच उसकी सौतेली माँ घोर कष्ट में रही। तित्तिल ने खेत लिखवाते समय किए गए वादे को भुला दिया। गनीमत यही हुई कि छली गई वह औरत जल्दी ही मौत पा गई।

आरती अपने बेटों के साथ फिर गाँव में रहने लगी। तित्तिल आते-जाते रहे। एक प्रसंग ऐसा है जो आवरण में ही रहे तो ठीक। गाँव आए कई दिन हो गए थे। आरती दिन में कई बार चाची के पास आती। हर काम में उनका हाथ बँटाती। इस बार दिखाई नहीं पड़ी। मैंने पूछा तो पत्नी ने कहा—'आरती के इहाँ अइले से मना क दिहले बानीं।' मैंने पूछा—'ऐसा क्यों किया?' जवाब कुछ शब्दों में था—'उनके इज्जत के खयाल से।' मेरे घर में आरती तीसरी बेटी की जगह बना चुकी थी। चाची में उसे माँ मिल गई थी। ऐसे में उसकी इज्जत का खयाल रखना जरूरी था मगर उसके लिए यहाँ आने का निषेध? मैंने कुछ पूछा नहीं। बहुत बार मर्यादा के निर्वाह का सर्वश्रेष्ठ साधन मौन होता है।

दो-तीन वर्ष बाद पता चला, आरती के बेटे की शादी हो रही है। बेटा पंद्रह वर्ष से कम उम्र का। पढ़ाई शायद आठवीं तक, वह भी अधूरी। शादी के लिए बहुत आग्रह किए जाने के बावजूद न मैं जा सका, न बच्चे जा सके। आरती के आग्रह की ताकत ने उनकी चाची को खींच लिया था। उस नाबालिग लड़के की शादी के तामझाम का जो वर्णन सुना, उससे कष्ट हुआ। नाबालिग बेटे की शादी और बेपनाह फिजूलखर्ची—तित्तिल के धनपशु होने की गवाही दे रही थी।

आरती ने अपने पिता का पुराना मकान गिरवाकर अपनी रुचि का नया मकान बनवाया। मेरे घर के बाद उसी के घर के पीछे फ्लश लैट्रिन की व्यवस्था हुई। बेटे-बहू के साथ स्थायी रूप से आरती यहीं रहने लगी। उसका छोटा बेटा कुशीनगर में पढ़ने लगा। आरती की उदारता उसकी लोकप्रियता में वृद्धि करती चल रही थी। बबुवा वृद्ध होते जा रहे थे। दुधनाथ उनकी पूरी देखभाल कर ही रहे थे। पत्नी ने आरती को बबुवा की देखरेख का जिम्मा और सौंप दिया। आरती दिन में अनेक बार 'बाबाजी', 'बाबाजी' करती उनको सहेजे रहती। दूधनाथ काम में लगे हैं और बाबाजी की चाय में देर होने की संभावना है तो आरती चाय बना रही है। बाबाजी के नहाने का पानी गरम कर रही है। घर के अनेक काम सहेज रही है। गाँव में फोन की सुविधा हो गई तो शहर से आरती की चाची को बबुवा के रखरखाव में बहुत मदद मिलने लगी। दिन में कई बार आरती चाची से बात करती। बाबाजी के हाल बताती, अपनी गृहस्थी के हालचाल सुनाती। गायों, बछड़ों के हाल बताती और खेतीबारी के हाल बताती। कई बार चाची से कहती—'फलाँ खेत की फसल पक गई है, आप कहें तो उसे कटवा दूँ।' कई बार फोन ठीक न होने पर अपने आप सही निर्णय लेकर अनेक काम करा देती। बबुवा उसके पोते को देख-देखकर खुश होते।

गाँव जाने पर पता चला, तित्तिल का व्यापार वहाँ कुछ ढीला पड़ रहा है। वे स्थायी रूप से यहीं रहकर खेती करा रहे हैं और यहीं कोई व्यापार करने की सोच रहे हैं। तित्तिल के स्वभाव की जो झलक पहली मुलाकात में मिली थी, वह गलत साबित हुई। शराब के शौकीन थे ही, गाँव के कुछ शोहदे साथ लग गए। करेला नीम चढ़ा, एक प्रौढ़ा उनकी संगिनी बन गई। आरती के कानों में बात पहुँचानेवालियों ने समझा होगा, इस बात से विस्फोट हो जाएगा, पर कुछ न हुआ। आरती ने हँसकर टाल दिया। उसकी चाची ने दुःख व्यक्त किया, तब भी उसने कह दिया कि करने दीजिए अपने मन की। मेरे लिए वैसे भी क्या फर्क पड़ता है। आरती जिस भीतरी आँच में तप रही होगी, उसका अनुमान लगाने को उसकी यह मुद्रा काफी है। सबके प्रति सदाशय आरती वैसी ही बनी रही। मुक्तहस्त, हँसती-खिलखिलाती।

आरती का इतना सा सुख भी विधाता से नहीं देखा गया—मुहावरे में यही कहा जा सकता है। वह गठिया से जकड़ती गई। तित्तिल ने दवा कराने में कोई कसर नहीं छोड़ी। जिसने जहाँ बताया, ले गए। आरती की चाची ने भी पूरी मदद की। हर नई दवा से कुछ दिन आराम रहता, फिर दर्द बढ़ता जाता। नए डॉक्टर और महँगी दवाएँ लिखते। यह क्रम चलता रहा और दुबली-पतली आरती के हाथ-पाँव सिकुड़ते चले गए। हाथों की उँगलियाँ टेढ़ी हो गईं। घुटने सूज गए। चलना कठिन होने लगा। दवा, परहेज सब चलता रहा, पर आरती की देह गठिया की जकड़ में आती चली गई। मैंने तित्तिल से बात की। कई बड़े डॉक्टरों को दिखाया गया। स्थायी लाभ किसी से नहीं हुआ। इसी बीच आरती ने एक बार मुझसे कहा, पूजन के बाबूजी को किसी डॉक्टर से दिखा दीजिए। तित्तिल को बुलवाया। पूछा कि उनकी तकलीफ क्या है। जो कुछ उन्होंने बताया उसके हिसाब से बवासीर का अनुमान हुआ। एक अच्छे डॉक्टर से दिखाकर उन्हें वापस भेज दिया। डॉक्टर ने कहा, दवा और परहेज से दो-चार महीने में ठीक हो जाएँगे।

बबुवा सौ की उम्र पार करने के बाद भी स्वस्थ थे। शिथिलता के अलावा उन्हें कोई रोग न था। हम लोग चाहते थे, वे स्थायी रूप से हमारे साथ शहर में रहें। उन्हें लाया जाता। एक-दो महीने रहते। होली-दीवाली जैसे किसी त्योहार पर सबको साथ लेकर गाँव आते। छुट्टियाँ बीतने पर सबके शहर लौटने के समय हँसकर कह देते, 'हम अगली बेर चलबि।' इसी बीच आरती का छोटा बेटा भी आठवीं, नवीं क्लास तक पहुँचकर 'विवाह योग्य' मान लिया गया। उसकी भी शादी कर दी गई। एक और बालिका-वधू आरती के घर में आ गई। बड़े बेटे को एक और संतान हुई। लँगड़ाती हुई आरती अब भी अपने घर से हमारे घर तक कई

चक्कर लगाती रहती। तित्तिल का स्वास्थ्य खराब होता गया। उसी डॉक्टर को फिर दिखाया। इस बार उन्होंने शराब के कारण लीवर खराब होने की बात बताई। उसके इलाज का भी कोई लाभ नहीं हो रहा था।

कई साल निकल गए। बबुवा को अपने साथ शहर में रखने में हम लोग सफल हो गए। बच्चों को अपने कॅरियर से फुरसत न थी। पत्नी जब जरूरत पड़ती, गाँव जातीं और लौट आतीं। आरती के समाचार उन्हीं से मिलते। उसे बुखार रहने लगा था। दर्द, बुखार की दवा खाकर चल रही थी। तित्तिल का व्यापार चौपट हो चुका था। दोनों बेटे माता-पिता की कमाई पर बालगृहस्थ बन गए थे। तित्तिल रही-सही पूँजी दवा पर खर्च करते हुए उसी में से कुछ बेटों को व्यापार में लगाने के लिए देते रहे। बेटे उड़ाते रहे।

बबुवा के दिवंगत हो जाने के बाद गाँव जाते रहने की मेरी रुचि कम नहीं हुई, पर अनिवार्य न रहकर वैकल्पिक हो गई थी। कई महीने बाहर रहकर गोरखपुर लौटा तो सबसे दुःखद खबर मिली कि तित्तिल के जिस रोग को बवासीर समझा जा रहा था, वह कैंसर निकला। लखनऊ के संजय गांधी आयुर्विज्ञान संस्थान से अगले ही दिन उनकी मौत की खबर आ गई।

आरती के लिए हार्दिक क्लेश हुआ। समझाने-बुझानेवालों की वाचालता से अप्रभावित आरती पति के श्राद्ध के सारे काम करती रही। उसके घर की आर्थिक स्थिति का पता किसी को नहीं चल सका। आरती से पूछा गया तो बिना कातर हुए उसने बता दिया कि खाने-पीने को धर में अनाज है। खेत में फसल भी लगी है। पैसे-रुपए के नाम पर कुछ नहीं है। गृहस्थी में फँस गए पूजन-दीपक कस्बे में छोटे-मोटे रोजगार में लगने की कोशिश में जुटे। दोनों को पान पराग से लेकर शराब तक की लत लग चुकी थी। क्या कमाते, क्या बचाते! माँ की क्या सेवा करते? आरती की सिकुड़ती जा रही देह सूखी लकड़ी की तरह होती गई। सरकार से मिलनेवाली विधवा पेंशन की बात चली। लोगों ने कहा कि आरती को मिल सकती है। आरती को सदा देने की आदत थी। माँगने कैसे जाती? गाँव के प्रधान तक बात पहुँची। उसने कहा कि जिले और तहसील में घूस देने के लिए पाँच सौ रुपए की जरूरत पड़ती है। आरती ने कोई गहना बेचकर पाँच सौ रुपए गाँव पंचायत के प्रधान को भिजवा दिए। साल भर बीतने के बाद भी उसके नाम से विधवा पेंशन नहीं बनी। प्रधान से कहनेवाले कहते रह गए। आरती की चाची ने प्रधान को बुलवाकर पूछा। उसने नेताओं की भाषा सीख ली थी। कहता रहा—होने ही वाला है।

मैं इस बीच जब भी गाँव गया, आरती से भेंट हुई। अपने पोते-पोतियों के

साथ लँगड़ाती हुई आती। प्रणाम करती। हाल पूछने पर कहतीं, 'सब ठीक बा।' रुपए-पैसे के लिए पूछता तो कहती, 'बा, काम चल रहल बा।' गनीमत यही होती कि अपनी चाची के हाथ से मिली चीजें चुपचाप रख लेती। चाची कई बार उससे कहती, चलकर हम लोगों के साथ गोरखपुर रहो। आरती पोते-पोतियों को सँभालने का वास्ता देकर चाची का प्रस्ताव नकार देती। गाँव पंचायत में कोई हैसियत न रखने पर भी कचहरी में दलाली करने की योग्यता के कारण गाँव के निर्णय प्रभावित करनेवाले एक बाभन से आरती की चाची ने उसकी विधवा पेंशन के विषय में पूछा। उसने कहा, 'प्रधान तो पाँच सौ खुद खा गया। मुझे पाँच सौ मिलें तो ऊपर के लोगों को खिलाकर पेंशन बनवा दूँगा।' पाँच सौ रुपए उसे पकड़ाकर पत्नी ने कहा कि आरती की विधवा पेंशन बनवा दे। उसने आश्वासन दिया। साल बीत गया। आरती को विधवा पेंशन फिर भी नहीं मिली। पत्नी ने मुझसे सारी बात बताई। मैं गाँव गया। लेखपाल को बुलवाया। अनेक नखरों के बाद वह आया। उसने कहा, 'प्रत्येक गाँव के लिए वृद्ध और विधवा पेंशन की संख्या निश्चित है। जब तक कोई जगह खाली नहीं होती, कोई नई पेंशन नहीं बन सकती।' मुझे उसने भरोसा दिलाया कि ज्योंही जगह खाली होगी आरती का काम हो जाएगा।

उसकी चाची शहर से गाँव आईं तो आरती ने कहा कि पता चला है छोटा बेटा अपने हिस्से के खेत बेचना चाहता है। बड़े से कह दीजिए, वह बँटवारा करके अपने हिस्से के खेत बचा ले। माँ का संदेश सुनकर पूजन ने जो कहा, उसकी उम्मीद न आरती को थी, न उसकी चाची को। उसने कहा, 'खेत हम दोनों के बीच बाँट देना ही ठीक रहेगा।' उसकी बात सुनकर पत्नी क्षुब्ध हो गईं। पूजन से आगे उन्होंने कोई बात न की। आरती से उसके बड़े बेटे की बात बताकर उन्होंने कहा—'एक बार भी उसने माँ के विषय में नहीं सोचा कि खेत दोनों भाई बाँट लेंगे तो माँ कहाँ जाएगी?'

आरती हँस पड़ी। उसने कहा, 'जाए द चाची! हम ओह गाँव में चलि जाइब, जहाँ हमार बियाह भइल रहल।' पत्नी ने कहा—'एह बेर हमरे साथे गोरखपुर चले के परी।' पहली बार आरती ने चाची के प्रस्ताव का विरोध नहीं किया। मौन रह गई।

दूधनाथ का फोन आया। पलभर बात करने के बाद ही पत्नी फफककर रो पड़ीं। हम लोग घबरा गए। उनके हाथ से फोन का रिसीवर लेकर दूधनाथ से पूछा, 'क्या हो गया?' उसने बताया 'आरती मरि गइली।'

आरती का श्राद्ध संपन्न हो जाने के बाद शोक से विह्वल पत्नी गोरखपुर लौटीं।

अपने बच्चों में आकर भी वे सहज नहीं हो पा रही थीं। कई दिन बाद उन्होंने आरती की मौत का जो रूप बताया वह आरती के अनुरूप ही था। आरती की सदाशयता और उदार संपन्नता के कारण उसे घेरे रहनेवालों की भीड़ छँट गई थी। आरती प्रायः अकेली रहती। एक दिन शाम को वह दिखाई नहीं पड़ी। घरवालों का ध्यान उधर नहीं गया। सामनेवाले घर की बिरजाबो ने पूछा, 'आरती बबुनी नइखी लउकत।' खोज शुरू हुई। घर के पिछवाड़े आरती की निष्प्राण देह पाई गई।

बहुत देर तक सुबकती रहने के बाद पत्नी ने बताया कि आरती की देह जहाँ पड़ी मिली, वहाँ जमीन पर देर तक घिसटते रहने के निशान थे। उसने चुपचाप सल्फास खा लिया होगा। सल्फास ऐसा तेज कीटनाशक जहर है जो खानेवाले के भीतर असह ताप पैदा करके तड़पा-तड़पाकर मार देता है। तड़पती हुई आरती बुझ गई।

आरती के जीवन की सबसे बड़ी बात—जब वह सबसे संपन्न थी, उसने किसी को छोटा नहीं किया; जब वह सबसे विपन्न थी, उसने अपने को छोटा नहीं किया।

□

जैबूना

दूधनाथ ने अंदर आकर बताया कि बाहर जैबूना आई हैं। आपको बुला रही हैं। इस उम्र में मुझे आदेश देकर बुलानेवाला मेरे गाँव में कोई नहीं बचा है। मुझसे पहलेवाली पीढ़ी चली गई। उम्र के लिहाज से जैबूना हो सकती हैं मुझसे पहलेवाली पीढ़ी की, लेकिन उनकी उम्र का क्या है? उनको देखकर आप सत्तर-अस्सी-नब्बे-सौ किसी उम्र का अंदाजा लगा सकते हैं। पिछले साठ वर्षों से उन्हें देखता आ रहा हूँ। मैं जब बच्चा था तो जैबूना बाँस की छरहरी कइन की तरह लहराती साँवली देहवाली युवती थीं। साँवली देह इतनी सुंदर हो सकती है, इसका अनुमान बिना युवती जैबूना को देखे, नहीं हो सकता। अब उनके हाथ-पाँव बाँस की पतली खपचियों की तरह पतले, सूखे, बेजान हैं। एक साड़ी में लिपटी पूरी देह समेटकर एक छोटी सी टोकरी में रखी जा सकती है। इस अवस्था के लिए मेरी बड़की माई अपनी कभी खत्म न होनेवाली कहानी की खुइलन बुढ़िया का वर्णन करती हुई कहतीं 'जनिह ऽ बाबू ऽ कि ऊ मउनी में कसे लायक हो गइल रहली।' जैबूना को देखकर ही समझ में आता है कि सरसों जैसे बीज से उगकर विकसित हुआ विशाल वटवृक्ष अपनी आयु पूर्ण कर चुकने के बाद कैसे घिसते-घिसते बीज के आकार का होकर अदृश्य होता है। एक बाँस की पतली फट्टी की छोटी सी लठिया टेकती हुई वे चलती हैं। देखकर डर लगता है कि हवा का एक झोंका उन्हें उड़ाकर कहीं पटक दे सकता है।

ऐसा हो भी जाए तो उस छोटी सी गठरी का कुछ बिगड़ेगा नहीं। उस देह में न टूटने के लिए कोई हड्डी बची है, न छितराने के लिए मांसपिंड बचा है। हवा उस गठरी को उठाकर कहीं पटक दे तो भी वह वैसे ही गिरेगी जैसे रुई की छोटी सी गठरी गिरती है।

ऐसी जैबूना मुझे आदेश देकर बुला रही हैं तो चाहे जितने संकट में मेरी

कहानी का पात्र पड़ा हो, उसे वैसे ही छोड़कर उठना पड़ेगा। दूधनाथ मेरा निठुर सहायक है। मुझे मेज पर लिखते-पढ़ते देखकर वह किसी को मेरे पास आने से रोक सकता है। मगर जैबूना की बात मुझ तक पहुँचाना वह नहीं टाल सकता। न मैं जैबूना का आना जानकर उनसे मिलना टाल सकता हूँ।

आकर जैबूना के पास बैठता हूँ। उनके पास बैठने का मतलब होता है, धरती पर उकड़ूँ बैठकर उनकी सूखी बाँहों की पूरी तरह पकड़ में आ जाना। बबुआ के जमाने से ही मेरे यहाँ किसी को जमीन पर नहीं बैठने दिया जाता। जो लोग चारपाई, कुरसी पर नहीं बैठते उनके लिए चौकी, स्टूल, मचिया, बोरा, बिठुई, पीढ़ा जैसे आसन हैं। चाहे जिस पर बैठें लेकिन जमीन पर न बैठें और खड़े न रहें। जैबूना पहले बहुत कहने पर भी बोरा छोड़कर अन्य किसी आसन पर नहीं बैठती थीं। अब मचिया पर बैठने लगी हैं। उनकी मचिया के पास पाँच-सात मिनट उकड़ूँ बैठता हूँ। वे अपनी सूखी उँगलियों से मेरा मुँह, माथा, कंधे बार-बार छूती हैं। सहलाती रहती हैं और लगातार बोलती रहती हैं—'जीयऽ फुलाइल रह ऽ, राति दिन तहार बढ़ंती होखे। अल्लाह पाक से राति-राति भर दुआ माँगत रहीलें कि हमरे बाबू रन बन में जहाँ रहें, फुलाइल रहें।...'

जैबूना की उँगलियाँ मेरे कंधे के ऊपर के हर हिस्से को छूती-सहलाती रहती हैं। उनकी वाणी दुआ बरसाती रहती है। आँखें ममता की बाढ़ को अपनी पलकों में समेटे झपकती रहती हैं। जैबूना का पूरा अस्तित्व असीसता रहता है और मैं आँखें बंद किए उस अनवरत झरते प्यार की पात्रता अपने में खोजता रहता हूँ। मैंने जैबूना के लिए कभी कुछ विशेष किया हो, ऐसा नहीं है। सभी के हाल-चाल पूछ लेता हूँ, अपने से बड़ों को कुछ खास नरमी से संबोधित करके उनके दुःख-दर्द थोड़े कम कर देता हूँ। उनके साथ भी ऐसा ही है। मगर जैसे-जैसे उनकी उम्र बढ़ती जा रही है जैबूना की ममता मेरे प्रति बढ़ती जा रही है। उसका प्रकाशन वे इसी शैली में करती हैं।

पाँच-सात मिनट मेरे सिर-मुँह-कंधे को सहलाने के बाद वे तृप्त होती हैं। ठीक उसी समय दूधनाथ मेरे लिए नीची कुरसी लाकर रख जाते हैं और जैबूना के लिए कटोरी में नरम हलुवा और गिलास में पानी। जैबूना के मुँह के दाँत पचीसों वर्ष पहले ही विदा हो चुके हैं। मसूड़ों और जीभ की सहायता से थोड़ा-बहुत खा पाती हैं। मेरी पत्नी आकर बैठ जाती हैं। जैबना हलुवा खाते-खाते उनको असीसने लगती हैं। हलुवा खतम होते ही चाय आती है। चाय की गिलास हाथ में थामकर जैबूना फिर बोलने लगती हैं—'रात-रात भर अल्लाह से दुआ माँगत रहीलें। बाबू

की सलामती के दुआ। रात-रात भर'''

मेरी पत्नी उनके कान के पास मुँह ले जाकर हँसी के अंदाज में कहती हैं—'रात भर नींद नाहीं आवेले?' हँसी जैबूना के बिना दाँतवाले पतले-साँवले चेहरे पर उजास भर देती है। कहती हैं—'सैकड़ा पार की उमिर में राति भर नीनि आई दुलहिन! अब हम कुकुर निनिया सूतीलें। कबो-कबो पलक झपकि जाला, तुरंते उघरि जाला। बस दुआ करे लागी ले। हे अल्ला ताला! हमरे बाबू के सलामत रखले रहिहऽ। बाबू जहाँ रहें फुलाइल रहें।'''

पत्नी हँसकर उनके कान के पास मुँह ले जाकर कहती हैं—'खाली बाबुए के फरे फुलाए के दुआ माँगीलें कि अउरो केहू के?' जैबूना और कोमल हो आती हैं। कहती हैं'''सबके सलामती के दुआ माँगीलें। जे जहाँ रहे सही-सलामत रहे। अल्ला पाक सबके सलामत राखें।'

□

यह सब कोई ऐसा आदमी देखे और सुने जो जैबूना को नहीं जानता, तो यही समझेगा कि इस वृद्धा की अपनी कोई संतान नहीं होगी। अपनी संतान होती तो सिर्फ एक आदमी की सलामती की दुआ क्यों माँगती रहतीं। यह ठीक है कि पूछे जाने पर वह सबकी सलामती की दुआ माँगने की बात कहती हैं। जो स्त्रियाँ अपने बच्चों की सलामती की दुआ माँगती हैं, वे क्या उसी तरह अन्य स्त्रियों की संतानों की सलामती की दुआ माँग सकती हैं? इसका सही जवाब खोज पाना आसान नहीं है। जैबूना की कोई बेटी है या नहीं, मैं नहीं जानता। रही होगी तो अपने घर-परिवार में दादी-नानी की भूमिका में होगी। हो सकता है इस तरह की अपनी भूमिका निभाकर साठ-पैंसठ-सत्तर की उम्र में अल्लाह को प्यारी हो गई हो। जैबूना के तीन बेटों और उनके भरे-पूरे परिवार को जानता हूँ। उनके पति को जानता हूँ। उनका नाम कौन खाँव तो था। कड़क आदमी थे। सीधे-सच्चे भले किसान। कड़क बोली-बानी। पूरब के होकर भी ठेठ पछाँहवालों की तरह बोलते थे। एक बार मुंसरीम मियाँ ने उनकी ओर इशारा करके कह दिया—नमाज पढ़ने मसजिद में नहीं जाते। उनका नाम याद आ गया हसन खाँ। लोग भोजपुरी रंग में रँगकर कहते हसनू खाँव। हसन खाँ अपनी राह चले जा रहे थे। मुंसरीम मियाँ की बात कान में पड़ते ही घूमकर खड़े हो गए, बोले—'मसजिद में जा के नमाज के नौटंकी तू ही करऽ। दिन-रात बेईमानी करत-करत अल्लाहो के नासि देबऽ। हमार अल्लाह हमरे दिल में बसेलें। तू जाके महजिद में खोजऽ।'

हसन खाँ की यह बात जवानी के दिनों की मेरी देखी-सुनी हुई है। उनके बारे

में बहुत कुछ जानने का कभी मौका नहीं मिला। सिर्फ यही छवि मन में बसी हुई है कि रात-दिन बेईमानी और व्यभिचार में लिप्त मुंसरीम की पंचवक्ता नमाज को हसन खाँ ने नौटंकी कहकर उसे डाँट दिया था।

हसन खाँ कभी-कभी आते थे। साल-छह महीने में कभी एक बार। रहते थे ससुराल में। जैबूना का कोई भाई नहीं रहा होगा। माँ-बाप की खेती-बारी उन्हीं को मिली होगी। हसन खाँ वही जायदाद सँभालते होंगे। जैबूना भी इसी तरह साल में एक-दो बार दिखाई पड़ती थीं। पुश्तैनी घर हमारे गाँव में था, अब भी है। खेत भी थे, अब भी हैं। उसी घर-बार खेत-खलिहान को सँभालने के लिए वे लोग कभी-कभी आते थे। मुझे याद नहीं कि कभी दोनों को एक साथ देखा हो। आते भी होंगे तो मैं ही गाँव में कितना रहता था कि उन्हें देखता। उनके तीन बेटों में बेचन सबसे बड़े हैं। उम्र में मुझसे बड़े। सत्तर पार हो गए होंगे। एक जमाने में बैल गाड़ी रखने का शौक था उन्हें। सबसे तगड़े बैलों की जोड़ी होती थी उनके पास। दूसरे गाड़ीवान एक दिन में गन्ने से भरी गाड़ी की एक खेप चीनी मिल तक पहुँचाते। बेचन खाँ दो खेप पहुँचाकर दुगुनी कमाई करते। अचरज की बात बेचन खाँ साँवली माँ और साँवले बाप के गोरे बेटे हैं। बाप जितना कड़क बोलते थे बेचन खाँ उतना ही मीठा बोलते हैं। अब सत्तर पार के वृद्ध बेचन खाँ लाचार होकर रह गए हैं। लगभग आधे दर्जन बच्चों, गाड़ीवानोंवाली जीवन शैली से अर्जित जुए और गाँजे की लत। बुढ़ापे में अभाव झेलकर मरी पत्नी का वियोग। अगणित चिंताओं ने उन्हें तोड़कर रख दिया है। बैल कबके बिक गए। गाड़ी एक जगह खड़ी-खड़ी सड़ गई। बेचन अब भी खिलखिलाते हैं; आदत से लाचार। हँसी का अंत गहरा अवसाद छोड़ता है। अपने हिस्से के खेत उन्होंने धीरे-धीरे बेच दिए। उनके बेटे दिल्ली, हरियाणा, गुजरात में कमाकर पेट भरते हैं। बाप को कोई नहीं पूछता।

जैबूना बेचन का नाम कभी नहीं लेतीं। हसन खाँ के जाने के बाद बेचन ने ननिहाल की खेती-बारी सँभाल ली। बैलगाड़ीवाले शौक से खूब कमाकर बिरादरी में आगे निकल गए। माँ से रिश्ता कैसा रहा किसी को पता नहीं। जैबूना का मँझला बेटा सीधा है। आठ बच्चों की गुजर-बसर मजूरी करके चलाता है। एक बार जैबूना ने उसे डाँटते हुए कहा था—'औलाद बढ़ाता जा रहा है। उनकी परवरिश के लिए कुछ नहीं करता। मिडवाइफ और ब्लॉक वाले साहब लोग कहते हैं कि उतने ही बच्चे पैदा करो जितनों की परवरिश कर सको। उनकी बात क्यों नहीं सुनता? दूधनाथ ने मुझे बताया था कि यह बात उसने अपनी घरवाली को बताई। उसने सास को बहुत बुरा-भला कहा और बोली; बच्चे अल्लाह की देन हैं।' मौलवी साहब

की इस सीख को उलटने की सलाह देनेवाली बुढ़िया को मँझली बहू ने काफिर तक कह दिया। उसके बाद जैबूना कभी मँझले बेटे और उसके घर-परिवार का जिक्र नहीं करतीं। सबकी सलामती की दुआ माँगती हैं। उसमें उनके बच्चे भी सलामत रहेंगे। अलग से उनके लिए क्या कहें!

□

जैबूना चली गईं। दूधनाथ मुझे अचरज भरी नजरों से देखते कुछ देर खड़े रहे। उनकी मुद्रा से लग रहा था कि बहुत कुछ कहना चाहते हैं, पर कह नहीं पा रहे हैं। दूधनाथ की अनकही बातों को मैं समझ रहा था। सोच रहा था, वे न कहें तो ही ठीक है। भीतर से पत्नी आईं। दूधनाथ की मुखमुद्रा देखकर वे चकित नहीं हुईं। उनके अनपूछे सवालों के घेरे में मुझे कसती हुई वे बोलीं—'आप नहाइएगा?' मैंने जोर से प्रतिवाद किया—'क्यों? सवेरे नहा चुका हूँ। अब क्यों नहाऊँगा?' दूधनाथ झपट पड़े—'नहा लेना ठीक रहेगा।' मैं उनकी भावना समझता हूँ। उन्हें मेरे रोम-रोम की सलामती की फिक्र लगी रहती है। मेरे रखरखाव की ट्रेनिंग उन्हें बबुवा से मिली हुई है। बबुवा माँ बनकर मुझे पालते थे। बचपन में ही मैं बिन माँ का बच्चा हो गया। बबुवा बाप थे ही, तब से माँ भी बन गए। उन्होंने किस तरह सूखते बिरवे को सहेजकर रखा, इसे जानने के लिए एक घटना की सूचना पर्याप्त होगी।

कुछ ही साल पहले की बात है। मई के महीने में दस बजे कस्बे तक पैदल जाना था। छाता एक था, यात्री तीन। मैं और मेरे दोनों बेटे। बबुवा ने दूधनाथ से कहा कि वे छाता मुझे दे दें। बच्चे वैसे ही जाएँगे। मेरी पत्नी ने हँसकर प्रतिवाद किया—'आप कैसा न्याय कर रहे हैं? बच्चे धूप में जलते हुए जाएँ और बड़ा छाता लगाकर जाए?, बबुवा ने अपनी बहू से कहा—'तुम्हारे बच्चे माँ वाले हैं, मेरा बेटा बिना माँ का है। उसे बचपन से ही माँ का छोह नहीं मिला। वह कमजोर ही रह गया।' दूधनाथ बबुवा के इसी भाव से मुझे आज भी सहेजते हैं। मेरी पत्नी मुँह से कुछ भी कहें मेरे प्रति पोषण का भाव उनका भी वही है जो दूधनाथ का है। इसीलिए दोनों को लग रहा है कि जैबूना के हाथों से मेरे मुँह पर, सिर पर, आँखों पर ऐसा कुछ जरूर लग गया होगा जिसे छुड़ाने के लिए मुझे नहा लेना चाहिए। मुझे तो ऐसा नहीं लगा। पत्नी ने समझाना चाहा—'आप जानते हैं, वे नहाती भी हैं या नहीं?' मैंने कहा—'मुझे इसका खयाल ही नहीं आता। जो छोह उनकी छुवन में है, उसका मोल जानती हैं आप?'

बहस करने के ऐसे मौकों पर हमारे बीच एक अनकहा समझौता है। हममें से कोई एक उठकर चला जाता है। बात अप्रिय हद तक बढ़ने से रह जाती है। वे

उठकर चली गईं। मैं उनके कोमल हृदय और कठोर व्यवहार को इतने लंबे समय से देखता आ रहा हूँ कि अब उसमें समरसता खोज लेता हूँ। जो लोग कभी-कभार मेरी पत्नी से मिलते हैं वे या तो उनकी उदारता के गुन गाते फिरते हैं या उनके व्यवहार की कठोरता की जी भरकर निंदा करते रहते हैं। अपने किसी बच्चे को वे बुरी तरह डाँट रही हों, कभी एकाध हाथ मार रही हों, उसके व्यवहार पर खीझ रही हों—ऐसे में अगर कोई दूसरा उनसे सहानुभूति दिखाने की कोशिश करे और बच्चे के विरुद्ध कुछ कह दे, फिर उनका व्यवहार देखकर दंग रह जाना पड़ता हैं। उस आदमी को इस बुरी तरह डाँटती हैं कि वह हक्का-बक्का रह जाता है। जैबूना की बहुत इज्जत करती हैं। उन्हें पसंद की चीज खिलाती हैं, चाय पिलाती हैं, जाते समय दो-चार रुपए उनके हाथ में जबरदस्ती थमा देती हैं किंतु मेरे सिर पर, मुँह पर उनके हाथों का फिसलना मेरी पत्नी को बरदाश्त नहीं।

उनके चले जाने पर दूधनाथ मुझे समझाने लगते हैं कि बुढ़िया साफ नहीं रहती और मेरे मुँह पर हाथ फेरती है, इसीलिए बहू जी दुःखी हो जाती हैं। वे डरती हैं कि आपको कुछ हो जाएगा। साहस करके दूधनाथ मुझसे पूछते हैं कि जब मैं किसी को हाथ नहीं लगाने देता, अपने बच्चे भी बिना हाथ-पाँव धोए मेरे पास नहीं फटक पाते तो इस बुढ़िया को यह छूट कैसे मिल जाती है?

दूधनाथ को कैसे बताऊँ कि छूट मेरी ओर से कहाँ दी गई है? उस ममतामूर्ति को मुझसे छूट लेने की जरूरत कहाँ है? कब उसने मुझसे पूछा है कि मुझे छू ले या नहीं? आशीर्वाद देने का अधिकार कोई किसी से माँगता है क्या? आशीर्वाद का घिनौना व्यापार करनेवाले पंडे-पुरोहित किस तरह एक-दो रुपए पाने की उम्मीद में 'स्वर्ग का राजा बनने' का आशीर्वाद देते रहते हैं; जब उनकी कामना पूरी नहीं होती, कैसा कुत्सित चेहरा बनाकर कोसते हुए चले जाते हैं? जैबूना की कोई कामना नहीं है जो मुझसे पूरी हो। किसी लोभ या डर से मेरे पास नहीं आतीं। कभी कुछ माँगा नहीं। हाँ, एक बार माँगा था। क्या? किसके लिए?

कई साल पहले की बात है। मैं लंबे समय के बाद गाँव लौटा था। जैबूना कई बार पूछकर जा चुकी थीं। भेंट हुई। अपनी शैली में असीसने के बाद उन्होंने पूछा—'कुरान शरीफ बाऽ? 'अरबी में बा, अरबी अंग्रेजी में बा, अरबी-हिंदी में बाऽ।' कौन चाहीं?' मेरा जवाब सुनकर जैबूना की बेदाँत की हँसी उमड़ चली। बोलीं—'हम का करब? हम कौनो पढ़ले बानीं? मैंने पूछा—'तब?' जैबूना ने एक सवाल करके मुझे निरुत्तर कर दिया। बोलीं—'रोज पढ़ेलऽ?'

मेरे पास सभी धर्म ग्रंथों की प्रतियाँ हैं। बाइबिल, गीता, कुरआन, धम्मपद,

और भी अनेक। कभी किसी संदर्भ में देख लेता हूँ। नियमित पाठ कभी नहीं करता। ग्रंथों के नियमित पाठ करके लोभी लोग इच्छित वस्तु पाना चाहते हैं और भयभीत लोग अनिष्ट से बचना चाहते हैं, इस आचरण को मैं धर्म नहीं मानता। मैं मानता हूँ कि आचरण में आकर धर्म लोभ और भय से मुक्त करता है। लोभ और भय पर आधारित कोई भी कर्मकांड धर्म नहीं हो सकता। मुझे चुप देखकर जैबूना ने कहा, 'कुरआन पाक घर में राखल जाव आ पढ़ल न जावऽ तब बड़ा भारी खता होला। केहू के दे देवे के चाहीं।' मैंने पूछा—'किसको देना ठीक रहेगा?' जैबूना ने कहा—'मज्जिद में दे दऽ मौली साहब कहत रहलें मज्जिद में कुरआन पाक नइखे।' कुछ दिन बाद मिलने पर उन्होंने पूछा कि मैंने दिया या नहीं? मैंने दिया नहीं था। बता दिया कि नहीं दिया। वे चुप रहीं। थोड़ी देर बाद बोलीं—'कवनो एइसन लइका के दे दऽ जवन मकतब में पढ़त होखे आ ओकरे पास कुरआन पाक न होखे।'

जैबूना निरक्षर हैं। मौलवी साहब से सुन-सुनकर कुरआन का जितना घोख लिया है, वही दुहराती रहती हैं। उनकी सबसे बड़ी इबादत मुझे यह लगती है कि वे हमेशा दूसरों के भले की बात सोचती हैं। दूसरों की सलामती की दुआ माँगती हैं। उनके नहाने-धोने या मैले-साफ कपड़े पहनने-न-पहनने से उनके पाक साफ होने का कोई रिश्ता नहीं हैं। अपनी बात समझाने के लिए दूधनाथ को तैलंग स्वामी की कहानी सुनाता हूँ। रामकृष्ण परमहंस की काली भक्ति बुद्धिमान लोगों की समझ में नहीं आती थी। ऐसे ही लोगों में दक्षिणेश्वर मंदिर बनवानेवाली रानी रासमणि के दामाद राजा मथुर भी एक थे। जब रामकृष्ण की असलियत जान गए तो उनकी भक्ति करने लगे। उन्हें तीर्थ कराने के लिए घूमने लगे। काशी आए। वहाँ एक तैलंग स्वामी रहते थे। नंग-धड़ंग। न कपड़ा पहनते थे, न समय से नहाते धोते थे, न नियम से कुछ खाते-पीते थे। रामकृष्ण ने उन्हें देखा तो बोल पड़े—'ये साक्षात् विश्वनाथ हैं।' उन्हीं तैलंग स्वामी को नंगा देखकर कुछ अंग्रेज मेम लोग बिगड़ उठीं। कलेक्टर से शिकायत की गई। अंग्रेज कलेक्टर ने तैलंग स्वामी को तलब किया। कचहरी में, थाने में, सड़क पर एक ही समय में तैलंग स्वामी के होने की बात सुनकर कुछ प्रभावित हुआ। बोला—'आप एक दिन मेरे यहाँ भोजन करें।' तैलंग स्वामी ने गोमांस खानेवाले अंग्रेज की चतुराई भाँप ली। बोले, 'पहले आप अभी मेरा भोजन स्वीकार करें।' कहकर उन्होंने पीछे हाथ लगाया। अपनी विष्ठा हथेली पर लेकर कलेक्टर के सामने दिखाकर बाले—'खाइए।' क्रोध और घृणा से वह तिलमिला गया। तैलंग स्वामी ने कहा—'आज का मेरा भोजन तो यही है।'

कहकर स्वयं खा गए। तुरंत कचहरी में ऐसी स्वर्गिक सुगंध फूट पड़ी कि उपस्थित लोग मस्त हो गए। कलेक्टर ने तैलंग स्वामी से क्षमा माँगी। वे चले गए।

दूधनाथ चकित। समझ नहीं पा रहे थे कि क्या कहें। मैंने समझाने की कोशिश की—'सबसे बड़ा धर्म है घृणा से ऊपर उठना। संत लोग किसी से घृणा नहीं करते। वे सभी प्राणियों में उसी परमात्मा को देखते हैं, जो सबका मालिक है।'

मेरी बात सुनकर दूधनाथ की आँखें मुसकराने लगीं। साफ समझ गया कि उस मुसकान का लक्ष्य मैं हूँ। मैं किसी की जरा सी भी गंदगी बरदाश्त नहीं करता। कहीं कूड़ा पड़ा हो, चाय का कप या पानी का गिलास जरा सा मलिन हो, किसी बच्चे का कपड़ा गंदा हो, तुरंत डाँट देता हूँ। मेरी यह बात दूधनाथ कैसे पचाएँ?

□

खुशी से चहक रही थीं जैबूना। उनके स्पर्श-आशीर्वाद का अनुष्ठान पूरा हो गया तो लगभग हम सबने एक साथ पूछ लिया—'आज की खुशी का कारण?' गर्व से भरकर जैबूना बताने लगीं कि उनके नसीरुद्दीन ने मक्का से उनके लिए कफन भेजा है।

उनका छोटा बेटा नसीरुद्दीन है जिसे गाँव में सब लोग सरल कहते हैं। उसकी माँ ने ही कभी यह नाम दिया था। बचपन में पूरे बदन में खुजली हो जाती। कपड़े उतारकर फेंक देता। नंग-धड़ंग घूमता रहता। सुंदर गोरा बच्चा, लेकिन खुजली से परेशान। माँ कहती, 'हमार सरल बचवा।' धीरे-धीरे बड़ा हो गया। प्राइमरी स्कूल और मकतब के बाद पढ़ाई खतम। बड़े भाई बेचन की तरह बैलगाड़ी में रुचि न हुई। बेकार घूमते-घामते स्कूटर मरम्मत की दुकान पर काम सीखने लगा। दो-चार साल सीखने के बाद हाथ इतने सध गए कि चतुर मैकेनिक बन गया। कस्बे में अपनी दुकान खोल ली। कई लड़कों को काम सिखाने लगा। गाँव में ही नहीं, आसपास के गाँवों और कस्बे में उसकी अपनी पहचान बन गई। अच्छे मैकेनिक के रूप में कुछ प्रभावशाली लोगों से जान-पहचान हो गई। इसी से एक सिलसिला ऐसा जमा कि नसीरुद्दीन अरब में मैकेनिक की नौकरी पा गया। साल-दो साल में एक बार गाँव आता है। एक महीना रहकर वापस लौट जाता है। पहले ही पाँच बच्चियाँ थीं। बेटे-बेटियों की संख्या आठ-नौ हो गई होगी। हर बार माँ-बाप के लिए कुछ ले आता है। बाप को मरते समय न देखने का उसे दुःख रहता है। माँ के प्रति ममता बढ़ती जा रही है। हर बार उसके लिए अलग से कुछ रुपए रख जाता है। कपड़े रख जाता है। इस बार जैबूना बता रही हैं कि उनके लिए कफन भेजा है। बगलवाले गाँव का कोई कारीगर लौट रहा था। उसी के हाथ से भेजा है।

जैबूना देर तक बताती रहीं कि मक्का से आए कफन पर कुरआन की आयतें दर्ज की हुई हैं। जिसके बड़े भाग होते हैं, उन्हें ही ऐसा कफन नसीब होता है। उनके बेटे ने उनके लिए इतना बड़ा काम कर दिया। देर तक अपने नसीरुद्दीन का नाम ले-लेकर दुआएँ देती रहीं।

दूधनाथ ने चुहल की 'अभी बहुत दिन रहे के बा। अब्बे से कफन ले के का करबू?' जैबूना बोलीं—'एक सौ बीस से ऊपर उमिरि हो गइल। अब कबले बइठल रहबि!' जैबूना की बात सुनकर दूधनाथ हँसने लगा। हँसी का दौरा थमा तो उसने पूछा—'साल भर पहले एक सौ से ऊपर उमरि बतावत रहलू। का एक्के साल में बीस साल बढ़ि गइल?' जैबूना को न अचरज हुआ, न उन्हें पछतावा जैसा कुछ हुआ। बोलीं—'अब हमार कुंडली त बनल नइखे। अंदाजे से उमिर के हिसाब लगाईले। ओहमें साल-दू-साल के घट बढ़ हो सकेला।' कई लोगों ने याद दिलाया कि मामला साल-दो-साल की कमी-बेशी का नहीं है। कभी वे अपनी उम्र एक सौ से कुछ ऊपर बताती हैं, कभी एक सौ दस बताती हैं। आज एक सौ बीस बता रही हैं। लगता है, उन्हें कुछ याद नहीं है।

उम्र का गणित भी अजीब है। सुंदरी स्त्रियाँ और पुरुष युवावस्था को जल्दी हाथ से फिसलने नहीं देना चाहते, इसीलिए उम्र कम करके बताते हैं। वृद्धावस्था में बढ़ती उम्र के प्रति समाज की दृष्टि में बढ़ते आदरभाव के कारण लोग उम्र को दो-चार साल बढ़ाकर बताते हैं। जैबूना अपनी उम्र का सबूत देने लगती हैं। कहती हैं—'अड्डा के साल हमार बेचन चऽदे-पनरे बरिस के रहलें। बेचन हमार पहिलौंठि संतान नाहीं हवें, इ त सब जानेला।'

हवाई अड्डा इस इलाके में दूसरे विश्वयुद्ध से कुछ पहले बना था। दूसरा विश्वयुद्ध उन्नीस सौ उनतालीस में शुरू हुआ। हवाई अड्डा सैंतीस-अड़तीस में बना होगा। उसमें एक पैसे रोज की मजूरी पर आसपास के गाँवों के सैकड़ों लोग काम करते थे। हसन खाँ भी उनमें से एक थे। एक पैसे में एक आदमी की खुराक आसानी से पूरी हो जाती थी। चावल-आटा न खरीदना हो तो घर भर के लिए सब्जी-तरकारी का काम चल जाता था। जैबूना उन दिनों की याद करके तमाम चीजों के भाव बताती हैं जो परी-कथाओं में सुनी गई बातों की तरह अविश्वसनीय लगते हैं। एक ओर इतना सस्ता जमाना और दूसरी ओर अकाल पड़ने पर भूख से मरनेवालों की संख्या भी कम न होती। जैबूना बताती हैं कि अंग्रेज हाकिम जगह-जगह सदाबरत चलाने के लिए होटल खोलवा देते थे। बहुत लोग खाने जाते थे। ब्राह्मण और शेख लोग नहीं जाते। कई-कई दिन भूखे रहकर भी मुफ्त का अन्न नहीं खाते थे।

अपने छोटे बेटे नसीरुद्दीन की बड़ाई करती थकती न थीं जैबूना। मेरी पत्नी ने पूछ लिया—'आपको इतना मानते हैं। एक बार उनके साथ जाकर हज क्यों नहीं कर आतीं।' जैबूना चुप हो गईं। चेहरा देखकर लग रहा था, कुछ कहना चाह रही हैं, लेकिन छिपाने की कोशिश कर रही हैं। बहुत देर बाद बोलीं—'बचवा त जहाज के टिकस ले के आइल रहे एक बेर, बाकि¨।' फिर चुप हो गईं। आगे सबने अनुमान कर लिया कि बहू नहीं चाहती होगी। या ऐसा ही कुछ होगा। मुझे याद आया कि एक बार नसीरुद्दीन मुझसे कह रहा था कि माई को हज कराना चाहता है। कोई बात पड़ गई होगी। जब वहीं नौकरी करता है तो कभी भी हज करा देगा। उसके लिए कौन बड़ी बात है।

मैंने जैबूना का दु:ख कम करना चाहा, 'बेटा मक्का के पास ही रहता है, कभी भी हज करा देगा।' जैबूना ने बात पलट दी—'हमतऽ अल्ला के राहि पर लागि गइल बानी। रात-रात भर दुआ पढ़त रहीलें। जवन दू-चार पइसा मिलेला, गरीब-गुरवा के खैरात करत रहीलें।' मुझे याद आया कि नसीरुद्दीन कभी-कभी अपनी माँ को अलग से कुछ रुपए दे जाता है। पूछा तो रुकी हँसी जैबूना के चेहरे पर झलक पड़ी, बोलीं—'अब कौन जरूरत बा रूपया-पैसा के? सब काम त चलिए रहल बा।' मुझे याद आई यह बात कि पत्नी जैबूना को विदा करते समय जबरदस्ती उनको कुछ रुपए थमा देती हैं। जैबूना के जाने के बाद मैंने पत्नी से पूछा कि ऐसा करने की जरूरत क्यों पड़ती है? पत्नी ने बताया कि नसीरुद्दीन अब अलग से माँ को पैसे नहीं देता। अपनी घरवाली को माँ के हिस्से के रुपए देकर कहता है कि जब जरूरत हो माँ को दे दिया करे। उसके सामने सकार लेती है। सास को कभी एक पैसा नहीं देती। जैबूना बहू की शिकायत कभी किसी से नहीं करतीं। सबको दुआ देती रहती हैं, सबकी खैर मनाती रहती हैं।

□

बहुत दिन बाद गाँव जाना हुआ। ईद तीन दिन पहले बीती थी। दिन में कई बार सोचा कि जैबूना आती होंगी। शाम हुई तो दूधनाथ से पूछा, 'जैबूना नहीं आईं।' दूधनाथ पल भर चुप रहे। बोले, 'जैबूना तो चली गईं।' पूछा 'कहाँ चली गईं? बताया गया—'ईद के दिन सवेरे जब उनकी बहू जगाने गई तो उसने देखा, जैबूना अल्लाह के पास जा चुकी हैं।'

□

अपहरण

सवेरे छह बजे घंटी बजी।

सुनीता जाग जाने पर भी बिस्तर में पड़ी थी। अजय कहकर गए थे, 'कोशिश करूँगा, रात में लौट आऊँ। तुम मेरी राह न देखना। उम्मीद यही है कि वे लोग रात में लौटने नहीं देंगे। सवेरे जितनी जल्दी हो सके, लौट आऊँगा।' सुनीता बारह बजे तक यह सोचकर जागती रही कि हो सकता है, लौट ही आवें। मलय भी उसके साथ जागता ही रहता, अगर सुनीता ने उसे फुसलाकर सुला न दिया होता। उसके स्कूल में छुट्टी है, इसलिए सवेरे आराम से उठने पर भी कोई हर्ज न होगा। चलो अजय आ गए।

नाइटगाउन में ही सुनीता ने बाहर का दरवाजा खोल दिया। दरवाजे की सिटकिनी खोलकर वह तुरंत पीछे मुड़ गई। यह मानकर कि अजय अंदर आ ही जाएँगे, कई सेकेंड बीत गए, वह बरामदे में वापस पहुँच गई तब भी अजय नहीं दिखे। आश्चर्य के हलके झटके के साथ सुनीता फिर दरवाजे की ओर बढ़ी, तब तक बाहर से चौकीदार की आवाज आई, 'माँ जी! बड़े साहब आए हैं। आपको बाहर बुला रहे हैं।'

'कौन बड़े साहब?' वाक्य पूरा होने से पहले ही अंदर मुड़ी। एक शॉल में अपने को लपेटकर तुरंत बाहर आ गई। देखकर सुनीता हैरान रह गई कि डी.एम. साहब खड़े हैं। नमस्ते के लिए उठे डी.एम. के हाथों को देखकर सुनीता के हाथ भी जुड़े, पर वह कुछ बोल न सकी। सकते की सी हालत में उनकी ओर देखती रह गई। डी.एम. एक कुरसी की ओर इशारा करते हुए स्वयं एक कुरसी पर बैठ गए। सुनीता भी बैठी। उसकी समग्र चेतना उत्कंठा और आशंका बन गई। डी.एम. ने कहा—'चिंता की कोई बात नहीं है। आप रिलैक्स करें। यह बताएँ, अजय कल शाम कब निकले और जाते समय क्या-क्या कहकर गए?'

सुनीता ने बता दिया कि कोर्ट से आने के बाद लगभग पाँच बजे गए। कह गए कि कोशिश करेंगे, रात में ही लौटने की। रात में उन लोगों ने न आने दिया तो सवेरे आएँगे। घंटी बजी तो मैंने समझा, वे ही आ गए। वाक्य पूरा होते ही सुनीता का गला भर आया। आँखें उमड़ने को हो आईं। डी.एम. ने समझाया—'कोई खास बात नहीं, मैं यही जानना चाहता हूँ कि अजय कब आएँगे।' सुनीता की चेतना आशंका के साथ भय की पकड़ में आती जा रही थी। वह समझ नहीं पा रही थी, क्या बोले, क्या करे, क्या पूछे?

डी.एम. ने उठते हुए कहा—'आप आराम करें, मैं चलता हूँ। अजय को लौटने में देर हो, तो आप चिंता न करें। वे आ जाएँ तो कहिएगा, मुझे फोन कर लें।' वह वैसी ही बैठी रह गई। डी.एम. चले गए।

2

कोर्ट से चलते समय अजय से जिला जज ने कहा कि शाम पाँच बजे दुलाल सेठ के बेटे की बारात में चलना है। तुम्हारे यहाँ उनकी गाड़ी आएगी। उसीसे मेरे यहाँ आना। यहीं से सीधे चलेंगे। रात में ही लौटेंगे। गाड़ी रहेगी ही। एहतियात के तौर पर घर में कह देना कि रात को रुकना भी पड़ सकता है। अजय ने ऐसा ही किया। जिला जज को लेकर बारात के लिए चले। ड्राइवर ने बताया कि एक घंटे में पहुँच जाएँगे।

आराम से हँसते-बतियाते चले जा रहे थे कि सामने से आती हुई मार्शल गाड़ी इन लोगों की कार के ठीक सामने खड़ी हो गई। ये लोग कुछ समझें, उससे पहले ही फटाफट राइफल ताने पाँच आदमी उतर पड़े। इन लोगों की गाड़ी को सबने घेर लिया। एक ड्राइवर की कनपटी पर राइफल की नोक रखकर खड़ा हो गया। एक ने पीछे का दरवाजा खींचकर खोल दिया। उधर ही जिला जज बैठे थे। उन्हें खींचकर उतार लिया। पलभर बाद अजय को उतारा गया। दोनों को मार्शल में बिठाकर वे चल पड़े। वे लोग आपस में कुछ बातें इशारों में ही कर रहे थे। लगभग एक घंटा चलने के बाद गाड़ी रुकी। जिला जज को वहीं सड़क पर उतार दिया गया। अजय ने उतरने की कोशिश की तो उन्हें रोक दिया गया। परिस्थिति पर कोई वश न था। अजय अपने से अधिक जिला जज के लिए चिंतित हो गए। इतनी रात में बेचारे सड़क पर उतार दिए गए। कहाँ जाएँगे? क्या करेंगे? उनकी असहाय स्थिति के विषय में सोचते-सोचते अजय का ध्यान अपने भविष्य की ओर गया। पता नहीं कहाँ ले जाएँगे ये?

मार्च महीने की रात। हलकी सर्दी भी लगने लगी। भूख-प्यास थी, पर उससे ज्यादा चिंता भविष्य की उस अँधेरी सुरंग की अंतहीन भयावहता की थी, जिसमें वे आगे बढ़ते जाने को विवश कर दिए गए थे। कोई उपाय समझ में न आने पर अजय ने जितना हो सकता था, अपनी आवाज को नरम बनाते हुए पूछा—'भाई! आप लोग कौन हैं और मुझे कहाँ ले जा रहे हैं?' किसी ने कोई जवाब नहीं दिया। भावहीन आँखों से सभी राइफलधारी इनकी ओर देखते रहे। अंदर की बत्ती बुझ गई। गाड़ी चलती रही। कुछ देर बाद किसी शहर की बत्तियाँ चमकने लगीं। अजय ने सोचा, चलो कम-से-कम बोर्ड वगैरह देखकर यह तो पता चलेगा कि किस शहर से होकर जा रहे हैं।

अजय की यह उम्मीद भी बुझ गई। शहर शुरू होने से पहले ही उनमें से एक ने काला कपड़ा इनकी आँखों पर बाँध दिया। गाड़ी चलती रही। लगभग आधा घंटा बाद गाड़ी कहीं रुकी। उनमें से एक या दो ने उतरकर कुछ खाने-पीने का इंतजाम किया। सब खाने लगे। अजय के सामने भी कुछ रखा गया। एक ने उनका हाथ खाने की प्लेट से लगा दिया। बोला—'खाइए।' अजय को रुलाई आ रही थी। किसी तरह अपने को संयमित करके उन्होंने कहा—'मुझे पेशाब करना है।' उनमें से एक ने उनका हाथ पकड़कर उतारा। एक ओर खड़ा करके बोला—'यहाँ खड़े होकर कर लीजिए। हिलने की कोशिश न करना, दोनों ओर राइफलें तनी हैं।' अजय ने घंटों से दुःखता ब्लैडर खाली किया। गाड़ी में लाए गए। फिर एक ने कहा—'खाइए'। अजय ने अनुनय किया—'मुझे एक गिलास पानी और एक कप चाय पिला दीजिए।' उन लोगों ने पानी-चाय का इंतजाम तुरंत कर दिया।

3

जिला जज असहाय। सड़क पर खड़े। उनके सामने से अजय को लेकर सेठ की गाड़ी निकल गई। अब? पहला भाव तो छूट जाने की खुशी का। चलो, जान बची। अजय का खयाल आया—पता नहीं बेचारे को कहाँ ले जाएँ? क्या करें उसके साथ? खैर जो भी हो, जवान है, लौट ही आएगा। चलकर सीधे डी.एम., एस.पी. को बताकर अजय को छुड़ाने का उपाय करना है। लेकिन अभी क्या करें? रात गहराती जा रही है। सड़क सूनी। दूर-दूर तक कहीं कोई रोशनी नहीं। दोनों ओर पेड़। जंगल हो जैसे। कुछ अनुमान नहीं कि शहर कितनी दूर है। कैसे लौटें? क्या करें? डर लगने लगा। उनको बिठाकर जिधर से कार आई थी, उधर ही चलने लगे। कुछ रास्ता निकलेगा घर पहुँचने का। भूख, प्यास, थकान, डर और झुँझलाहट

से भरे जिला जज सहाय समझने की कोशिश करने लगे कि यह सब उनके साथ कैसे हो गया? हुआ तो उनके और अजय दोनों के साथ। मगर उसमें भी फर्क पड़ गया। अजय को वे सब ले गए। उन्हें छोड़ दिया। क्यों हुआ ऐसा? पहचानते तो वे सब थे नहीं। न मुझे, न अजय को। तब? उसे ले गए, मुझे गाड़ी से उतार दिया। कौंध की तरह अपने छोड़ दिए जाने का कारण उनकी समझ में आ गया। काला रंग और प्रभावहीन ठिगना सा कद। कपड़े पहनने का शौक भी नहीं। लोग कहते—'जरा ढंग के कपड़े पहना कीजिए, जज हैं आप।' सहाय कह देते—'जब शक्ल-सूरत ही ढंग की नहीं है तो कपड़े पहनकर क्या होगा? कई बार ऐसा हुआ कि आगंतुक उन्हीं से पूछता—'जिला जज साहब कहाँ मिलेंगे?' वे बताते—'मैं ही हूँ, सामनेवाला विश्वास न कर पाता। आज अपनी इसी शक्ल-सूरत और मामूली कपड़ों के कारण उनकी जान बच गई। राहत की साँस लेते उस अँधेरी-सूनी रात में चुपचाप चलते जा रहे थे। खयाल आया, ऐसा नहीं भी हो सकता है। जो हो, अब तो जैसे भी हो, घर पहुँचना है।

पीछे से कुछ खटपट हुई। डर लगा। मुड़कर देखा। बैलगाड़ी जैसी कोई चीज आती दिखी। सहाय खड़े हो गए। उनका अनुमान ठीक निकला। बैलगाड़ी ही थी। ऊपर पुआल लदा हुआ। सड़क पर इतनी रात गए आदमी खड़ा देखकर गाड़ीवान भी चौंका। सहाय ने गाड़ी रुकने का इशारा किया।

गाड़ी चलती ही रही। गाड़ीवान ने पूछा—'क्या बात है? गाड़ी क्यों रोक रहे हैं?' सहाय ने कहा—'मुझे शहर जाना है! गाड़ी पर बैठा लीजिए।' गाड़ीवान ने कहा—'पुआल लदा है। जगह कहाँ है? ऊपर चढ़ सको तो चढ़ जाओ।'

सहाय ने ऊपर देखा। पहाड़ चढ़ने जैसा लगा। उससे भी कठिन। क्या करें? कैसे चढ़ें? गाड़ीवान से बोले—'अपने पास ही किसी तरह बिठा लो। शहर चलकर जो किराया कहोगे, दे देंगे।' गाड़ीवान ने बैल के पीछे से हाथ बढ़ाकर सहाय की बढ़ी हुई बाँह को पकड़ा। खींचकर एक आदमी के बैठने की जगह पर दो की गुंजाइश की।

रात बीत चली थी, जब शहर का छोर दिखाई पड़ा। गाड़ीवान को वहीं से मुड़ना था। उसने सहाय से उतरने को कहा। उतरकर सहाय ने कहा—'मेरे पास पैसे नहीं हैं, तुम्हारा किराया?' गाड़ीवान ने हाथ से कुछ इशारा किया और बैलों को हाँक दिया। सहाय पैदल डी.एम. के बँगले की ओर चले।

4

गाड़ी रातभर चलती रही। थकान, चिंता, नींद सबसे घिरे अजय बैठे-बैठे अपने जीवन की भयावह अनिश्चितता का अनुमान लगाने की व्यर्थ कोशिश करते रहे। गाड़ी अचानक रुकी। फाटक खुल गए। ठंडी हवा के झोंके शरीर में लगे। अजय को यह ठंडक इतनी सुखद, इतनी प्राणदायिनी लगी कि पलभर के लिए वे सारा दुःख भूल गए। राइफलधारियों में से दो ने उनको अपने हाथों से उठा लिया और दस-पंद्रह सेकेंड में एक जगह खड़ा कर दिया। खड़े होने पर अजय की देह का संतुलन हलका सा डगमगाया। उन्हें लगा जैसे वे जिस जमीन पर खड़े किए गए हैं, वही डगमगा रही है। पीछे से उनका कच्छा पकड़कर दो हाथों ने उन्हें जरा सा पीछे खींचकर बिठा दिया। बैठने पर लगा, काठ का ठंडा पटरा हो। ठंडी हवा की लगातार छुवन और अपने आधार की डगमगाहट से अजय ने अनुमान लगाया कि वे नाव में बैठे हैं। उनके कानों में चिड़ियों की चहचहाट ऐसे जीवन संगीत की सृष्टि कर रही थी, जो मुरदे में भी जान डाल दे। अजय की आँखों पर पट्टी बँधी थी। अपना ध्यान उन्होंने और एकाग्र कर लिया। नाव खेने और उससे उठती लहरों की कलकल ध्वनि भी सुनाई पड़ने लगी। लगभग दस मिनट बीत होंगे कि नाव किनारे लगी। अजय को उठाकर किनारे खड़ा कर दिया गया। उनकी आँखों पर से पट्टी उतार ली गई।

सबसे पहले उन्होंने आसमान की ओर ताका। सूरज का लाल गोला दिखा। उससे अनुमान लगा, वह पूरब दिशा है। नदी के उसपार से सूरज का वह लाल गोला, पलभर स्थिर दिखा। लाल-लाल किरणों का सुनहला प्रसार, नीचे नदी कलकल ध्वनि करती आगे सरकती हुई। जिधर बही जा रही है, वह दिशा दक्षिण होगी। अजय ने उसकी उलटी दिशा की ओर देखा। कुछ ही दूर ऊँचे पहाड़ों की दमकती हुई चोटियाँ। आश्चर्य से फैलती अजय की आँखों ने उगते सूरज की दिशा से लेकर उसके सामने की दिशा तक नापने की कोशिश की—अगणित हैं ये चोटियाँ। तुरंत उनका ध्यान उधर गया जिधर पीठ करके वे खड़े थे। उनके पैरों के नीचे बिछी बालू का विस्तार लगभग आधा किलोमीटर तक। उसके बाद पूरे पश्चिमी विस्तार में घने जंगल का फैलाव। अजय चकरा गए। वे सिनेमा के परदे पर या किसी विराट् फलक पर बने चित्र के बीच में खड़े हैं या सपना देख रहे हैं। पर ऊँची-से-ऊँची उठती चिड़ियों की चहक, उनकी उड़ान की त्वरित गति और प्राणों की ऊर्जा बढ़ाती सुखद शीतल वायु का स्पर्श। यह सब न तो सिनेमा का परदा हो सकता है, न विशाल फलक पर रँगा चित्र। यह तो ठोस यथार्थ दृश्य है,

जिसके बीच वे खड़े कर दिए गए हैं। मोहक दृश्य का जादू पलभर में टूट गया। घड़ी पर नजर गई। सात बजने वाले हैं। चौंके, वे सब कहाँ गए? नदी में देखा, न नाव थी, न कोई आदमी। तो क्या यह दंडद्वीप है? इसमें उन्हें कैद कर दिया गया है? वे घूमकर चारों ओर देखने लगे। नदी पार का लाल गोला अपना रंग बदलकर ऊपर चढ़ गया था। धूप चमकने लगी थी। देह में ठंडी हवा की झुरझुरी की जगह गरमाई का एहसास हुआ। वहीं रेत पर लेट गए।

झकझोरकर जगाए जाने पर उठे। पहले कुछ समझ में नहीं आया कि कहाँ हैं, पर अगले ही क्षण सबकुछ याद हो आया। सामने देखा, लंबा-छरहरा नौजवान हाथ में एक पतली टहनी लिये खड़ा है। मुसकराते हुए उसने कहा—'अंकल! बहुत सोए आप! उठिए। लीजिए, दातून कीजिए।' हाथ की पतली लकड़ी उसने आगे बढ़ाई। उसे लेकर अजय ने घड़ी देखी, ग्यारह बजे थे। उनके मुँह से अनायास निकल पड़ा—'बेटा! यह कौन सी जगह है? मुझे यहाँ क्यों ले आया गया है? तुम कौन हो? तुम उन लोगों में से तो नहीं हो, जो मुझे लेकर यहाँ आए? मेरा कसूर क्या है? तुम मुझे पहले से जानते हो? अंकल कह रहे हो! बोलो बेटे!'

युवक मुसकराता रहा। हाथ की ओर इशारा करते हुए उसने कहा—'सर! आपको कैसे जानूँगा? आप दातून करें। बता नहीं पाऊँगा कुछ भी। आपके किसी सवाल का जवाब मेरे पास नहीं है। मैं बस, जब तक आप रहेंगे, आपकी सेवा करूँगा। दिस इज माई ड्यूटी सर।'

अजय को आश्चर्य का धक्का लगा। इतने अच्छे उच्चारण के साथ अंग्रेजी बोल रहा है। बोल पड़े—'तुम अंग्रेजी जानते हो?' 'सर! मैं फर्स्ट क्लास एम. एस-सी. हूँ।' कहकर वह युवक शून्य में ताकने लगा। अजय को भारतीय व्यवस्था में शिक्षित बेरोजगारों की हालत का पता था, किंतु इस वीराने में फर्स्ट क्लास एम. एस-सी.?

युवक की सहायता से नदी में उतरकर दातुन करने के बाद भूख की तेजी का एहसास हुआ ही था कि युवक ने एक गमछा देते हुए कहा—'सर, कपड़े उतार कर नदी में नहा लीजिए। खाना तैयार है।' गमछा लपेटकर नदी में नहाने गए तो सुखद लगा। देर तक छपक-छपककर नहाते रहे, निकले। कपड़े पहनकर युवक के साथ जंगल में घुसे। चार-पाँच मिनट अंदर जाने पर घने पेड़ों के बीच एक जगह पुआल बिछाकर बैठने की जगह बनी हुई थी। बैठे। पलभर बाद पत्तल पर भात और उसके ऊपर शोरबे की सुगंध के साथ मछली के बड़े-बड़े टुकड़े। अजय बचपन में मछली खाते थे। अब धीरे-धीरे मछली माँस छूट गया। भूख के बावजूद

कुछ हिचके। युवक ने विनम्रता के साथ पूछा—'सर! मछली खाते तो हैं न? 'पहले खाता था, अब नहीं खाता।' कहकर अजय चुप हो गए। युवक ने अनुनय करते हुए कहा—'खाइए न सर ! यहाँ सबसे अच्छा भोजन यही है। हमारा गूँगा मछली बहुत अच्छी बनाता है।' युवक ने फिर अनुनय की मुद्रा में कहा।

अजय खाने लगे तो खाते ही चले गए। खूब छककर खाने के बाद उन्होंने युवक को धन्यवाद दिया। उसने कहा—'आप जब तक रहेंगे, मछली-भात ही खाना चाहेंगे। गूँगा बनाता ही ऐसा है।' अजय ने देखा, कुछ दूरी पर एक अधेड़ आदमी कमर में गमछा लपेटे उकड़ूँ बैठा खाना खा रहा था। अजय ने उससे कुछ कहना चाहा तो युवक ने समझाया कि वह गूँगा भी है और बहरा भी। वह न कुछ सुन सकता है, न बोल सकता है। कुछ धीरे से फिर उसने कहा—'इसीलिए न यहाँ रखा गया है सर।'

युवक की इस बात से अजय को इस तरह पकड़ लिये जाने का दंश चुभने लगा। वे चुपचाप उठकर टहलने लगे। सुनीता और मलय की बेचैनी उन्हें मथे जा रही थी। बार-बार उन दोनों की छवि, उनकी चिंता, उनकी परेशानी का अनुमान कर-करके वे और-और बेचैन होने लगे। कभी बालू पर, कभी जंगल के भीतर, कभी नदी के किनारे टहलते हुए अजय ने वह पूरा दिन बिता दिया। रात में चाँदनी के कारण वह दृश्य और मोहक हो उठा, पर इस तरह जाल में जकड़ गए व्यक्ति को चाँदनी की बिछलन कैसे बाँध पाती?

अगले दिन उस युवक ने अजय की अच्छी मालिश की। नहाते समय उस दिन देह का रोम-रोम तृप्त हो गया। फिर वही भोजन। आराम। पर शाम ढलते ही अजय बेचैन हो गए। युवक की भावनापूर्ण आँखें भी नम हुईं।

तीसरे दिन वह कुछ देर के लिए कहीं गया। लौटा तो बहुत सारे अखबार लेता आया। उनके अपहरण की अनेक कहानियाँ छपी थीं। उनकी और जिला जज की तस्वीरें भी थीं। जजों के अपहरण पर जिलाधिकारी, एस.एस.पी., कमिश्नर, मुख्य सचिव, मुख्यमंत्री सबके बयान छपे थे। जिला जज के एक दिन बाद लौट आने की सूचना भी छपी थी। एक न्यूज स्टोरी से यह खुलासा हुआ कि अपहरण दुलाल सेठ का होने वाला था। उनका भाग्य था कि उस समय वे अपनी खास गाड़ी में नहीं बैठे थे। अपनी गाड़ी उन्होंने जज साहब लोगों को लाने के लिए भेज दी थी। जजों का दुर्भाग्य कि वे लोग दुलाल सेठ की गाड़ी में बैठ गए थे।

अजय का जी हलका हो गया। यह जानकर कि वे गलती से पकड़ लिये गए हैं। उन्होंने कहा—'जब यह बात सबको पता चल गई है कि मैंने किसी का कुछ

नहीं बिगाड़ा है और गलतफहमी में मुझे पकड़ लिया गया है, तो छोड़ क्यों नहीं देते? तुम तो मेरी इतनी सेवा कर रहे हो, तुम्हीं कुछ करो।'

असहायता, आक्रोश, क्षोभ के पुंज बन गए थे अजय। युवक उनकी मन:स्थिति समझ रहा था, किंतु उनकी कोई सहायता नहीं कर सकता था। उसने कहा—'कौन छोड़ देगा सर? हम लोग तो कुछ भी नहीं जानते! बस, जो कहा जाता है, वही करते रहते हैं।' अजय चीखे—'कौन कहता है?' शांत युवक ने कहा—'हम यह सब कुछ नहीं जानते। जानने की कोशिश ही नहीं करते।' अजय को जैसे पागलपन का दौरा पड़ गया। अपने बालों को मुट्ठियों में भींचकर अपने आप से ही कहने लगे—'क्या करूँ मैं? कहाँ जाऊँ? किससे कहूँ?' बिलखकर चुप हो गए। युवक उठकर पानी ले आया। पानी पीकर अजय ने युवक की ओर कातर भाव से देखा। 'अच्छा तुम कुछ नहीं जानते, अपना नाम तो जानते हो? अच्छा यह तो बता सकते हो, कहाँ के रहनेवाले हो और इस गंदे काम में क्यों लगे हो?'

अजय हाँफ गए। युवक वैसे ही निरुद्विग्न बना रहा। कुछ पल बाद बोला—'सर! आपको या किसी को अपना नाम पता बताने का अर्थ है मौत! अपनी मौत को जानबूझकर कोई नहीं बुलाता। मैं भी नहीं बुलाऊँगा। रहा आपका यह सवाल कि मैं इस गंदे काम में क्यों लगा हूँ—इसका क्या जवाब दूँ? हजारों करोड़ रुपयों की चोरी पकड़ी जाती है और आपकी महान् न्याय-व्यवस्था यह कहकर अपराधी मंत्री या प्रधानमंत्री को 'पवित्र' घोषित कर देती है कि 'पुलिस के पास पक्के सबूत नहीं हैं' या 'सीबीआई ने गलत किया।'

'हम लोग अपनी शैक्षिक योग्यता प्रमाणित कर चुके हैं। जवान हैं, मेहनत कर सकते हैं। कोई कमी नहीं है, किंतु आपकी महान् व्यवस्था हमारे लिए दैनिक मजूर के बराबर वेतन का भरोसा भी तो हमें नहीं दे पाती। हम क्या करें अपनी योग्यता का? हम क्या करें अपनी ऊर्जा का? क्या करें अपने खौलते लहू का? और अपने उबलते हुए गुस्से का क्या करें? हमारे साथ पढ़नेवाले फिसड्डी लड़के पाँच सितारा जिंदगी जी रहे हैं, सिर्फ इसलिए कि वे किसी मंत्री के बेटे हैं या आई.ए.एस. अफसर के दामाद हैं या बड़े तस्कर के सपूत हैं!'

'जिन्होंने हमें पहचाना, हमारे माथे पर लगा बेरोजगार का दाग पोंछ दिया, हमें बीस, तीस कभी-कभी चालीस हजार रुपए महीने तक वेतन देते हैं, वे कौन हैं, हम नहीं जानते। जानने की उत्सुकता न रखना ही हमारी 'योग्यता' है। आपकी न्याय-व्यवस्था देश को बेचकर स्विसबैंक भरनेवालों को गंदा नहीं कहती। भूख से बिलबिलाता बच्चा होटल से रोटी चुराकर खा ले तो उसके लिए जेल की सजा है

और देश को हर तरह से लूटनेवालों के लिए है सार्वजनिक अभिनंदन-समारोह।'

'जाने दीजिए सर ! क्या अच्छा है, क्या गंदा—यह निर्णय करने की अनैतिक जल्दबाजी मत कीजिए।' युवक शून्य में देखता चुप हो गया।

5

जिला जज सहाय गिरते-पड़ते सीधे डी.एम. के यहाँ पहुँचे। उन्हें जगाकर सारी बात बताई। एस.एस.पी. को तुरंत डी.एम. ने बुलवा लिया। पुलिस को चौकस करने के बाद डी.एम. खुद अजय के घर गए। जिला जज की बात से यह तो साफ हो गया था कि अजय का अपहरण हो गया है, किंतु अपनी ओर से उम्मीद की रोशनी सी दिख रही थी जैसे जिला जज लौट आए हैं, वैसे ही अजय भी आ गए हों।

अजय के घर से लौटकर डी.एम. एस.एस.पी. को साथ लेकर सीधे कमिश्नर के बँगले गए। कमिश्नर ने सबकुछ सुनकर पहला सवाल किया, 'मीडिया वालों को नहीं बताया न कुछ !' 'नहीं' सुनकर आश्वस्त हुए। सी.एम. ऑफिस फोन किया। पता चला, वे दिल्ली चले गए रात में ही। दिल्ली फोन मिलाया गया। पता चला, सी.एम. प्रधानमंत्री कार्यालय गए हैं। मोबाइल पर भी नहीं मिले। कमिश्नर ने उनके पी.ए. को सबकुछ बता दिया और कह दिया कि साहब लौटें तो उनसे बात करा दें। पी.ए. ने धीरे से कहा—'अभी किसी से बात नहीं कर पाएँगे। मैं अपनी ओर से सबकुछ बता दूँगा।'

6

अजय को युवक की बातों ने झकझोरकर रख दिया। वे सोचना चाह रहे थे कि युवक के तर्क उसके अपराध को कम नहीं कर सकते, वह अपराधी है और अपराधियों के लिए काम कर रहा है, किंतु उनका दूसरा मन उन तमाम युवकों की तरफ से सोचने लगता, जो अपराध की दुनिया से जुड़ गए हैं या जोड़ दिए गए हैं। क्या ऐसा ही करना चाहते थे वे? ऐसी ही योजना उन्होंने अपने भविष्य के लिए बनाई थी? उनके माँ-बाप के सपने यही थे?

अगले दिन युवक सकुचाया हुआ था। अजय के शरीर की मालिश करते हुए उसने कहा—'कल के लिए माफ करें सर ! मुझे आपसे उस तरह नहीं बोलना चाहिए था।'

अजय देर तक कुछ बोल नहीं सके। उनके मन में अपने बेटे मलय का

भविष्य उग आया। युवक की बगल में मलय खड़ा हो गया। उसके हाथ में राइफल जैसा कुछ था। मन-ही-मन अजय सिहर उठे।

7

सी.एम. की भेंट पी.एम. से न हो सकी। पी.ए. ने अपने यहाँ के कमिश्नर की बात चलाई तो डाँट खा गया। सी.एम. ने साफ कह दिया,'अभी उधर की कोई बात नहीं। पी.एम. से मिलने के बाद ही उधर का नाम लेना।' फोन की घंटी बजी। पी.ए. ने सुनकर कहा—'सर! पी.एम. ऑफिस का फोन!' लपककर सी.एम. ने उठाया। हैलो करते ही पी.एम. के पी.ए. ने कहा—'पी.एम. साहब से बात करें।' सी.एम. की आशा अँखुवाती, उससे पहले ही पी.एम. की डाँट पड़ी—'अभी खबर मिली है, तुम्हारे यहाँ जज का अपहरण हो गया है। तुरंत वापस जाओ और कल सवेरे तक मुझे बताओ कि जज को छुड़ा लिया गया है।' फोन कट गया।

8

नदी में एक नाव दिखी। अजय नहाकर निकलने ही वाले थे कि नाव पास आ गई। एक दूसरा युवक उसमें था। किनारे की ओर नाव के बढ़ते ही उसने पहलेवाले युवक से चिल्लाकर कुछ कहा। अजय समझ नहीं सके या ठीक से सुन नहीं सके उसकी बात। नदी से इस उम्मीद के साथ निकल आए कि शायद अखबार लाया हो। कपड़े बदलने के साथ ही उन्होंने अखबार के लिए पूछा। पहलेवाला युवक गहरी मुसकान के साथ पास पहुँचकर बोला—'चलिए सर! खाना खा लीजिए। आपको अभी जाना है।' 'कहाँ?' उनके मुख से चीख की तरह सवाल निकला।

जैसे-तैसे खाना खाकर अजय नाव पर बैठे। उनकी आँखों पर पट्टी बाँध दी गई। नाव से उतारकर किसी गाड़ी में बिठाया गया। गाड़ी चलती रही। चलती रही। उनका मन न तो लौटने की खुशी मना पा रहा था, न कहीं और ले जाए जाने की दहशत से तप रहा था। दोनों लहरें एक दूसरी को काटती हुई बड़ी-से-बड़ी होती जा रही थीं।

आँखों से पट्टी खोली गई। गाड़ी रोक दी गई। अजय ने देखा—रात घिर आई है। अँधेरे को चीरती रोशनी शहर की लगी। किस जगह पर हैं, इसे समझने से पहले ही चार हाथों ने उनको उठाकर सड़क पर खड़ा कर दिया। गाड़ी स्टार्ट थी ही, तेजी से निकल गई। रिक्शा लेकर वे घर की ओर चले।

9

सुनीता अँधेरे बरामदे में कुरसी पर बैठी थी। गोद में औंधे मुँह मलय। पति आए। औचक मिलने की खुशी। आवेग थमा तो सुनीता ने कहा—'डी.एम. को फोन करके बता दूँ कि आप आ गए।' अजय ने रोक दिया। कहा—'कल सवेरे बता देना। आज तो बची रहो उन सबसे।'

10

सवेरे सी.एम. के यहाँ डी.एम., आई.जी, डी.आई.जी, एस.एस.पी., कमिश्नर के काफिले के साथ अजय पहुँचाए गए। दरबार भरा हुआ था। कमिश्नर और आई.जी. की बहादुरी की तारीफ की गई। अजय को अजीब सा लग रहा था। वे समझ नहीं पा रहे थे, क्या करें, क्या कहें? जंगल वह था कि यह?

11

घर पहुँचते ही अजय पत्रकारों से घिर गए। हजारों सवाल उन्हें छेदने लगे। कैसे हुआ? कौन ले गया? कहाँ थे? कैसे आए? कहाँ-कहाँ गए? कहाँ रहे? 'मेरी आँखों पर पट्टी बाँधकर ले गए। पट्टी बाँधकर छोड़ गए। जहाँ रखा गया था, उस जगह को पहचानता नहीं। आप लोग ही बताइए, मैं क्या बताऊँ?' कहकर अजय मौन हो गए।

जो कहना चाह रहे थे, उसे कहें तो कैसे? कहें, तो किससे?

□

रिक्शेवाले की वापसी

मैं रिक्शावाला हूँ। मेरे माँ-बाप ने मुझे एक नाम दिया था। मगर मैं अब रिक्शा चलाता हूँ। अब मुझे कोई मेरा नाम लेकर नहीं बुलाता, सभी 'ऐ रिक्शावाला' कहकर बुलाते हैं और मुझे अपना नाम कभी-कभी खुद ही याद नहीं आता। कलकत्ता में रिक्शा चलाता था तो अड्डेवाले मेरा नाम लेते थे क्योंकि वे सभी रिक्शेवाले थे और आपस में रिक्शावाला कहकर किसी को कोई कैसे बुलाए। इधर कुछ दिनों से मैं गाँव के कस्बे में आ गया हूँ।

इसी गाँव में मैं पैदा हुआ था और बाबाजी के लड़कों को छू लेने पर या उनके साथ खेलने पर मार खाता था। कुछ दिन ऐसे भी बीतते कि बापू बीमार हो जाते, मालिक के काम पर नहीं जाते और हमलोग बिना खाए सो जाते। बच्चे थे तो पड़ोस से माड़ माँगकर पी लेते या रो-रोकर सो जाते, मगर बड़े होने पर भूख रोकने से नहीं रुकती और किसी से माँड़ माँगने में लाज लगती। एक दिन मालिक ने कह दिया कि तुम्हारा लड़का अब बड़ा हो गया। इससे कुछ काम क्यों नहीं कराते? उस रात मालिक के यहाँ से लौटकर बापू ने कह दिया था कि कल से तुम मालिक के यहाँ खाने मत चलना। मालिक समझते हैं कि एक आदमी काम करता है तो दो को क्यों खिलाएँ। अब तू बड़ा हो गया है।

मुझे अच्छा लगा था कि मैं बड़ा हो गया हूँ, मगर जब दूसरे दिन भूख नहीं रोक सका तो कलकत्ता भाग गया। वहाँ क्या-क्या किया, कैसे भरपेट अनाज का सुख बहुत दिनों बाद नसीब हुआ, यह एक अलग कहानी है। आज इतना ही कि पंद्रह बरस कलकत्ता में रिक्शा खींचने के बाद कुछ दिनों से गाँव के पास के कस्बे में आ गया हूँ। इसी कस्बे में रिक्शा चलाता हुआ अड्डे पर एक कोने में सोता हूँ। कस्बे के रिक्शेवाले मुझे अब भी परदेसी मानते हैं। मैं इस कस्बे को पता नहीं अपना क्यों मानता हूँ।

कलकत्ता को छोड़कर इसलिए आया कि यहाँ मेरा गाँव है। शहर में गाड़ी से उतरकर गाँव जल्दी पहुँचने के लिए कस्बे तक मोटर से आया और मोटर स्टेशन से भागता हुआ गाँव पहुँचा।

गाँव के दक्खिन अपनी बिरादरी के कच्चे घर हैं, वहाँ मैं अपने घर की तलाश में चला गया। वहाँ जाकर लगा कि मैं किसी दूसरे गाँव में आ गया हूँ। पहले हमारी बिरादरी में पक्के ईंट के मकान नहीं थे, अब यहाँ कई खड़े थे। पहले हम लोगों के घरों के आसपास सूअर हाँफते रहते थे, अब एक भी नहीं दिखा। कुछ घर फूस के थे जरूर, मगर बिजली के खंभे भी लगे थे। मैं बक्सा सिर पर रखे हैरान था कि कहाँ आ गया।

तभी दुक्खी की ईया काँपती हुई आकर मेरे पास खड़ी हो गई थी। ईया अब भी वैसी ही थी, जैसी मैंने उन्हें पहले देखा था। मैंने उनको पहचानकर पा-लागन किया और अपना नाम बताया तो वे देर तक देखती रहीं। नहीं पहचाना तो मैंने अपने मरे हुए बापू का नाम बताया। तब ईया लगी रोने। मेरे बापू का नाम लेकर ईया देर तक रोती रहीं। मुझे कलकत्ता में ही बैरंग चिट्ठी से बापू के मरने की खबर लगी थी और उस समय आना चाहकर भी मैं नहीं आ सका। ईया चुप हुईं तो मैंने अपनी झोंपड़ी के बारे में पूछा। ईया पहले तो कुछ नहीं बोलीं, बाद में मेरा हाथ पकड़कर एक ओर ले जाकर एक जगह खड़ी हो गईं। उस जगह पर बिजली का खंभा गड़ा था, जिसका लट्टू फूट गया था, या किसी शरारती बच्चे ने ढेला मारकर तोड़ दिया था। घर का कोई निशान भी वहाँ नहीं था। मेरा खुला मुँह देखकर ईया ने ही बताया था कि तुम्हारे बापू के मरने के बाद मालिक बाबू ने छप्पड़ उजड़वाकर फेंक दिया था। बिरादरी के लोगों ने कुछ कहा तो मालिक बाबू ने जवाब दिया कि हमारे खलिहान की जमीन है, हम जो चाहे करें। हलवाहा था तो उसे दिया था, अब वह मर गया तो कब्जा कर लेंगे। फिर सब चुप हो गए थे।

मेरी समझ में नहीं आया कि क्या करूँ, कहाँ जाऊँ। तब तक कुछ और औरत-मर्द आ गए थे। कुछ तो बापू का नाम लेकर उनका बेटा कहकर पहचानने भी लगे। उन्हीं लोगों के कहने पर मैं मालिक बाबू के घर गया।

मालिक बाबू का दरवाजा और बड़ा हो गया था। घर की जगह एक हवेली खड़ी थी। एक ओर आटे की चक्की लगी थी। एक ओर ट्रैक्टर खड़ा था। मालिक बँगले में खटिया पर बैठे माला जप रहे थे। एक नौजवान शहरवालों की तरह सूट-बूट में सिगरेट फूँक रहा था। मुझे देखकर उसी ने कहा—'कहाँ से आए हो रंगरूट?' मैं समझ न सका कि इस बात से मुझे हँसना चाहिए कि रोना चाहिए। अपना परिचय

देकर मैं मालिक बाबू के पास गया और अपने बापू का नाम बताया। अपने घर के बारे में पूछने पर मालिक बाबू मुझे पहचानकर खुश हुए। उन्होंने उस नौजवान को अपने पास बुलाया और मेरा नाम मेरे बापू के नाम के साथ बताया। नौजवान भी खुश हुआ और मुझसे बोला—'तुम आ गए, बहुत अच्छा हुआ। हमको आदमी की बहुत जरूरत थी। गाँव के चमार तो पैदा होते ही कोइलरी भाग जाते हैं। तुम हमारा काम करो। बोलो, क्या तनख्वाह लोगे?'

मैं कुछ रुककर बोला कि मैं काम करने नहीं आया हूँ, कस्बे में रिक्शा चलाऊँगा। आया था अपने बापू के घर के बारे में पूछने। मैं फिर अपना घर बनवाना चाहता हूँ। मेरी बात सुनकर मालिक को जैसे आग लग गई। एक साथ दोनों बाप-बेटे चिल्ला पड़े। उनके मुँह से गालियों की बौछार होने लगी। मुझे लगा कि कुछ और बोलने पर ये लोग मुझे मारने लगेंगे।

उस दिन अपने गाँव में अपने घर की जमीन माँगते हुए जो गालियाँ सुननी पड़ीं, वे आज तक घाव की तरह मन को छीलती रहती हैं। अब मालिकों की गालियाँ बाप-दादों की गालियों से तेज लगती हैं। मालिक बाबू मेरे बापू को बदमाश कहकर गाली देते थे, उस दिन उनके लड़के ने मुझे बहुत भद्दी गाली दी थी। तबसे मैं कस्बे में ही हूँ। रिक्शा चलाता हूँ और अड्डे पर ही सो जाता हूँ। मेरा कोई नाम नहीं है और जब कोई नाम नहीं है तो गाँव लेकर क्या करना? कस्बे में दारू है, सिनेमा है, होटल है। मुझे किसी और चीज की जरूरत नहीं। रात को सोने के लिए रिक्शा है। रोज पाँच रुपए दीवानजी को ठोंकता हूँ और रिक्शा चलाता हूँ। रात को अद्धा लेकर होटल से कलेजी और रोटी के साथ खाकर मजे में फिलिम देखता हूँ और सो जाता हूँ। रात को सवारी मिल जाए तो दिन में सो लेता हूँ। मुझे कोई दुःख नहीं है।

सवारियाँ कभी-कभी जरूर अजब-गजब मिल जाती हैं। अब इस समय मेरे रिक्शे पर जो झकझक सफेद खद्दर में लिपटी लाश आप देख रहे हैं, वह लाश जिंदा है। भट्ठी के बगल में बाबू साहेब पड़े थे। दीवानजी ने मेरे रिक्शे पर बैठाकर मुझसे मेरे ही गाँव का नाम लेकर कहा कि मैं इनको वहाँ पहुँचा दूँ। पहले खद्दर में नहीं पहचाना था, अब मैंने इनको पहचान लिया है कि ये मालिक के छोटे बाबू हैं, जो मुझे भद्दी गाली देकर गरिया रहे थे। इस समय दारू की बदबू से भरी लाश हो गए हैं।

इस जिंदा लाश के साथ इस समय मैं जो चाहूँ सो कर सकता हूँ, मगर ले जा रहा हूँ इनके बाप के पास। इन्हें देखकर उनका जी जुड़ा जाएगा।

□

चुनाव क्षेत्र

साहब की ओर प्लेट बढ़ाते हुए राज ने आग्रह किया—'सर!'

पेट पर हाथ फेरते हुए साहब बोले—'नहीं भाई! अब माफ करो।'

नगर के सबसे बड़े समाजसेवक अंदर आते दिखाई पड़े। राज और उनके साहब दोनों उनकी ओर लपके। राज ने सेवकजी के घुटनों को हाथ से छूकर हाथ को माथे पर लगाया। आदर से बिठाकर बड़े साहब से उनका परिचय देने लगे। साहब ने हाथ जोड़कर कहा—'जानता हूँ। इन्हें कौन नहीं जानता?' सेवकजी झूमते हुए बोले—'कैसे हैं आप?'

बड़े साहब कुछ बोलते, उससे पहले ही सेवकजी राज की ओर घूमकर बोले—'बधाई हो भाई! तुमने तो ऐसा राजमहल बनवा दिया कि ताजमहल झूठा हो गया।' अपनी तुकबंदी पर मुसकराए। कुछ सँभले और फिर पूछ पड़े—'तीन करोड़ से कम तो लगे नहीं होंगे?'

'ऐसा नहीं है साब! आपके पाँवों की धूल हूँ।' भीतर से गर्व से उमगते और ऊपर से विनम्रता की मूर्ति बनते हुए राज ने कहा।

सेवकजी की जिज्ञासा तीव्रतर हुई। बोले—'मैं इनकम टैक्स अफसर नहीं हूँ भई। मुझसे बताने में क्या हर्ज है? जब शहर में ऐसी नायाब चीज बनी है तो उसके बारे में सब लोग जानना चाहेंगे ही।'

बड़े साहब ने सुर-में-सुर मिलाया—'बताओ राज, यह महल तो अनमोल लगता है, फिर भी कुछ अंदाजा तो होगा।'

अपने-अपने गिलास उठाए कई और वी.आई.पी. लोग आ गए। सबकी आँखों में वही सवाल था। कुछ के होंठों पर भी था।

संकोच से देह सिकोड़ते हुए अपने गर्व को भीतर छुपाने की व्यर्थ कोशिश कर रहे राज ने कहा—'यही कोई दो के आस-पास।'

'जरूर लगे होंगे साहब! हाथी डूब गहराई थी, जब आपने यहाँ जमीन खरीदी।' तारीफ में जब ठेकेदार बोलने लगे तो लड़खड़ा गए। हाथ का गिलास छलक पड़ा। एक सज्जन आगे बढ़कर बात पूरी करने लगे, 'मैंने तो खुद देखा है सर! न जाने कितने ट्रक सीमेंट और छड़ की खपत तो नींव में ही हो गई।'

'क्या करते साहब! लोकेशन मुझे पसंद थी। मेम साहब भी इस पर फिदा थीं। कहती थीं, जब बनेगा तो यहीं बनेगा, नहीं तो बनेगा ही नहीं। उधर आर्किटेक्ट ने कह दिया कि यहाँ मकान बनवाना है तो पुल की तरह पाइलिंग के बाद ही हो पाएगा। इसीलिए नींव में इतना पैसा लग गया।' राज ने सफाई देते हुए कहा।

सभी लोग अपने ढंग से राज साहब की अभिरुचि, उनके वैभव और उनके महलनुमा मकान की तारीफ में कसीदे पढ़ने लगे।

विदा होने से पहले बड़े साहब ने राज की खुशी में चार चाँद लगा दिए। सोफे को गौर से देखते हुए और सहलाते हुए उन्होंने पूछा—'राज! तुमने यह सोफा कहाँ से मँगवाया? यह तो अद्भुत है।'

चहकते हुए राज बोल पड़े—'आप तो रियल पारखी हैं साहब! यह चंदन का सोफा है। लकड़ी मैसूर से मँगाकर यहीं बनवाया है। जरा सूँघकर देखें।'

सभी लोग सोफे को सहलाने लगे। मैडम राज को जैसे पंख लग गए। उन्हें लगा कि उनका सुख दुनिया में सबसे बड़ा है। राज ने उनकी आँखों में देखकर ऐसे नशे का अनुभव किया जैसे वे मकान के नहीं, जहान के मालिक हों।

सेवकजी भोजन कर चुके थे। एक-एक मिनट उनके लिए बहुत कीमती है, इस भाव से उठ खड़े हुए। उन्हीं के साथ बड़े साहब भी निकले। राज और मैडम राज जब सबसे बड़े इन अतिथियों को विदा करके लौटे तो पलभर के लिए लॉन को देखकर ठिठक गए। लॉन के लिए विदेशी घास इस जतन से उगाई गई थी कि हरे मखमली कालीन का सुख देती थी। पहले लॉन में ही पार्टी का आयोजन होनेवाला था, मगर लगातार वर्षा ने कमरों के अंदर व्यवस्था करने पर मजबूर कर दिया। 'कोई बात नहीं बरसात बाद एक चायपार्टी लॉन में करेंगे, तब तक जाड़े के फूल भी अपनी जवानी पर होंगे।'

कहकर राज ने अपनी मैडम के साथ अंदर चलना चाहा कि उनकी निगाह गेट के किनारे खड़े ग्वाले की ओर पड़ गई। घबराया हुआ वह कुछ कहना चाहता था। दोनों ने साथ ही पूछ लिया—'क्या बात है? इतने घबराए हुए क्यों हो?' दोनों हाथ जोड़कर गिड़गिड़ाता हुआ ग्वाला बोला—'साहब, हम लोगों का सबकुछ बरबाद हो गया। अनाज, भूसा, बरतन, कपड़ा, जो कुछ था, वह सब बह गया। हम

लुट गए सरकार।'

मैडम का मन द्रवित हो उठा। बोलीं—'अच्छा चलो पहले खाना खा लो, उसके बाद तुम्हारी सुनेंगे।' ग्वाला रो पड़ा। बोला—'सरकार, खाना-पीना अच्छा नहीं लग रहा है। हमारा एक काम कर दीजिए हुजूर! आपका गुन गाएँगे। हमारी जरसी गाय दो-चार दिन में ब्याने वाली है, अस्सी हजार रुपए मिल रहे थे, पर हमने नहीं बेचा। उसी को कुछ दिन बाँधने के लिए कहीं जगह दे दीजिए सरकार। हमारा गाँव पूरा डूब गया है।'

राज बीच में ही बोल पड़े, उन्हें अपने मेहमानों की चिंता थी। उन्होंने कहा—'ऐसी जगह हमारे पास कहाँ है जहाँ तुम्हारी गाय रह सके?'

ग्वाला क्या कहता? गैरेज की ओर देखने लगा। मैडम ने कुछ सोचकर कहा—'दो-चार दिन गैरेज में रख लो।' राज झल्ला उठे। बोले—'क्या बेवकूफी है? गाड़ी कहाँ रहेगी? बरसात में सोलह लाख की गाड़ी हम बाहर रखेंगे?'

ग्वाला रुआँसा हो गया। बोला—'सरकार आप गाड़ी खराब न करें। गाय यहीं बाँध लेंगे, बरसाती खरीदकर छाया कर लेंगे।' लॉन की ओर ग्वाले का इशारा समझकर राज आपे से बाहर हो गए। बोले—'जानते हो इस विलायती घास को मँगवाने और लगवाने में कितने रुपए खर्च हुए हैं? इतना कीमती लॉन हमने तुम्हारी गाय के गोबर से गँधाने के लिए बनवाया है?'

आखिरी फैसला सुनाते हुए राज ने मैडम का हाथ पकड़कर अंदर की ओर बढ़ते हुए कहा—'नहीं भाई! इस गाय के मामले में हम तुम्हारी कोई मदद नहीं कर सकते। कुछ रुपए-पैसे की जरूरत हो तो कल आकर ले जाना।'

2

साहब और मेम साहब की पीठ आँखों से ओझल हो गई तो ग्वाला किसी और सहारे की खोज में निकल गया।

खाने-पीने का आखिरी दौर देर रात तक चलता रहा। चिक्कू के मास्साब को ठिठका देखकर राज ने पूछा—'क्या बात है मास्साब? खाना खा लिया?' मास्साब ने हाँ में सिर हिलाया तो बोल पड़े—'तब ठीक है, चलिए। बहुत देर हो गई, अब आराम करेंगे।'

मास्साब का घर शहर के दूसरे छोर पर है। वे सोच रहे थे, आधी रात को बरसात में इतनी दूर कहाँ जाऊँगा? मन में था, शायद ये लोग जबरदस्ती रोक लें। जब इतनी बेलौस रुखाई के साथ जाने के लिए कह दिया गया, तो मन मारकर

साइकिल हाथ में लेकर डगमगाते हुए चल पड़े।

सड़क पर पहुँचे तो पानी खुल चुका था। बिजली के खंभे से एक गाय बँधी हुई थी। उधर देखने लगे तो पास में खड़ा आदमी पहचाना हुआ-सा लगा। कुछ आगे बढ़कर पास गए तो देखा, साहब के यहाँ दूध देनेवाला ग्वाला चुपचाप खड़ा था। पूछा—'यहाँ कैसे, गाय तुम्हारी है?' ग्वाले ने सारी बात बता दी। बोला—'रात यहीं काट लेते हैं। सवेरे इसके लिए कोई सहारा तलाश लेंगे।'

मास्साब ने कहा—'दूर तो है, पर मेरे साथ चलो। मेरी कोठरी के बाहर रात में रहने भर की जगह है। वहीं बाँध लेना।'

ग्वाला भीतर से कृतज्ञ हो आया। बोला—'आपकी कोठरी तक पहुँचने में ही सवेरा हो जाएगा। कुछ और गाहक हैं। उनके यहाँ देख लूँगा, कहीं सहारा न मिला तो आप तो हैं ही।'

'अच्छा' कहकर मास्साब आगे बढ़े ही थे कि पुलिस की कई गाड़ियाँ तेजी से सायरन बजाती हुई बंधे की ओर दौड़ती चली गईं। एक गाड़ी पर लाउडस्पीकर बँधा हुआ था। कोई घोषणा की जा रही थी। मास्साब ठहरकर कान लगाकर दूर जाती हुई माइक की आवाज सुनने-समझने की कोशिश करने लगे। कुछ क्षण बाद समझ में आया कि बाँध टूट जाने के खतरे से लोगों को आगाह किया जा रहा है। वे सोचने लगे, 'कौन सा बंधा टूटनेवाला है? किन लोगों को खतरा हो सकता है?, नदी के समानांतर और नदी के बीच में अंग्रेजों के जमाने से बनाया गया बाँध इतना ऊँचा और मजबूत है कि उसके टूटने का तो सवाल ही नहीं। फिर उसकी सुरक्षा के लिए पुलिस है, सेना है और नागरिकों की ओर से बनाई गई समितियाँ है। उन्होंने सोचा, हो सकता है, सुदूर देहात के इलाके में कहीं कटाव की संभावना हो। उसके लिए घोषणा की जा रही है।

तब भी उनका मन घर जाने की जगह बड़े पुल की ओर अग्रसर हुआ। रात आधी से ज्यादा बीत चुकी थी। साइकिल हाथ से पकड़े मास्साब ज्यों-ज्यों पुल की ओर बढ़ने लगे, शहर की ओर से आती गाड़ियों की भीड़ बढ़ती गई। इतनी रात को वे कभी इधर आए नहीं थे। रात में बत्तियों से झलमलाती नई बस्ती रोशनी से सजे बड़े कटोरे की तरह जगमगा रही थी। इसी बस्ती का सबसे सुंदर घर राज साहब का है। यही क्या कम है कि उस घर में मेरा आना-जाना है? सोचकर मास्साब उस कड़वाहट से कुछ उबरे जो राज साहब के रूखेपन से उनके मन में भर गई थी।

अचानक भगदड़ मच गई। वे जिधर जा रहे थे, उसी तरफ से हजारों लोगों के भागते हुए आने के धक्के से साइकिल उनके हाथ से छूट गई। उसे उठाने में

मास्साब गिर गए। जैसे-तैसे साइकिल पकड़कर खड़े हुए। सहारा देनेवाले जवान से पूछा तो उसने बताया कि बस्ती का बंधा कट गया है और नई बस्ती में पानी भरने लगा है।

मास्साब को राज साहब के घर का खयाल आया और सबसे ज्यादा ममता उमड़ी चिक्कू के लिए। वे पूरी ताकत लगाकर उनके घर की ओर दौड़ पड़े कि उन्हें समय रहते बता दें।

ग्वाले और मास्साब के प्रसंग से मैडम राज का दिल कुछ दुःख गया था किंतु मेहमानों की आँखों की प्रशंसा और कुछ की आँखों में उभरी ईर्ष्या का नशा उनके ऊपर ऐसा चढ़ा किया वे सबकुछ भूल गईं। पति से बोलीं—'चाहे जो हो, पैसा वसूल हो गया। सभी लोग यही कह रहे थे कि शहर में सबसे अच्छा मकान यही है।'

राज ने उन्हें बाँहों में भर लिया। चहकते हुए बोले—'हाँ डियर! पैसा तो वसूल हो गया। आज से हमारी असली सुहागरात अपने घर में शुरू हो रही है।' कहते-कहते वे अचानक मौन हो गए। भावुकता की लहर भीतर से उमड़कर गले में फँस गई। कुछ देर बाद बोले—'याद करो हम लोगों की सुहागरात मई की उबलती हुई रात में गाँव के उस घर में हुई थी, जिसमें एक भी खिड़की नहीं थी। सारी रात हाथ का पंखा झलते रहे थे।'

3

कुछ देर बाद नींद में डूबे राज को लगा कि बाहर कोई है, जो जोर-जोर से दरवाजा पीट रहा है। नींद में ही उन्होंने ऐसी गुस्ताखी करनेवाले को डाँटा, नींद उचट गई। सोचा, देख लें कौन है? तब तक याद आया, बाहर गेट बंद है। उस गेट को फाँदकर कोई नहीं आ सकता। वहम मानकर सो जाना चाहा, तब तक फिर दरवाजे पर थाप सुन पड़ी। उधर गेट पर कोई जोर से पुकार रहा है, ऐसा लगा। हड़बड़ाकर बिस्तर पर बैठ गए। घड़ी में देखा तो चार बजने वाले थे। मैडम गहरी नींद में बेसुध पड़ी हुई थीं। मुख पर मुग्ध-मुसकान। चिक्कू अपने बेड पर बेखबर सोया था। दरवाजे पर थाप बढ़ती ही जा रही थी। इस बार लगा कि कुछ जानी सी आवाज है यह।

फर्श पर पाँव रखा तो चौंक पड़े। चप्पल की जगह छप-छप पानी। पाँव भीग गए। यह क्या? झुककर देखा तो पूरा फर्श पानी से भरा हुआ। उछलकर दरवाजे की ओर बढ़े। दरवाजा खोलते ही पानी हरहराकर भर चला। पानी का रेला ऐसा था

कि दरवाजा बंद न हो सका। बदहवास होकर चिक्कू के पास गए। उसे गोद में उठाया। पत्नी को जोर से झकझोरकर जगाया। वे चिहुँककर उठीं। कुछ समझ न पाकर बौखलाहट में पता नहीं क्या बोलने लगीं। राज ने चिक्कू को सीढ़ियों के ऊपर रख दिया और पत्नी को खींचते हुए ऊपर ले चले। दो सीढ़ी चढ़कर हाँफ गए। मैडम वहीं बैठ गईं। राज ने बताया—'ऊपर चलकर बच्चे को सँभालो, पूरे घर में पानी भर गया है। शायद बाँध टूट गया है। मैं कुछ जरूरी सामान लेकर ऊपर चलता हूँ।' कहकर उन्होंने नीचे की ओर कदम बढ़ाए कि बिजली चली गई। गिरते-गिरते बचे। अँधेरे में पाँव रपट पड़ा था। सोच लिया अब जान बचाना जरूरी है। डूब जाने दो सबकुछ को। मैडम बच्चे को गोद में समेटकर बिलख पड़ीं। सबकुछ बाढ़ और अंधकार में डूब गया।

गेट पर खड़े मास्साब चिल्लाते-चिल्लाते थककर निढाल हो गए। गला बैठ गया। इतना ऊँचा और मजबूत गेट था कि न उसे तोड़ा जा सकता था, न लाँघकर जाया जा सकता था। पानी बढ़ता ही जा रहा था। बत्ती बुझ गई। मास्साब ने वहीं से निगाह घुमाकर सब तरफ देखा, पूरा शहर अँधेरे में डूब गया है। हारकर वे सड़क की ओर चले। तब तक पानी उनकी कमर से ऊपर तक पहुँच गया था। साइकिल हाथ से छूट गई। सर्दी लगने लगी। जैसे-तैसे सड़क पर चढ़ पाए तो लगा जान बच गई। राहत की साँस लेते हुए मास्साब ने पूर्वी क्षितिज को लाल होते देखा।

सामने सड़क पर बेतहाशा भागते पैदल, साइकिलवालों, रिक्शेवालों, जीपों, बसों और ट्रकों का अंतहीन रेला उमड़ता चला आ रहा था। मास्साब जैसे-तैसे पुल की ओर बढ़ते गए। भीड़ और भीड़ का उन्माद बेहिसाब होता चला गया। सड़क पर खड़ा रह पाना असंभव होने लगा। पुल पर पहुँचे तो लगा, सारा शहर यहीं उमड़ आया है। नदी की लहरें इतनी डरावनी हो सकती हैं, इससे पहले कभी उन्होंने कल्पना भी नहीं की होगी। पलभर में जाने क्या हो गया। जब उनकी आँखें खुली तो एक टैंट में उन्होंने अपने को पड़ा पाया। ग्लूकोज पिलाकर तबीयत का हाल पूछनेवाले ने इस बुजुर्ग की नादानी पर तरस खाकर कहा—'आप जैसे आदमी को ऐसा नहीं करना चाहिए था। दो-चार सेकेंड की भी देर हुई होती, तो आपका कहीं पता नहीं चलता।'

पूरी बात बताकर कि कैसे उफनती हुई धारा में वे गिरने वाले थे कि तभी एक नौजवान ने पकड़कर बचा लिया, स्वयंसेवक ने जानना चाहा कि अब वे कैसे हैं और घर तक जा सकते हैं या नहीं। मास्साब ने कहा—'ठीक हूँ'; और अपनी बात को प्रमाणित करते हुए चल पड़े। सोचते जा रहे थे कि चिक्कू और उसके माता-

पिता की सहायता के लिए क्या किया जा सकता है, तब तक उनकी निगाह जीप में बैठे सेवकजी पर पड़ी। अपनी पूरी ताकत लगाकर वे जीप के पास पहुँच गए। उनके हाथ देने पर जीप रुकी नहीं, बात सुन लेने के लिए धीमी हो गई। जीप के साथ चलने की कोशिश करते मास्साब एक साँस में कह गए—'आप कल रात राज साहब के नए घर में दावत खाने गए थे। वह घर पानी में घिर गया है। उन लोगों को बचाने के लिए कुछ करना चाहिए।'

मास्साब का वाक्य पूरा भी नहीं हुआ था कि जीप की रफ्तार बढ़ाने का आदेश ड्राइवर को देकर सेवकजी ने मास्साब की ओर एक वाक्य उछाल दिया—'मेरा क्षेत्र पुल के उस पार पड़ता है।'

□

अवांछित

'देखिए डॉक्टर! आप भले आदमी हैं, और अच्छे डॉक्टर। मैं आपके संपर्क में एक महीने से हूँ। आपने क्या कोई ऐसा लक्षण मुझमें देखा कि मैं सिजोफ्रेनिया या ऐसे किसी रोग से पीड़ित हूँ?'

'ओह नो! आप ही बताइए, ऐसा मैंने कभी कुछ कहा आपसे?' डॉक्टर प्रेम ने जवाब दिया।

'तब आप मेरा किस बात का इलाज कर रहे हैं?'

'इलाज कहाँ कर रहा हूँ? आपको कोई दवा, इंजेक्शन, कोई ट्रीटमेंट कभी दिया? जनरल टॉनिक और नींद आने में मदद करनेवाली एक टेबलेट। इससे बहुत ज्यादा दवाइयाँ तो आजकल वे लोग खाते रहते हैं जो अपने को बिलकुल ठीक समझते हैं।' डॉक्टर की बात पूरी होते ही दोनों हँस पड़े।

वैभव की हँसी थमी तो उन्होंने कहा, 'लेकिन इतना तो सच है न कि एक महीने से मैं आपके नर्सिंग होम में हूँ और आप मेरे किसी रोग के बारे में खोज कर रहे हैं।'

'इतना तो सच है। लेकिन इसी के साथ इतना सच और भी है कि आप जैसे कॅरियर वाले युवक को इस तरह नहीं रहना चाहिए।' डॉक्टर ने गंभीरता के साथ कहा।

'यानी तुरंत नौकरी, शादी, बच्चों, प्रोमोशन के दुश्चक्र में जुत जाऊँ? ऐसा करूँ तभी नॉर्मल माना जाऊँ?' हलके आक्रोश के साथ वैभव ने पूछा।

'लोग तो ऐसा ही मानते हैं। इसी को सामाजिक मान्यता प्राप्त है। हर माँ-बाप की इच्छा होती है कि उसका बेटा सफल जीवन बिताए।' डॉक्टर ने शांत स्वर में कहा।

'डॉक्टर साहब! मैं सफल की तुलना में सार्थक जीवन जीना चाहता हूँ।' दृढ़

निश्चय के साथ वैभव ने कहा। 'और उसी सार्थकता की खोज में जब सबसे पहले अपने अस्तित्व पर विचार करता हूँ तो जानते हैं, क्या पाता हूँ?'—वैभव नि:संकोच बोलते गए—'मैं ज्यों-ज्यों समझने-बूझने लायक होता गया, कुछ सपने मुझे लगभग रोज आने लगे। उनमें सबसे ज्यादा डरावना वह सपना है, जिसमें मुझे लगता है कि मैं जन्म लेना चाहता हूँ और मुझे बाहर से ठेलकर रोक दिया जा रहा है। दूसरा डरावना सपना है—मैं पाखाने-पेशाब में लिथड़ा पड़ा हूँ। बारबार निकलने की कोशिश करता हूँ, बदबू से दम घुटता रहता है, मगर उस गंदगी से छूट नहीं पाता। सपने और भी आते हैं, एक-से-एक डरावने, किंतु ये दोनों सपने बार-बार आते हैं। इनसे घिरकर पसीने-पसीने हो जाता हूँ। जब नींद खुलती है, थोड़ी राहत मिलती है, यह जानकर कि चलो सपना ही था, खतम हो गया। इन सपनों और अपने माँ-बाप के साथ अपने संबंध को देखता हूँ तो समझ में आता है कि नफरत और हिंसा से ही मेरे अस्तित्व की रचना हुई है। आप क्या चाहते हैं कि आगे भी यही क्रम चलता रहे?'

'इससे अच्छी बात क्या हो सकती है कि आप जैसा जीनियस सार्थक जीवन की तलाश करे, मगर अभी हाल यह है कि एक हफ्ते से आप सोए नहीं हैं। मैं चाहता हूँ, आपका खाना-सोना कुछ नॉर्मल हो जाए तब आगे के प्रोग्राम बनाएँ।'

बाहर कुछ आहट हुई। डॉक्टर प्रेम बाहर गए और तुरंत एक वृद्ध को साथ लेकर लौट आए।

2

अस्सी वर्षीय वृद्ध की आँखे झरने लगीं। डॉक्टर प्रेम परेशान हो गए। उन्होंने अपने पिता की उम्र से बड़े बुजुर्ग के आँसू पोंछ डाले। उनके दोनों हाथों को अपनी हथेलियों के बीच दबाकर उन्हें सहलाते रहे। वृद्ध की रुलाई रुकी। उन्होंने डॉक्टर की आँखों में सीधे देखकर पूछा, 'बताओ डॉक्टर! क्या हुआ है मेरे पोते को? बच्चे को बचा लोगे न?'

डॉक्टर प्रेम अपने नाम को सार्थक करते हैं मरीजों के साथ। जो उनको दिखाकर जाता है, वही कहता है कि आधी बीमारी तो इस डॉक्टर से बात करते ही ठीक हो जाती है। डॉक्टर से जब उनकी इस खूबी की तारीफ की जाती है तो वे कहते हैं, 'इसमें कोई खास बात नहीं। मैंने माँ-बाप, दादा-दादी, नाना-नानी किसी के प्रेम का स्पर्श कभी नहीं पाया। अनाथालय में पला, बढ़ा। उपन्यासों और कहानियों में पढ़कर जाना कि माँ का प्यार ऐसा होता है, पिता का प्यार वैसा। नाना-नानी बच्चों को बहुत प्यार करते हैं। दादा-दादी तो बच्चों को जान से भी ज्यादा चाहते हैं। यह सब मेरे

लिए सपने की बातें हैं।'

यह सब कहते हुए डॉक्टर प्रेम अचानक कहीं खो जाते हैं। आँखें सामने देखती हुई भी कहीं नहीं देखतीं, कुछ नहीं देखतीं। कुछ पल बाद लौटकर सामनेवाले को बताते हैं—'मैं डॉक्टर क्यों बना, बताऊँ? सोचता था कि डॉक्टर बन जाऊँगा तो सब लोग मेरे पास आएँगे। उनको अच्छा कर दूँगा तो प्यार करेंगे मुझसे। बूढ़ों में कोई मेरा दादा निकल आएगा, कोई नाना।'

'अच्छा, आप बताइए, मेरे दादा हैं या मेरे नाना?' इतनी मासूमियत के साथ डॉक्टर ने पूछा कि पलभर पहले हिचकियाँ ले-लेकर रोनेवाले वृद्ध सुदर्शनजी हँस पड़े। डॉक्टर प्रेम ने उनसे कहा—'आप अपने पोते को देख रहे हैं? कितनी गहरी नींद में सो गया? एक हफ्ते से बिलकुल नहीं सो रहा था। आपने इनका माथा सहलाया, तभी इनके चेहरे का भाव बदल गया। आपके स्पर्श में कोई जादू है क्या?'

'क्यों नहीं सो पा रहा था? कुछ कारण समझ में आता है डॉक्टर?' सुदर्शनजी व्यग्र हो गए। बोले, 'कारण पता चल जाएँ तो कुछ उपाय करूँ।'

डॉक्टर प्रेम गंभीर हो गए। अनायास उनके मुँह से निकल पड़ा—'दादाजी!' तुरंत झेंपकर चुप हो गए। सुदर्शनजी ने उनके असमंजस को समझ लिया, तुरंत बोल पड़े, 'हाँ बेटा! तुमने तो खुद ही पक्का कर लिया कि मैं तुम्हारा दादा ही हूँ। बोलो! और हाँ आगे से मैं भी तुम्हें न डॉक्टर कहूँगा, न आप। तुम प्रेम हुए, मैं हुआ तुम्हारा दादा। अब बताओ इस नौजवान को किस बात की इतनी बेचैनी है कि ये सो नहीं पा रहा है।'

दादा को इस तरह पा लेने की खुशी डॉक्टर प्रेम की आँखों में चमकने लगी। कोई और समय होता तो बच्चा बनकर दादाजी के साथ खेलने लग जाते, पर बीस-बाईस वर्ष के युवक के रोग की पहचान कर रहे हैं, उसकी गंभीरता ने उन्हें चिंतित बनाए रखा। कुछ देर सोचने के बाद उन्होंने याद करते हुए कहा—'दादाजी! पहली बात तो यह कि आजकल कौन सा नौजवान परेशान नहीं है? सबकी अपनी-अपनी परेशानियाँ हैं। किसी को रोजगार की परेशानी है, किसी को प्रेम-प्यार की। कोई अपने माँ-बाप से परेशान है, कोई⋯।'

'ठहरो बेटा।' सुदर्शनजी ने डॉक्टर को बीच में ही रोक दिया। डॉक्टर कुछ समझ न सके। चुप हो रहे। सुदर्शनजी ने कुछ धीमी आवाज में कहा—'तुम इसके माँ-बाप से मिले हो?'

'माँ से तो कभी नहीं मिला। इनके पापा इन्हें लेकर यहाँ आए थे। इनके कुछ मेडिकल टेस्ट रिपोर्ट और प्रेस्क्रिप्संस दे गए। कह गए कि फिक्र न करें। बस बच्चे

को ठीक कर दें। उन्होंने पचास हजार रुपए एडवांस जमा कर दिए और चले गए। रोज एक बार फोन करके पूछते हैं कि कैसा चल रहा है? कल जब मैंने उन्हें बताया कि कई दिन से वे जाग रहे हैं और कभी-कभी कुछ बहकने लगे हैं तो उन्होंने बताया कि मेरे पिताजी गाँव से आ रहे हैं। उनको बहुत मानता है। वो पोते को बहुत प्यार करते हैं। उनके आने का असर जरूर होगा।'

डॉक्टर चुप हो गए यह देखकर कि सुदर्शनजी की आँखें फिर उमड़ पड़ीं। डॉक्टर ने इतने वृद्ध को कभी इस तरह बिलखकर रोते न देखा हो, यह बात नहीं मगर दर्द से छटपटाते हुए का बिलखना, चीखना या फूट-फूटकर रोना कुछ और होता है। इन वृद्ध का इस तरह आँसू बहाना कुछ और तरह का है, खासतौर से तब, जब इनको कोई शारीरिक कष्ट नहीं है। मन-ही-मन डॉक्टर प्रेम अपनी भूल सुधारने लगे, सबसे ज्यादा रुलानेवाली तो मन की पीड़ा ही होती है, उसका इलाज किसी डॉक्टर के पास नहीं। अपने को मन की अगम, अतुल गहराईवाली दुनिया से खींचकर बाहर ले आने के बाद डॉक्टर ने कहा, 'वैभव अपने मम्मी-पापा के साथ नहीं रहते, यह आपको मालूम है दादाजी?'

'बेटा! वह तो कभी नहीं रहा। कह सकते हो कि उन दोनों ने कभी इसे अपने पास रहने ही नहीं दिया।' सुदर्शनजी इतनी बात कहकर चुप हो गए, जैसे थककर पस्त हो गए हों। डॉक्टर को लगा, दादाजी से बात करके अपने रोगी के मन की गाँठें खोलने में उन्हें सफलता मिलेगी। आगे सुनने की उत्सुकता आँखों में भरकर डॉक्टर प्रेम ने वैभव (और अब अपने भी) दादाजी की ओर देखा।

'जब यह बच्चा सात महीने का था तो गाँव से मैं इसे देखने आया था।' पूरे चौबीस घंटे रेल का सफर करके पहुँचा था। साथ में तुम्हारी दादी भी थी। उन्होंने चाहा था कि बच्चे की पैदाइश गाँव में हो, मगर मेरे बेटे-बहू को गाँव जहर लगता था। दोनों ने साफ मना कर दिया। हम लोग भी शहर के बड़े अस्पतालों और बड़े डॉक्टरों की बात सुनकर चुप हो गए। पोता हुआ है सुनकर जो खुशी हुई उसका जश्न गाँव में मनाते हुए हम दोनों चिट्ठी-पर-चिट्ठी लिखते रहे कि दो-चार दिन के लिए बच्चे को लेकर चले आओ। कई बार तार दिया। उन दिनों आज की तरह फोन की सुविधा नहीं थी। चिट्ठी और तार से ही अपनी बात कह सकते थे। सात महीने बीतने पर भी जब हम लोगों की बात नहीं सुनी गई तो मन मारकर पोते का मुँह देखने शहर आए। जानते हो क्या हुआ?' प्रश्न करके झटके से सुदर्शनजी रुक गए।

'फिर क्या हुआ?' डॉक्टर ने तुरंत पूछा जैसे कहानी सुनते बच्चे कहानी के किसी नए मोड़ पर चौंककर पूछते हैं।'

आगे की घटना बताने से पहले वृद्ध का चेहरा तमतमा गया। कुछ देर वे बीस-इक्कीस साल पहले से पक रहे गुस्से से बाहर आने की कोशिश करते रहे। सँभलने में वक्त लगा। फिर बताया कि जब वे लोग शहर पहुँचे तो पता चला कि उनका पोता तो वहाँ है ही नहीं। 'कहाँ है?' पूछने पर जवाब मिला कि वह तो चार महीने का था, तब से अपनी नानी के पास रहता है। बुढ़िया तो बिफर उठी। पूछा, 'वहाँ दूध किसका पीता है? और तू कैसी माँ हैं? इतने छोटे बच्चे को कलेजे से चिपकाकर रखे बिना तुझे नींद कैसे आती है?'

सास की कड़वी बात का जवाब न देना पड़े इसलिए बहू उठकर यह कहती हुई बाथरूम चली गई कि मुझे ऑफिस पहुँचने में देर हो जाएगी। हमारा बेटा उससे बड़ा अफसर ठहरा। उसे भी ऑफिस जाने की जल्दी थी, मगर वह रुककर हम दोनों को यह समझाता रहा कि बच्चे को माँ-बाप से अलग करना वह भी नहीं चाहता था। लेकिन उसके चाहने से क्या होता? पालना तो माँ को ही था और वह न उसे अपना दूध पिलाना चाहती थी, न रात में जाग-जागकर उसके गीले कपड़े बदलने को तैयार थी। उसने अपनी माँ से बात की। उन्होंने भी समझाने की कोशिश की—'इतना छोटा बच्चा सबसे ज्यादा माँ की गोद में ही सुखी रह सकता है। कम-से-कम सालभर पाल लो, उसके बाद कहोगी तो मैं इसे अपने पास ले जाऊँगी।' वह अपनी माँ की बात भी नहीं मानी। रोने-धोने लगी तो माँ को ले जाना पड़ा।'

सुदर्शनजी की साँस फूलने लगी। डॉक्टर प्रेम देख पा रहे थे कि बच्चे के साथ हुए अन्याय की बात करते-करते उनका क्रोध बार-बार फुफकार उठता था। सामने बैठे वृद्ध की तकलीफ भी वे समझ पा रहे थे, साथ ही यह भी समझ रहे थे कि वैभव के बचपन की बातें विस्तार से जान-बूझकर ही उसका सही निदान और उपचार कर पाएँगे। उन्होंने कोमलता के साथ पूछा—'तब क्या हुआ दादाजी?' संबोधन से खिल उठे सुदर्शनजी ने बताया कि उसी दिन हम दोनों लौट आए। ऐसे बेटे-बहू के पास रहना पाप जैसा लगा। घर लौट आने के बाद से ही वृद्धा की भूख कम होने लगी। रात-दिन माँ से अलग कर दिए गए पोते के बारे में ही सोचती और कलपती रहती। फिर यह प्रोग्राम बनाया गया कि बच्चे को देखने के लिए उसके ननिहाल ही चले चलते हैं। एक दिन हम दोनों वहाँ पहुँच गए। समधी-समधिन को आश्चर्य हुआ, खुशी भी हुई। हम लोग बच्चे को देखने इतनी दूर से चलकर आए। बच्चा झूले में पड़ा हुआ था और लगातार रोए जा रहा था। उसकी नानी बूढ़ी और कमजोर। घर में उनके पति उनसे भी बूढ़े। उनके बेटे-बेटी अपनी-अपनी गृहस्थी अलग शहरों में जमाए हुए। कभी-कभार आकर देख लेने या चिट्ठी-पत्री से हालचाल ले लेने से

ज्यादा कोई संबंध नहीं।

सुदर्शनजी ठहरे। अपने आप उन्होंने कहा, 'ठीक वैसे ही जैसे हमारे साहबजादे हमारी खबर लेते हैं। अब जमाना ही ऐसा हो गया है तो कोई क्या कर सकता है?' वे बेचारे बूढ़ा-बूढ़ी इतने छोटे बच्चे को अकेले अपने दम पर पाल रहे थे, यही बहुत था।

डॉक्टर प्रेम व्यग्र हो उठे। कथारस से अधिक उनको अपने मनोरोगी के अतीत में झाँकने का मौका मिल रहा था। उन्होंने पूछ लिया—'दादाजी! बच्चा लगातार रोता क्यों जा रहा था?'

वृद्ध सुदर्शनजी फिर भावुक हो गए। उन्होंने बताया जब किसी तरह पुचकारने, गोद में लेने, हिलाने-डुलाने, मुँह में दूध की बोतल लगाने से बच्चे का रोना नहीं रुका तो तुम्हारी दादी ने उसकी कमर पर लिपटे मोटे प्लास्टिक को देखा। वह कमर में और दोनों जाँघों में इस तरह कसकर फिट था कि कहीं से हवा तक अंदर बाहर नहीं आ जा सकती थी। गरमियों के दिन थे। उसकी नानी से पूछा—'यह क्या है? और क्यों बाँधा गया है?' बच्चे की नानी ने बताया कि बच्चा बार-बार पेशाब-पखाना करता रहता है। मैं अकेली बूढ़ी औरत ठहरी। दिनभर कहाँ तक धोती रहूँ। इसलिए बाँध दिया है। एक बार सवेरे खोलकर साफ कर देती हूँ और दूसरा बाँध देती हूँ। एक बार शाम को बाँध देती हूँ।' तुम्हारी दादी ने तुरंत बच्चे के इर्दगिर्द लिपटा प्लास्टिक नोंचकर फेंका, उसके नीचे रुई जैसा कुछ था, बच्चे के टट्टी-पेशाब से चिपटा हुआ। उसे एक ओर फेंककर तुम्हारी दादी ने बच्चे को नहलाया। उसे पोंछकर ज्योंहीं उन्होंने अपने कंधे पर रखा, बच्चा सो गया और घंटों सोता रहा।

तुम्हारी दादी रोती जाती थीं और अपने भाग्य को कोसती जाती थीं। वृद्धा रिश्ते में समधिन ठहरीं। उनसे उनकी या उनकी बेटी की शिकायत किस तरह करतीं? समधिन सबकुछ समझ रही थीं। और बार-बार अपने बुढ़ापे को कोस रही थीं। साथ-साथ यह भी कहती जाती कि मेरी बेटी पागल है, जो इतने छोटे बच्चे को अपने से अलग रख रही है। बिलखकर उन्होंने कहा, 'मैं अपनी कोखजायी औलाद से हार गई हूँ।' एक बार तो उन्होंने यह भी कह दिया कि हमारा जमाई भी तो वैसा ही है। नहीं तो बीवी की इस तरह गुलामी क्यों करता? वह भी नहीं चाहता था कि बच्चे को माँ से अलग किया जाए, मगर मेरी बेटी के आगे वह बोल कहाँ पाता है।'

अपने बेटे के बारे में ऐसा सुनकर माँ-बाप को कैसा लगा होगा, यह सोच सकते हो।' कहकर सुदर्शनजी दर्दभरी मुसकान बिखेर गए।

डॉक्टर प्रेम ने उत्सुकता जताई—'फिर क्या हुआ दादाजी? क्या आप लोग

बच्चे को साथ ले आए?' सुदर्शनजी आहत स्वर में बोले, 'ले जाना चाहते थे। एक महीने तक वहीं रह गए। इस बीच तार देकर बेटे-बहू से पूछा गया कि बच्चे को लेकर गाँव जाना चाहते हैं, क्या करें!' उधर से कोई जवाब नहीं आया। अपने मन में भी डरने लगे कि शहरी हवा में जन्मा बच्चा गाँव में पता नहीं कैसे रहे। कुछ हो जाए और गाँव-कस्बे के डॉक्टर न सँभाल पाएँ तो हम कौन सा मुँह दिखाएँगे। कुछ समझ नहीं पा रहे थे कि एक दिन बातचीत में एक उपाय सूझ गया। मैं अपने समधी से कह रहा था कि कोई दाई मिल जाती तो बच्चे को सँभालती। जवाब में उन्होंने दाई की तनखाह की समस्या बताई। तुरंत मैंने कहा कि दाई की व्यवस्था कीजिए, उसकी तनखाह मैं हर महीने मनीऑर्डर से भेज दिया करूँगा। कुछ संकोच के साथ वे लोग तैयार हो गए। दाई आई। तनखाह पक्की हुई। मैंने एक महीने का एडवांस दिया और कह दिया कि हर महीने भेजता रहूँगा। मेरी पत्नी ने दाई के सामने एक शर्त रखी कि बच्चे का टट्टी-पेशाब तुरंत धोना होगा। उसकी कमर में प्लास्टिक नहीं चढ़ेगा। वह मान गई। हम लोग लौट आए। तब से दो साल तक पैसे भेजते रहे। बच्चा दाई के हाथ पलता रहा। कभी-कभी चिट्ठी के साथ लिफाफे में उसकी फोटो आ जाती।

इस बीच बेटे ने मेरे पास आने या चिट्ठी लिखने की कभी जरूरत नहीं समझी। एक दिन समधीजी की चिट्ठी मिली कि दाई के लिए पैसे न भेजें। बच्चे को उसके माँ-बाप अपने पास ले गए हैं। हम लोग मन-ही-मन सोचते रहते कि अब वह ढाई साल का हो गया, अब तीन का हो गया और कल्पना करते रहते कि ऐसे बोलता होगा, वैसे चलता होगा। देखने को आँखें तरस रही थीं।

अपने बेटे-बहू के पास जाने की हिम्मत नहीं होती थी। समधीजी को चिट्ठी लिखकर पूछा कि बच्चा कैसा है और कहाँ है, तो जवाब मिलता कि दिनभर बच्चों को सँभालने और खेल सिखानेवाली किसी दुकान में रहता है। उस दूकान को क्रेच कहा जाता है। मेरे बेटे-बहू की तरह काम पर जानेवाले साहब, मेम लोग अपने बच्चों को दिनभर वहीं छोड़कर आते हैं। इसके लिए मोटी रकम देनी पड़ती है।

धीरे-धीरे हम लोग बच्चे के आकर्षण से छूटते गए। अनुभव इसी को तो कहा जाता है कि जिस अभाव या दुःख का इलाज न हो, उसे सहन करते हुए जीने की आदत डाल ली जाए।

बाद में पता चला कि बच्चे को ऐसे स्कूल में डाल दिया गया है, जो बोर्डिंग स्कूल कहलाता है। बच्चे की देखभाल से लेकर उसके खाने-पहनने, दवा-पानी, खेलकूद और पढ़ाई-लिखाई सबके लिए पैसे भरने होते हैं। ऐसे स्कूलों में वे ही लोग अपने बच्चों को भेज पाते हैं, जिनके पास बहुत पैसे होते हैं।' गहरी साँस छोड़ते हुए

सुदर्शनजी चुप हो गए।

'एक बात और है दादाजी!' डॉक्टर प्रेम ने वैसी ही गहरी साँस छोड़कर भारी गले में कहा, 'मैं समझता था कि मैं ही अभागा हूँ जिसने कभी माँ-बाप का स्पर्श नहीं पहचाना। अब समझता रहा हूँ कि आपके पोते वैभव की तरह बहुत से बच्चे ऐसे होते हैं, जिनके माँ-बाप के पास धन तो होता है, वह प्यार नहीं होता जो वे बच्चे को दे पाते। उनके भाग्य में प्यार का वह अमृत भी नहीं होता, जो बच्चों से माँ-बाप को मिलता है।' डॉक्टर चुप हो गए। वृद्ध सुदर्शनजी पहले से ही चुप थे। कुछ देर दोनों वैसे ही शब्दहीन बैठे रहे। दोनों के भीतर अपने-अपने भोगे हुए अनकहे दु:खों का हाहाकार मचल रहा था। दोनों अपने-अपने अनुभव के आलोक में वैभव के मन को समझने की कोशिश कर रहे थे।

3

वैभव इतनी गहरी नींद सोने के बाद स्वस्थ और तरोताजा हो गए। डॉक्टर बोले—'आज आपको बहुत अच्छी नींद आई?' 'हाँ, डॉक्टर साहब। याद नहीं, कब से इतनी अच्छी तरह नहीं सोया था। आपने नींद की कोई दवा दी थी क्या?' डॉक्टर ने सिर झटकते हुए इनकार किया—'नहीं-नहीं, कोई दवा नहीं दी थी। आप अपने आप सो गए। आप के दादाजी आए। वे कुछ देर आपका माथा सहलाते रहे, और देखते-देखते आप गहरी नींद में चले गए।'

'कहाँ हैं बाबा?' कुछ चौंकते हुए वैभव ने पूछा। कुछ धुँधली छाया की तरह बाबा के आने की बात याद आई। बहुत कम देखा है उन्हें, पर जिसे घरवालों का प्यार जैसा कुछ कहा जाता है, उसका आभास उन्हीं के पास रहने पर होता है।' 'मैंने अपने घर पहुँचा दिया है। आप गहरी नींद में थे। मैंने उनसे कहा कि चलकर नहा-धो लें, नाश्ता कर लें। वैभव के जागते ही मैं आपको बुला लूँगा। कहिए तो अब बुला लाऊँ?' डॉक्टर ने पूछा।

डॉक्टर का घर और नर्सिंगहोम एक-दूसरे से लगे हुए हैं। डॉक्टर का एक नौकर उनके घर का काम करता है। खाना-बनाने-खिलाने से लेकर घर की देखभाल, सब उसी के जिम्मे। सुदर्शनजी अपने बेटे-बहू के घर न जाकर सीधे चिट्ठी में लिखा पता पढ़कर नर्सिंगहोम चले आए थे। डॉक्टर प्रेम ने बहुत आग्रह करके वैभव के सो जाने के बाद उनको नहाने-खाने के लिए तैयार किया था। वैभव नर्सिंगहोम के कमरे में रहते थे। डॉक्टर की बात पर हाँ कहने के साथ ही वैभव ने कहा, 'यहाँ मत बुलाइए। चलिए मैं भी वहीं चलता हूँ। मुझे ऐसी कोई बीमारी तो है नहीं कि चल-फिर न सकूँ।'

डॉक्टर ने हँसते हुए कहा—'यह तो और अच्छी बात है। वहीं चलते हैं। रही बीमार होने की बात तो असलियत यह है कि आप बीमार हैं ही नहीं। कभी-कभी बहुत सोचने के कारण कुछ तनाव में आ जाते है।' वैभव की भौंहें सिकुड़ने को हुईं किंतु वे सहज बने रहे। दोनों सुदर्शनजी के पास आ गए। उन्होंने भोजन कर लिया था और नौकर से कह रहे थे कि जाकर देख आओ, वैभव जगे कि नहीं।

दादाजी को देखकर वैभव कुछ पल ठिठके रह गए। दादाजी कुरसी से उठते, उससे पहले ही वैभव उनकी गोद में गिरकर उनसे चिपट गए। डॉक्टर प्रेम की आँखें उमड़ने लगीं। वे चुपचाप एक कुरसी पर बैठकर वह दृश्य देखने लगे जो उनके अपने जीवन में कभी नहीं आया था।

सुदर्शनजी गोद में दुबके पोते की पीठ सहलाते रहे। वैभव दोनों बाँहों से दादाजी की कमर को घेरकर मुँह उनकी गोद में छिपाए रहे। बहुत देर बाद दादाजी ने वैभव को उठाकर सीधा बैठा दिया। अब दोनों एक-दूसरे की आँखों में देख रहे थे। दोनों के मुख पर सुख और संतोष छलक पड़े थे। डॉक्टर प्रेम ने वैभव को इतना शांत कभी नहीं देखा था।

वैभव का चेहरा हलका सा बदला। उन्होंने दादाजी से सीधा सवाल किया—'दादाजी! मैं आपका बेटा क्यों नहीं हुआ?' हँसकर सुदर्शनजी ने कहा, 'तुम हमारे बेटे ही तो हो।' 'नहीं दादाजी! आपके और मेरे बीच जो दो आदमी हैं, जिन्हें मेरा माँ-बाप कहा जाता है, उनको तो कोई बच्चा चाहिए ही नहीं था।'

हाँफ गए वैभव। चुप हो गए। आँखें बंद करके निष्पंद पड़ गए। डॉ. प्रेम ने सुदर्शनजी को बताया कि वैभव ऐसे ही क्रोध और हिंसा से जलते रहते हैं। माँ-बाप की शक्ल नहीं देखना चाहते। पहले उन लोगों की जो भी गलती रही हो, अब तो बेचारे पछता रहे हैं।

सुदर्शनजी इतना कहकर खामोश हो गए, 'अपना और बच्चों का जीवन बरबाद करने के लिए क्या ऐसी एक ही गलती काफी नहीं होती?'

□□□